Choice

編輯的口味

讀者的品味

文學的況味

收藏
刺青的人

THE TATTOO THIEF

ALISON BELSHAM
愛莉森・貝爾珊—著

呂玉嬋—譯

獻給我樂觀愛笑的男孩，Rupert和Tim

一、二，割下刺青
三、四，再剝幾層
五、六，我的血腥復仇
七、八，不會延緩

I

男人失去意識，我掀開他背部鮮血淋漓的T恤，一個華麗的刺青出現了。從口袋拿出的照片縐了，但還清楚，我可以拿來與男人皮膚上的圖案比對。謝天謝地，街燈光線夠亮，我看出兩個設計是一模一樣的。濃黑色墨水勾勒的波西尼亞圓形刺青裝飾在男人的左肩上，中央精細複雜的部落臉孔露出憤怒的表情。一對藝術造型翅膀自外緣展開，一隻往下延伸到男人的肩胛骨，另一隻延伸到左胸。一片血跡斑斑。

圖案吻合，我找對人了。

他脖子還有脈搏跳動，但非常微弱，所以我確定他不會造成任何問題。幹這個工作時，一定要趁他的身體還有溫度，身體冷了，皮膚就硬了，肌肉也僵了，工作會變得更艱難，而犯錯的後果我是承擔不起的。當然，活體剝皮會製造出更大量的鮮血，但我並不介意血。

我的背包就在附近，我把他拉進草叢時丟在一旁。很簡單——這個時刻，小公園空無一人，我只需往他的後腦勺一敲，他就癱軟跪地了。沒有聲響，沒有騷動，沒有目擊者。我知道他離開夜店後會走這條路，因為我見過他走這條路。有人就是笨，他什麼也沒懷疑，即使我是抓著扳手朝他走過去。幾秒後，他的血從太陽穴的傷口汩出，在地面擴散開來。這個第一步驟做得太教人滿意了。

他一倒下，我就雙手插在他的腋下，以最快的速度，把他拖過石板人行道。我需要草叢的掩護，以免有人看見我們。他很沉重，但我很強壯，可以將他拉過兩叢月桂樹之間的缺口。

使力的緣故，我開始上氣不接下氣。伸出雙手，手心向下，我看見了顫動的鬼魂。握緊拳頭，鬆開拳頭，兩隻手就像飛蛾一樣顫振，就像我的心臟在胸腔裡突突直跳。我低聲罵了一句，要完成我的任務，少不了一隻穩定的右手，而解決辦法就在背包的側面口袋：一包藥片，一小瓶水。Propranolol，撞球選手的首選乙型阻斷劑[1]，我吞下兩片，閉上眼等待藥效發作。下一次檢查時，顫抖已經停止。好，我準備要動手了。

深深吸一口氣，我把手伸進袋子，摸索刀具收納袋。手指觸碰到柔軟的皮革和底下的鋼鐵輪廓，我心裡洋溢著滿足。昨夜，我非常仔細地磨好刀。可以這麼說吧，直覺告訴我，就是今天了。

我把收納袋扔到男人背上，解開繩子，在一陣輕柔的金屬鏘鳴聲中，皮套攤開了，我的指尖摸到冰涼的刀刃。我選了一開始下刀要用的短柄刀，勾出要剝下的肌膚的輪廓。至於之後的剝皮，我將使用一把更長的後彎刀。刀具是從日本買來，價格不菲，但非常值得。它們是用鍊冶武士刀的技藝所製造，回火鋼讓我可以割得又快又精確，彷彿不過是在奶油上雕刻。

我把其餘刀子放在他身體旁的地面上，再一次檢查他的脈搏，比之前微弱，但還活著，鮮血從頭部滲出的速度慢了。時候到了，該快速在左大腿深劃一痕試一試，沒有畏縮，沒有吸氣，只有黑黝黝滑溜溜的血不斷滲出。很好，我動刀時，他要是移動我就慘了。

時刻到了，我一手拉緊皮膚，一手劃下第一刀。我快速將刀從肩頭往下移動到肩胛骨突出的部分，沿著圖案輪廓移動。一條紅緞帶出現在刀子行經之處，暖暖地流到我的手指上。刀子循著路徑切劃，我屏氣凝神，享受背脊的抽顫，享受沖入鼠蹊處的熱血。

等我完成，男人就死了。他不是第一個，也不會是最後一個。

1 瑪妮

針快速刺入皮膚，快到肉眼看不清楚，黑墨在真皮層沉積，皮膚表面浮出了綻開的血玫瑰。每隔幾秒，瑪妮．穆林斯就用一疊紙巾擦去血滴，好看清楚客人手臂上的輪廓。抹上一層凡士林，尖銳的針頭再次刺入肌膚，刻鏤出一條嶄新的、永恆的黑色線條。肌膚和墨水的煉金術。

工作是瑪妮的避風港，她沉迷在手中紋身機的軋軋聲與輕微震動中，暫時逃離了折磨她的記憶，那些她永遠忘不掉的事。

紅與黑，她在柔軟的皮膚上刻下印記。在針頭的壓力下，客人畏畏縮縮，儘管瑪妮用擦拭的那隻手固定住他的手臂，他仍舊是猛然抽動了一下。她非常清楚他正在經歷的痛楚，她自己不也曾在紋身機的尖端下忍受過好長好長的時間？她可以同情，但這是必須付出的代價——一時的忍耐，換取保留一生的東西。

她抬起前臂，把額頭一綹黑髮撥開，結果頭髮又溜回到眼睛裡，她壓低嗓音罵了一

1. 降血壓藥，可減緩心律。

句。她歪著嘴，把頭髮吹到一旁，用一小罐水浸洗了七針針頭，準備將墨水從黑色換成鼠灰色。

「瑪妮？」

「嗯，史蒂夫，你還好嗎？」

他趴在按摩床上，扭過頭看著她，掐鼻皺眉，一臉痛苦的模樣。「能休息一下嗎？」瑪妮看了一眼手錶，已經替他連續紋了三個小時，她頓時感受到肩頭所累積的壓力。

「當然可以。」即使是史蒂夫這樣的老客人，三個小時也是很漫長的。她把紋身機放到凳子旁的工具檯上，補充了一句：「你真能忍，超像老手哦。」她總是對客人這麼說，不論他們是不是真像老手──史蒂夫扭來動去，呻吟連連，絕對不是。

但她也許得休息一下，因為她開始感覺到幽閉恐懼症。藝術展總是這樣──人工照明的會場，汙濁的空氣，吵嚷的人群。沒有窗戶，無法分辨外頭是明是暗，而瑪妮不管人在哪裡，都需要看到天空。在會場裡，空氣混濁悶熱，擠滿著正在紋身的人體，還有旁觀他人紋身的窺視者。搖滾音樂震耳欲聾，加上紋身機摩擦血跡斑斑肌膚的唧唧聲，讓難以忍受的一切更加難以忍受。

她深呼吸，轉了轉頭，舒緩緊繃的脖子。墨水的強烈味道與鮮血、空氣中飄浮的消毒劑混雜在一塊，她脫下黑色乳膠手套，塞進垃圾袋裡。史蒂夫想恢復血流循環，把手臂伸直又彎曲，拳頭握緊再攤開，臉色比瑪妮一開始替他紋身時還要蒼白。

「去吃點東西，半個小時後回來。」

瑪妮迅速在滲出血珠的圖紋上覆上保鮮膜，讓它保持乾淨，又對史蒂夫指出自助餐廳的方向。他一走開，瑪妮就鑽過樓梯的人群到一樓，推開兩扇逃生防火門衝出去。胸腔吸足了冷空氣，她差點就來不及逃出來了。她向後靠著冰涼的水泥牆，閉起眼睛，專心消弭緊張的壓力，讓人潮與建築加起來的壓力從胸口移除。

她張開眼眨了幾下，明媚的陽光取代了會場的人工強光，海鷗在上空盤旋，以尖銳的聲音互相呼叫。無人小巷盡頭是一片閃耀動人的海，她饒有興味品味著帶有鹹味的空氣，將身子往後仰，直到發疼為止。她轉動肩膀，骨頭一陣喀喇喀喇響，她不得不懷疑自己是否老了，快要不適合替人刺青了。但其他的她也不會——而且，老實說，她也沒有其他真正想做的事。她打從十八歲開始替人紋身，這十九年來刺了上千平方米的肌膚。

瑪妮把手伸入袋子，確認有一包菸後，就開始穿過布萊頓擁擠老巷區的窄弄狹道。今天是週末，也是國定假日，巷內遊客如織，有的有蒐集癖好，被古董珠寶商店所吸引，有的參觀造作的精品店，找尋出席婚宴的理想裝扮，或是一雙完美的拷花皮鞋。她喜歡的咖啡館都坐滿了人，但她不以為意，今天她寧願在戶外喝咖啡解癮。所以她從老巷區鑽出來，走到北街，抄近路走去英皇閣花園的露天咖啡館。

出餐檯有一長串的人在等，所以她恐怕會比預期更晚才回去找史蒂夫，不過能在新鮮的空氣中多待幾分鐘也是值得的。她仰頭望向天空，淺淺的藍，不是夏日的蔚藍，而是一種柔和的藍紫，在絲絲縷縷的薄雲淡化下，更在地平線褪成一片朦朧的灰，海天於是成了一色。多麼適合春日週末長假啊。

「您要什麼？」

「請給我黑美式，兩份濃縮。」

「沒問題。」

「還要一個馬芬。」她後來才想到，又加點了東西。低血糖，這不是糖尿病患者最適合的食物選項，但她可以等一下調整胰島素劑量來平衡。

嘰嘰喳喳的遊客從英皇閣走出來，對裡面的景象仍舊嘖嘖稱奇。英皇閣是攝政時代建築，充滿了迪士尼風格，像是一個有尖塔、洋蔥圓頂與淡奶油色粉飾圖案的結婚蛋糕，總讓瑪妮想起薛拉莎德[2]與《一千零一夜》，她到布萊頓的第一天就愛上了這個地方。她吁了一口氣，看看四周想找個地方坐下，所有椅凳都有人了，也有人臥躺在草地上，吃吃喝喝，放聲大笑，或靜靜躺在陽光之中。

接著，她看到了他，心揪了一下。她立刻轉身面向出餐檯，希望他沒有看見自己。今天上午她沒有那個和丈夫巧遇的心情，應該說是前夫才對——即使在最好的情況下，他仍舊是難以捉摸，他所挑起的複雜情緒對她總是考驗。從她十八歲跟他結婚，到現在分開了十二年，從來沒有一天他不曾出現在她的腦海中。共同養育孩子讓這段關係更加複雜，可能就是這樣，才會有「又愛又恨」這個詞吧。

她放膽瞄了一眼，看見提耶希．穆林斯闊步走過草地，臉上蒙著一層憤慨，而且一副閃閃躲躲的模樣，不只東張西望，還不時回頭張望。他跑來外面做什麼？他應該待在會場——他也是策展人。

「一共是二點四鎊。」

瑪妮付了咖啡錢，拿起紙杯，就偷偷摸摸繞到咖啡館最遠的一角，以免讓提耶希注意到。她點菸時緊張得雙手顫抖，他怎麼對她還有這樣的影響呢？離婚後的歲月已經比他們婚姻維持的時日還要長久，但他仍舊看起來與初遇時一樣，身材高瘦，面容英俊，黝黑的皮膚刺了紋身顯得更加黝黑，就是這些紋身啟動她對這門深具生命力之藝術的終生沉迷。她經常設法避開他，同樣也經常感受到他的吸引，好幾回他們就要復合了，但她自保的本能趕緊踩下煞車。但從這段感情走出來？她已經放棄希望了。她深深抽了一口菸，咖啡因，尼古丁，深呼吸。她閉上眼，等待化學物質發揮作用。

她把菸屁股丟到殘餘的咖啡中，四處張望尋找垃圾桶，結果瞥見咖啡館後方角落有個大型綠色塑膠垃圾箱。她用腳踏板打開箱蓋，把杯子丟進去時，一股腐敗的空氣撲鼻而來，臭得她受不了了。在平常的和煦日子，公園垃圾桶也不至於那麼臭吧。苦水直衝上喉，她往漆黑的垃圾箱裡面一瞧，立刻巴不得自己沒有這麼做。

在壓扁的可樂罐、丟棄的報紙和速食包裝紙中，她看到某樣東西，蒼白閃爍的輪廓很快變成了手臂、下肢、軀幹。是一具人體，毫無疑問已經死了。她注意到一陣騷動——有隻老鼠，原本正在嚙咬一處深色傷口的邊緣，受到日光的突襲打擾，吱地叫了一聲，退回到垃圾堆裡不見了。

瑪妮往後退開，讓蓋子砰一聲蓋上。她拔腿而逃。

2 法蘭西斯

法蘭西斯閉上眼，讓聖餐餅黏在上顎。神父在主持儀式，他想把注意力集中在他的低語和周圍的信眾上，心思卻飄向到其他地方。

2. Scheherazade，《一千零一夜》中波斯國王的妻子，每晚講有趣的故事給國王聽，因而免遭殺身之禍。

法蘭西斯．蘇利文督察。

他讓這幾個字在舌頭上無聲滾動。就是他，明天的他，升職的第一天。這個令人意外的晉升，讓二十九歲的他，成了薩塞克斯警隊中最年輕的督察。面對這件事，他比第一天上中學更緊張。這是好事，但令人害怕，顯示上層作了一個很不容易作的決定。沒錯，他是以優異成績通過必要考試，也在面試委員會面前表現良好，但怎麼這麼快就讓他升上去呢？因為他的父親是鼎鼎大名的皇家大律師嗎？他很討厭這個想法。

新長官馬汀．布雷蕭總督察通知法蘭西斯升遷消息時，看起來不大高興，也沒向他道賀。所以，法蘭西斯很想知道，布雷蕭是全力支持這項決議，或只是受迫於其他的面試委員。

想到羅利．麥凱警佐，他的心突然一沉，上頭這個位置沒有考慮他，還指派他擔任自己的副手。他上週見過了麥凱，在上司辦公室正式介紹時，這個經驗更豐富的警佐態度很明白：他不以為然，表情就像發現剛咬了一口的蘋果裡留下半截的蛆。法蘭西斯保持冷靜，也保持禮貌的冷漠——他知道跟下屬過於親密有風險——但他可以感覺他們的關係會是敏感棘手的。

那男人希望他失敗，法蘭西斯也知道他不是唯一一個。

「聖血。」

法蘭西斯突然睜開眼睛，抬頭從聖餐杯領取一小滴葡萄酒。

「阿們。」他低呼一聲。

那就這樣吧。

但是不是太快了？遴選過程他始終冷靜有自信，考試對他從來不是難題，但筆試高分是不是令他覺得在工作上難以達到他人期待？在警界，太早升職具有神秘莫測的危險，那些不管是真是假的故事，他在員工餐廳都聽過，不會走就學跑，幹不出成績。此時，用不著犯下一個釀災的大錯，只要兩三個棘手案子成了懸案，他最後就會去坐冷板凳了。

焦慮磨滅了成就的喜悅。**法蘭西斯・蘇利文督察**。得知消息後，他就不曾睡好過，需要倚賴的精神專注力消散一空。可惡，他也許涉世未深，但並不笨，他將率領的小隊認為他無法勝任這個任務，他尚未做好準備。他必須從第一天、第一起案子就贏得他們的認同，否則就是證明了他們是對的——他還不夠格。他們可以等著看，布雷蕭和麥凱鐵定會觀望等待，他們會設法將他絆倒。

法蘭西斯抬頭瞧了一眼懸掛在聖壇上方十字架的耶穌雕像，上帝之子給他一個責備的眼神。他連忙又垂下頭，低聲草草祈禱了幾句，往身上劃了十字，起身走回他的座席。他覺得自己因為分心受到了告誡。

他無意識地唱完最後的聖歌，沒有體會詩詞的意義，然後跪下來禱告。有幾分鐘的時間，他把注意力帶回到他在這裡的理由——關心母親，為姊姊代禱，幫他們的護理人員祈福。至於父親，他沒有為他祈禱任何事。

長褲發出震動，他還來不及拿出手機，提示音就響起。在寂然的教堂，尖銳的鈴聲似乎比平日更冗長、更響亮。大家紛紛轉頭，一個女人以噓聲表達不滿。他手忙腳亂關掉手機聲音，抬頭瞄了一眼威廉神父。

他抱著歉意又垂下頭，鬼鬼祟祟察看收到的簡訊。

是麥凱警佐傳來的。

提早一天開工，有人報警發現屍體，英皇閣花園。

一找到合適的機會，法蘭西斯就馬上離座，走向教堂後方敞開的門。到了門廊，威廉神父還沒開口就先撇嘴。

「法蘭西斯。」

「神父，實在很抱歉，我以為關機了。」

「我不是擔心這件事，禱告期間，你從頭到尾看起來心事重重，想談一談嗎？」

法蘭西斯說：「我願意談。」他是說真的。「但我非得走了，發現一具屍體。」

威廉神父往身上比劃了一個十字，無聲喃喃了幾句，一隻手搭著法蘭西斯的前臂。

「邪惡比比皆是，法蘭西斯，你做這份工作，我很擔心，總是走在絕望的邊緣。」

「但站在正義的一方。」

「上帝是最終的仲裁，記住這一點。」

一個中年婦人用手肘頂了頂法蘭西斯，他占去神父太多時間了。

最終的仲裁。法蘭西斯反覆咀嚼這句話，也許在天國是如此，但在塵世揪出凡人惡行的任務，落在他這樣的人身上。他的工作是找出兇手，將他們繩之以法。第一樁任務來了，他下決心一定要順利偵破，所以，上帝，請幫幫他。

如果得不到上天的幫助，他一定要靠自己的力量完成。

3 法蘭西斯

法蘭西斯沿著新街徐徐前進，儘管車子閃著警示燈，國定假日的人潮也不願讓一讓。可惡的共享空間，這表示沒有人知道誰擁有道路的哪一小塊，人人都自以為擁有通行權。他拉了一聲警笛，提醒腳步緩慢的路人別擋著他的路，那一家人瞪著他看，他則用強橫的目光還回去。

他把車停在英皇閣花園前的長椅旁，一個正在餵孩子吃冰淇淋的女人生氣地看著他，因為他把車開到她正在走路的地方。不過聚攏在那裡的一小群人，大多忙著拉長脖子，圍觀警察在柵欄另一頭的活動，沒有留意到他的來到。見到整個區域已經封鎖，好幾個制服警察在封鎖線外戒備，他鬆了一口氣。

他亮出服務證，制服警察立刻揮手放他進去。羅利．麥凱馬上看到，往他的方向走來，粗壯的身體裹在白色鑑識紙衣裡。

「麥凱警佐，」法蘭西斯點頭說，「跟我說一下已知的狀況。」

「老大，你得先穿衣服。」警佐一面說，一面給他一個令他難堪的眼神。「我後車廂還有一套。」

法蘭西斯跟著麥凱走到花園另一頭，北門內側停著一輛銀色三菱汽車，旁邊還停著好幾輛。他暗自啐了一口，他居然沒想到要穿鑑定蒐證衣，也沒想到開來這邊，這邊停車方便多了。

「以為你會更快一點趕到，畢竟是你第一個案子。」

法蘭西斯感覺肩頭緊繃起來。「麥凱，我在教堂，根本不該收簡訊，要讀也得到外頭才能讀。」

「說得對。」

法蘭西斯看到警佐的臉龐閃過一抹假笑。

麥凱打開後車廂，扔了一套鑑識防護衣給法蘭西斯。法蘭西斯一面穿上，一面盤點後車廂裡的東西，三箱瓶裝時代啤酒，兩箱罐裝海尼根，烤肉用木炭。一看就知道麥凱原本打算怎麼消磨週日時光。

「你應該穿得下，小心穿——很容易破。」

「我穿過。」法蘭西斯說。

衣服小了一碼，褲管太短。羅利倚著車身，抽著電子菸等著。

「快過去吧。」法蘭西斯一面說，一面仍舊想把袖子調整到自己滿意的地步。

麥凱砰一聲關上後車廂，兩人開始返頭走向咖啡館。

「值班警察上午十一點四十七分接到報案，英皇閣花園咖啡館後方的大型垃圾箱中有一具屍體，當時不知道其他的細節。」

「知道是誰報案的？」

「女人的聲音，警察還沒問她名字，她就掛了。」

「但知道來電號碼吧？」

「是預付卡。」

這是第一件必須追查的事。

「屍體？」法蘭西斯繼續問。

「男性，赤裸身體，頭部遭受非常明顯的重擊，左肩與軀幹有重傷，沒有身分證件，但身上有幾個刺青，應該有幫助。」

「還有找到別的線索嗎？」

「只要屍體移開，就可以勘查那個大垃圾桶——就等蘿絲來。」

蘿絲．路易斯，法醫，可靠的幫手。法蘭西斯幹探員時，和她合作過幾個案子。

「好，我最好去瞧一瞧。」法蘭西斯說。

他們走回咖啡館的途中，羅利接起電話。「是，長官，他人在這裡，長官……我已經封鎖這裡，找了鑑識科的人來，也聯絡了法醫來鑑識，是的……」

羅利安靜了一會，點了點頭。「對，我想他的手機現在開機了，他剛才在教堂。」從羅利的口吻，法蘭西斯可以聽出他對自己在教堂這件事的看法。他加快步伐——在他的想像中，第一個案子的開始不是這樣的。

羅利帶他走過草坪，繞去咖啡館的後頭。建築後側不遠處，有一個塑膠綠色大型垃圾箱，他們走近時，法蘭西斯聞到內容物的惡臭，開始改用嘴巴呼吸。他忍不住想要嘔吐，口水流了滿嘴，但他硬是忍了下來。到處都是白衣刑事鑑識人員，有的搜查地面，有的丈量距離，也有的正在拍照。

「打開。」羅利說。

探員東尼站在垃圾箱旁看守，法蘭西斯和羅利走上前，他就用腳踏板打開箱蓋，同時避免看到裡面。法蘭西斯套上乳膠手套，向前走去。

希欽斯臉色顯然難看，法蘭西斯走到他身邊時，發現這個警察的胸腹開始收縮，嘴唇緊抿成一條細線。

「希欽斯，想吐的話，趕快離開我的犯罪現場。」

法蘭西斯接住大垃圾箱的掀蓋，希欽斯一個箭步穿過草地，匆匆忙忙從藍白封鎖線下鑽過，俯身把他還未消化完的週日早餐吐到草地上——差一點就來不及了。

「天啊。」法蘭西斯嘆了一聲，羅利搖了搖頭，但兩人的目光沒有交會。警隊中，沒有哪個警察不曾在見到死屍後嘔吐的，恐怕也無人想承認自己上次嘔吐只是不久前的事。

法蘭西斯轉回頭面向垃圾箱，強迫自己往裡面看，竭力希望自己不會重蹈希欽斯的失禮。今天不行。

看到了，他的屍體，他身為資深調查警官的第一名被害人。這個初相遇類似相親，對方是一個他未來幾週、幾個月會變得熟稔的人，他對被害人的認識將多過他對自己家人的了解，他可能挖掘出自根本動搖受害人家庭的秘密。目前，男子暫時仍是陌生人——灰髮，皮膚光滑，開始分解，與四周的垃圾一樣腐爛了。但是，法蘭西斯會帶著弟兄，鑽入他的皮膚底下，看看是什麼讓他變成這樣，是誰可能要他的命。

法蘭西斯要牢牢記住這個觸目驚心的畫面。四肢扭曲，皮膚如油灰，臉龐軀幹成了老鼠飼料，腥紅的皮肉已經發黑，連男人的母親都認不出他了。這個畫面能夠激發法蘭西斯的憤慨，讓他保持敏銳的專注力。

「麥凱警佐？麥凱警佐？」

後方響起一個聲音，法蘭西斯轉過頭去，羅利已經朝封鎖線走去，那裡站著一個脖子掛著相機的男人。記者。

「湯姆，」羅利點個頭說，「就猜到你遲早會出現。」

「你不歡迎的人又來了，」男人嘻嘻笑著，「麥凱，有什麼發現？」

「沒有消息能給你，」羅利說，「等時機恰當，我們才會向媒體透露消息。快給我滾吧。」

他轉身朝法蘭西斯的方向走回去。「當心那傢伙，《百眼巨人報》的湯姆．費茲，只要是血腥的犯罪現場，一定急巴巴趕來。」

「他怎麼這麼快就來了？」法蘭西斯問。

羅利聳了聳肩膀。「監聽無線電啦，買飲料請櫃檯值班的員警啦。」他顯然對這種事沒好感。

「哦，巴結他一下，」法蘭西斯說，「你永遠不知道，什麼時候媒體可能會幫得上忙。」

「蘿絲到了。」羅利突然說，擺明沒興趣討好記者。

「蘇利文**督察**。」一個友善的聲音響起。

法蘭西斯朝蘿絲．路易斯轉過頭去，她正在指揮稍微恢復的希欽斯把她一袋袋的裝備放在附近。她個頭非常嬌小，連最小號的鑑識防護衣都嫌太大，必須踮起腳才能看到垃圾箱裡面。

「啊，討厭。」她喊了一聲，然後把頭轉向希欽斯。「我要拍照，能不能幫我找個踏梯來？」

「行，女士。」

希欽斯走去辦這件事後，蘿絲說：「我想我該說聲恭喜吧？」

「謝了，」法蘭西斯說，「週末長假過得還愉快嗎？」

「我的長假還沒過完呢，你第一個負責的屍體？」

他點點頭。

「那麼，你最好漂亮把它解決，對吧？」

這點他比誰都清楚，失敗的後果也是。

4 瑪妮

瑪妮鼓足了全身的勇氣，才撥得出這通電話，知道電話線另一頭跟自己講話的是警察，簡直讓她顫抖得跟一開始發現屍體一樣厲害。她長話短說，不願報出名字。只要跟警方沾上邊的事，對她依舊是種刺激，會帶她返回她寧願遺忘的一段時光。她發過誓，這輩子絕不再跟他們有絲毫牽扯。

她回到會場時，史蒂夫已經等了她半個小時，又過了半個小時，她雙手才不再抖得那麼嚴重，可以繼續替他紋身。她無奈吐露遭遇後，他卻好像也不覺得不舒服，而且果然對她的發現露出下流的興趣。

「我從來沒見過死屍，味道真像人家說的那樣噁心嗎？警察有沒有立刻趕來？」

這件事教瑪妮頭好疼，她取消這天最後一個預約。當晚會場關閉後，她疲憊不堪，情緒激動，屍體畫面不斷躍入腦海，那股惡臭似乎還殘留在鼻孔。要是沒去英皇閣花園就好了，跟警察通話進一步加深了她的焦慮，她千辛萬苦壓抑的記憶聳起，回到了眼前。

瑪妮把工具收好，準備隔日再用。接著，她前往濱海區散步，想要讓腦袋清醒一下。她無法停止回想撞見的情景，光打在那男人濕津津的皮膚上，皮膚閃閃發光。還有那些深色斑塊，她起初以為是瘀青，接著發覺是刺青才對。那畫面像電影定格，固定在她的眼皮後方，每瞧上一眼，細節就會變得更清晰。身體右側的刺青——祈禱的雙手，一隻小腿上——臨摹聖徒塞巴斯蒂安的灰黑設計，箭傷以紅墨突顯。

她想將關於屍體的念頭拋出腦海，將注意力集中在她要去的地方。海濱車多人也多，後方一陣尖銳的哀鳴越來越響亮，她轉頭一看，二十到三十輛輕型摩托車一路呼嘯而來，每輛都裝飾著鏡子、浣熊尾巴、垂飾與旗幟。今天是國定假日，所以城裡摩托車多了起來。騎士和機車同樣惹人注目，防風大衣、條紋短外套、Hush Puppies鞋子、「何許人合唱團」紀念商品。摩托車經過時，噪音讓她好緊張。

天色漸漸暗了，街頭鈉燈的強光讓每樣東西多了一層令人平靜的深琥珀色，但瑪妮渴望一個更暗更安靜的地方。她享受螫刺喉咽的冷空氣，雙腳無聲無息踩上通向海灘的石階。

浪已經退了，她嘎扎嘎扎踏過鵝卵石，往水邊走去。這裡又冷又黑，轟隆隆嘩啦啦的浪潮蓋過碼頭的笑語喧譁，浪聲和紋身機刺耳的唧唧聲一樣教人著迷。她深深吸了一口氣，吸入夾帶鹽分的空氣，一面走著，一面按摩工作過度的右臂肌肉。明天將又是一個漫長的紋身日。

她環視荒涼的海灘，目光最後停在離海岸幾百英尺遠的殘垣斷壁上。

那是殘存的西碼頭，黑色大海映襯出它的輪廓。遭到大火吞噬後，碼頭棄置，逐漸損毀，不再與海岸緊密相連。如今，那成了度假遊客與不成氣候的本地黑幫經常出沒的小島。

她又想起發現屍體一事。如果她沒有發現垃圾箱裡的男人，他現在會怎樣？最後會不會去了哪個垃圾場，慢慢分解，最後除了骨頭和補牙，一點痕跡也不留，紋身隨著屍體遭到吞噬消失了呢？啃咬屍體的老鼠會覺得刺了青的皮膚味道不一樣嗎？那些蠕動鑽入紅通通傷口的肥白蛆蟲呢？想到這裡，她開始瑟瑟發抖。

不管是誰把他丟棄到裡面，幾乎肯定要對他的死負責。她祈禱警方能查出並逮捕下手的人。想到這種事發生在家門口，她就覺得不安。

瑪妮全身顫抖著，她來這裡是想讓神志清醒，冷靜下來好睡覺，但這是不大可能的事。她拉緊了輕薄的開襟毛衣，回頭朝宮殿碼頭的燈光走去。西碼頭冷清無人，宮殿碼頭則鬧烘烘熱騰騰，風勢減弱，有短暫的幾分鐘，她聽見自己腳步嘎吱嘎吱走在傾斜的卵石灘上。白日人潮擁擠的沙灘，到了這個時刻，卻是一個寂寥的地方。

接著，有個女人發出尖叫。

瑪妮的皮膚爆起一層雞皮疙瘩，像是風吹過的池塘水面。她胸口一緊，迅速轉過身子，注視著黑暗。

一瞬間後，尖銳的笑聲響起，是同一個女人的聲音，接著有個男人也笑了。瑪妮深深吸了一口氣，想鎮定下來，但一顆心怦怦地跳動著。海灘空無一人，她朝石階方向轉了彎，往海濱人行步道走回去。

她向前頭的宮殿碼頭看了一眼，模糊的人影在岸邊裝設的堅固金屬柱之間移動。一陣男人聲音穿過海沫四濺的空氣朝她傳來。

「寶貝，一個人嗎？」

瑪妮別過臉去，這種人去死好了，她才不在乎。

「來嘛，跟我們一起玩點好玩的事。」另一個聲音，這一次更靠近。

瑪妮並不理會，以最快速度，爬上了濱海人行步道。

她穿過入夜後寂靜的肯普敦區走回家，一路不斷想到同一件事：男人腿上的聖徒塞巴斯蒂安紋身。她知道原因，它令她想起提耶希的作品，尤其是以紅墨烘襯箭傷的手法。提耶希，應當待在會場的時候，提耶希怎麼跑到英皇閣花園去了呢？

拜託，上帝，別讓這發展成什麼事。

男子身上的刺青，真的可能是提耶希的作品嗎？不可能，就算是好了，大概也沒什麼，一定沒什麼。把事情跟過去扯上關係並不理智，但與提耶希有關的事，她向來都無理智可言。儘管她可能會想要否認，提耶希左右她情緒的支配力非但沒有減弱，反而似乎還越來越強大。提耶希與垃圾箱裡的屍體一定沒有關係，那只是她無法放下把他拖進她所經歷之種種的男人。

她轉彎走上學院大街，見到她家前面的房間亮著燈。亞歷克斯回來了，一個十八歲少年不用見到媽媽這副德行。她做了幾下深呼吸，讓自己平靜下來，又從口袋拿出手機。儘管她大部分時間都躲著他，希望壓抑自己對他的感情，但到了危急時刻，她需要的似乎永遠是提耶希。她撥了號碼，等待有人接起，期待能夠放下一顆心。

「提耶希？」

她只聽得見白噪音，接著是酒吧裡的喧鬧。

「瑪妮？」他的法國口音改變了她名字的發音。

「沒錯。」

「瑪妮！我跟朋友在酒吧，妳也來吧，查理、諾亞想跟妳打招呼。」

查理和諾亞是提耶希在灰紋身的同事，灰紋身是布萊頓唯一一間都是法國人的刺青館。她聽到他們在背景的聲音，還有女人的笑聲——想也知道是從外地來參觀藝術展的紋身迷。提耶希一定瘋了，才會以為她有興趣加入他們。

「不要，你來我這裡——我需要跟你談一談。」突然，她好想好想見他，在同一瞬間，她則討厭自己有這種念頭。他是自己似乎怎樣也戒不掉的癮頭。

「談什麼？」

「我今天過得很糟糕。」

她聽到提耶希嘆氣。

「提耶希，我發現一具屍體。」她的聲音比平常高了八度。「我好害怕……」

「哇，慢慢來，妳說什麼？有沒有報警？」

「當然有，但我有一件事必須跟你討論。」

「不行，我好累，chérie（**親愛的**），而且我對死人沒興趣。」

「提耶希，別這樣，萬一是我們認識的人呢？萬一是亞歷克斯呢？」

「不會是他，我一個鐘頭前才跟他通過話，他正在餵胡椒，妳家狗糧沒了。」

胡椒，她的牛頭犬。

「別這樣，提耶希，行行好。」

提耶希冷冷地哼了一聲。法國人愛用聳肩表達很多情緒，提耶希則是訴諸聲音，這聲「哼」她以前好愛好愛。「如果這是勾引我的秘密計畫……」

「去你媽的。」她掛斷電話，走進屋裡。

「媽！」亞歷克斯走進門廳，用擁抱迎接她。「今天過得好不好？」

瑪妮挺起胸膛，露出笑容。「很棒，替一個老顧客刺了一個很漂亮的圖案，還有幾個沒有預約的。你呢？」

亞歷克斯聳聳肩膀，「複習功課，無聊。」

一碗義大利麵和一杯葡萄酒後，瑪妮一屁股坐到沙發上看看有什麼新聞。亞歷克斯想看足球，但遙控器在她手上。事後想想，她真希望她當時屈服於他。

……警方呼籲通報布萊頓花園出現死屍的匿名民眾出面協助調查。在垃圾箱內發現的男子，身分目前尚未證實……

「好吧，亞歷克斯，來看看他們得分了沒。」她把遙控器拋給他，想掩飾突然開始顫抖的雙手。

「不，等一下──發生命案，就在布萊頓，這裡從沒出過事。」

但瑪妮不想再聽下去。「等一下進球你會沒看到哦。」她說。

由於沒有太多真相可以報導，新聞馬上繼續播報另一則消息，亞歷克斯就轉臺了。他們沒有錯過進球畫面，這場比賽結果很乏味。

亞歷克斯越來越焦躁，「今天的藝術展怎樣？」

「很好，你爸辦得很棒──布萊頓辦的這場展覽永遠是最好的。」

「媽，妳想妳有沒有可能跟爸復合？」

瑪妮一口酒嗆到喉嚨裡，一面搖著頭，一面咳嗽。「怎麼冒出這個念頭？」

「你們相處很融洽啊。」

「是沒錯。」對他這年紀的人來說，一切似乎都很單純。

「而且我知道爸想復合。」

他想嗎？或者，在一個提供無數調情機會的行業，身為一名單身男子，他根本就樂趣無窮呢？瑪妮嘆了一口氣。「你爸的問題不在於他不喜歡已婚的身分，而是他在婚姻的實際層面很不行。」

「媽，沒有人是十全十美的，即使妳也不是。」

* * *

瑪妮．穆林斯不做夢，她承受不了——夢，太痛苦了。她躺在床上睡不著覺，在空虛的黑洞中張大眼睛。她老早就放棄了睡眠，但她的心思飄蕩，不受管控，沒有焦點。亞歷克斯的話在她耳裡響起。

這裡從沒出過事。

而她卻涉入了這件事。有個男人死了，他有某件事在她內心黑暗深處拉扯著，很熟悉的一件事。但其中的關聯是什麼？他是本地人，加上在本地刺青，所以她可能認識他。但這可能性很小，布萊頓有數千人紋身，就算是提耶希替他刺的又怎樣？就代表他有所牽連嗎？

瑪妮喀嚓一聲打開床頭燈，光線讓她一陣眼花，她緊閉上眼，竭力壓抑心頭湧起的抽噎。不可能有關聯的，這只是她的一顆心在清醒和睡眠之間自由落下。她坐起身，房間像在旋轉，酸水刺痛了她的喉咽。

她衝去浴室乾嘔，咬牙俯在馬桶上方，口水不停流淌。她做了幾下深呼吸舒緩噁心感，才終於控制住了自己。她癱倒在地上，眼淚流了下來。她眨了幾下眼睛，白色瓷磚上竟有鮮血濺散的痕跡，遠處傳來一陣釘鈴鐺鋃，是金屬門關上的刺耳摩擦聲，她看到漆成制式灰色的磚牆，她的肚皮胸脯在懷孕末期撐繃了。走廊出現腳步聲，她周身的血液變涼了。突然，一陣劇痛，她蜷縮著身體，她流血，她抽筋，她呼救——得到的只是又一記對準肚子的猛踢……

她張開眼睛，血已經不見了，死屍與聖徒塞巴斯蒂安紋身觸動了她，她必須弄清楚，遇害男子身上的紋身到底是不是提耶希的作品，她一定要設法弄清楚。但願不是，這樣她就可以把整件事忘了。

回到臥房，她找出手機，用谷歌查詢布萊頓罪案舉報熱線的號碼。

電話響了又響，響了又響。

瑪妮等著，自己也不明白為什麼，現在是半夜兩點四十分，沒有人會在那時接起她的電話。

最後，她放棄了，把電話扔到一旁，躺回到床上，等待恐懼湧上心頭。

5 羅利

羅利還沒走進驗屍室的門，令人作嘔的惡臭就衝入他的鼻孔，在短短的幾秒時間，那氣味成了嘴中的滋味。他開始咳嗽，直衝他知道蘿絲．路易斯置放維克斯薄荷膏的地方。同一時間，大聲播放的合唱音樂以密集火力攻擊他的耳朵，蘿絲．路易斯的驗屍室完全不適合宿醉的人——他從以往的經驗知道了這一點。

「早。」蘿絲在嘈雜聲中大喊，俯身靠近一具男性裸屍，手上握著一把解剖刀。

羅利對她點個頭，在上唇塗了一層透明軟膏，抵禦爛蘋果般的防腐液氣味與醋酸似的甲醛刺鼻味。

「Membra Jesu Nostri（**〈我們耶穌的身體〉**）。」法蘭西斯開口說。他跟在羅利後頭進來，正等著他用好薄荷膏。

羅利不知道他在叨念什麼。

「討厭，你真厲害，蘇利文。」蘿絲說。她走向房間另一頭，把音響系統關小聲。

「作曲者？」

「布克斯特胡德。」

「沒錯，這首特別適合工作時聽，歌詞詳細描述了耶穌受難時各個身體部位，不過這你早就知道了。」

羅利把軟膏罐交給法蘭西斯，一句評論也沒說。知識分子，互相賣弄，他們好像就喜歡玩這個遊戲，看看誰最聰明。但這麼做破不了案，要是蘇利文以為他會因此深感佩服，那他可需要再動動腦了。

坦白講，驗屍室不是羅利最喜歡的地方，所以待在這裡的時間盡量越短越好。他不是不喜歡蘿絲——就算也許有那麼一點點的高傲，她對他一向非常禮貌——只是她在純白環境刺眼強光下的自信，讓他不時覺得被看扁了。當然，她的工作很有價值，但DNA證據與血跡鑑析不是一切，只是整幅拼圖中的一塊。現在的趨勢越來越傾向把科學當成案子的全部，而非它真正的角色——扎實偵查工作的支援工具。

他戴上乳膠手套，跟著老大走向蘿絲的工作檯。

這是唯一陳列出來的屍體，但靠著某面牆的鋼鐵抽屜中還有更多屍體。蘿絲和她的組員勤奮努力檢驗這些屍體，拼湊出他們的人生故事，自血液、骨頭與牙齒挖掘出秘密。他很想知道，關於垃圾箱男子，她能告訴他們什麼事。躺在她前方驗屍檯上的屍體，半掩著白色橡膠床單，平躺的身體從胸骨劃開到恥骨，蘿絲已經開始取出器官進一步檢查。羅利仔細觀察這具死屍，五官難以辨識，老鼠把皮肉抓咬得凹凸不平——嘴唇少了一截，鼻子有囓咬痕跡，兩側臉頰都被抓破。有一截軀幹遭到同樣殘暴的傷害，其餘身體部位的皮膚是灰色的。這麼多年來，尋獲的屍體羅利也看得夠多了，他不至於感到不安，但卻偷偷斜眼看了法蘭西斯一眼。說他慌亂並不公道——事實上，他看起來很感興趣，只是原本沒繃緊的下巴繃緊了。

蘿絲應該已經拍好照片，也丈量過屍體。她也應該已經自男人指甲底下刮出細屑，在錄音報告中記下每一處創傷和刺青，而且先暫停了音樂，好把細節統統錄下。這時，她正在用戴著手套的指頭檢查嘴巴內部，接下來——死因未明死者的最後侮辱——她會檢查他的肛門，看一看有沒有不久前發生性行為或性侵犯的痕跡。

兩個警察一聲不響看著她，直到她終於關掉錄音筆，抬頭望著他們。

「蘿絲，推論？」法蘭西斯說。

她把音樂關了，謝天謝地，音樂搞得他好煩。

「推論一：今天週一，但是國定假日，我還來工作，麥克會對我很不爽。」

法蘭西斯聳了聳肩膀。「我也沒有辦法，殺人兇手只會在週一至週五的九點到五點罷工。」

蘿絲笑了。

「想想加班費會好過一點，」羅利說，「勞瑞好嗎？」

「說得真好，羅利。你問的這個問題，我給你加一分。他很好，剛上中學，很喜歡上學。」

「那這個呢？」法蘭西斯朝屍體點頭，把他們拉回正題。

蘿絲立刻回到一本正經的模樣。

「好，我到目前為止的發現如下：我估計死亡時間是二十到四十八小時以前，但我不能肯定告訴你們，他被丟到垃圾箱時是死是活。我想你們小隊會去確認垃圾箱最後一次清運的時間。」

「霍林斯去查了。」羅利說。

「新街的監視器呢？」

「希欽斯。」法蘭西斯說。

「雙寶兄弟噢，」蘿絲說，「盯緊點——他們反應有時慢了點。」

「這倒是真的。」羅利喃喃說。

大寶哥和大寶弟是希欽斯和霍林斯在局裡的綽號，兩人長得不可思議地像，都是一頭褐色亂髮，體格像是走樣的甜甜圈。

蘿絲看看法蘭西斯，接著又看看羅利。

「法蘭西斯，你運氣好，分到這個當你的副手。」

法蘭西斯點點頭，但悶不吭聲。

連附和一聲也不行？羅利心想。

「羅利是我們裡面經驗最豐富的，」蘿絲繼續說，「知道自己在做什麼，好好善用他的所知吧。」

老大皺起眉頭，羅利憋住得意的笑容——蘿絲這絕對不是對蘇利文投下一張信任票。

「我相信我有做不對的地方，羅利一定會讓我知道。」老大說話語氣有些氣惱。

話鋒轉了方向，法蘭西斯顯然不大舒服，羅利抽了一下鼻子，也頓時覺得不太自在。蘿絲在挑撥，羅利得問一問她原因，她目的是什麼？

「他不是因為腦部遭到重擊當場死亡。」她說。幸好，她把焦點轉回到屍體上。

「妳確定？」法蘭西斯說。他查看剃掉部分頭髮的頭骨，蘿絲微偏著頭，這樣兩人都能看到頭顱上沾了血的凹痕。

「百分百確定，這個傷死不了人，只是讓頭骨破裂，讓他失去意識，也許造成永久的腦部傷害。」

「那麼，是什麼要了他的命？」羅利說。

「各種因素。」蘿絲說，語氣聽來對自己的發現深具信心。「他承受痛擊後昏了過去，我猜他被丟棄時還有呼吸、大量失血等等，加上長時間暴露在外，才是他的致命原因。」

「頭部大量失血？那個傷看起來不是很大。」法蘭西斯說。

「有的血來自頭部，但主要是這裡的傷。」她指著男子肩膀軀幹上大面積的開放性傷口。

「我想是老鼠咬的，死了之後。」羅利說。

「有的是，有的不是，這就是有意思的地方，也是我這麼快找你們來的原因。」羅利仔細查看血肉模糊的傷口。

「仔細看一下。」蘿絲敦促他。她轉向身後的工作檯，拿了面放大鏡遞給法蘭西斯。「看出來沒？是切割的痕跡，根據我的判斷，是用非常銳利的短刀割出來的。」

法蘭西斯彎下腰，用戴了手套的手檢查那個區域。「我明白妳的意思。」他把放大鏡交給羅利，往後退了一步。羅利查看傷口，蘿絲說得沒錯，屍體上的傷口絕對不可能是動物造成的。

「去他媽的上帝！」

他注意到老大聽到他的選字用辭時皺了一下眉，跟著一個宗教狂督察，他也只能相信運氣了。

「妳想這是頭部受到重擊之前還是之後做的？」他問。

「現在我只能用猜的，很可能是之後，」蘿絲說，「下刀頗精準，顯示被害人當時沒有掙扎，但傷痕不深，不是有意殺人，看起來比較像有人故意要從他身上割下一層皮肉。不過，這很難確認，咬痕跟割痕一樣多。」

羅利繼續檢查開放性傷口。「割痕看起來好像都在傷口邊緣。」

「對，垂直切割，」蘿絲說，「但中間的這邊和這邊，有幾個割痕看起來水平切向真皮層。」

羅利眨了眨眼，再看一次，在變成骯髒爛糊的皮肉之間，只看得出底部有好幾條又短又直的割痕。他的肚子突然一陣痙攣，他不得不咬緊牙關大半天，直到噁心的感覺退去。

「讓我看看。」法蘭西斯說。

羅利把放大鏡交給他，鬆了一口氣。

「這代表什麼呢？」他一面問，一面用放大鏡觀察。

「法蘭西斯，這代表你的被害人被人剝皮，根據他的失血量，極有可能是他還活著的時候。」

6 法蘭西斯

黑色牛仔褲，黑色T恤，光頭或雷鬼頭，赤裸的肉體，刺青，皮膚。嵌入活生生肉體的豐沛墨水流經法蘭西斯的身邊，漩渦快速打轉，他無法分辨出圖案。深黝的黑，模糊的藍，或者繽紛燦爛的閃光。好好一個國定假日的週一，他來刺青藝術展幹嘛呢？他派了大發牢騷的麥凱回犯罪現場，再仔細勘查一次那一帶，尋找可能從屍體切下的皮肉。同一時間，他到這裡追查神秘的報案者，他們發現報警電話與一名本地刺青藝術家有關，她的網站告訴他們，她人在藝術展。她極有可能還有更多情報，他想搞清楚這女人為什麼這麼閃閃躲躲。

一走進布萊頓會議中心，法蘭西斯就覺得渾身不自在，難受得不得了。他一定是這棟建築裡唯一沒有紋身的人，也絕對是唯一身穿西裝的人。

他心不甘情不願深吸了一口氣，朝著人群移動。

四周人潮洶湧，你推我撞，有人踩到他的腳趾頭，有人拉長脖子往攤位裡看。還有噪音，每個攤子都發出足以蓋過鄰居的沉重金屬巨響。

在這些聲響以外，他不停聽到嗡嗡唧唧的尖銳電子聲。他本來找不到聲音源頭，直到眼光落在一個男子的裸背上。有個女人正在替他刺青，那陣噪音正是刺青槍集體製造出來的嗡鳴。血珠從女人銘刻的黑色線條滲出，法蘭西斯在空氣中嘗到銅的味道，覺得很受不了。

會場通風不良，而且很悶熱。他擠到過道盡頭，想找出一片開闊的空間。他從來不懂在身上刺青的魅力，跟這麼多人擠在一塊，他更是不能理解，這些人在身上留下永久印記以前一定是更好看的。刺青與部落有關，但是什麼部落？又是什麼意義呢？

「不好意思？」

一個男子經過身邊，法蘭西斯抓住他的肩膀，年輕人轉頭看著他，他的額頭左上角刺了一張藍色蜘蛛網，蜘蛛網逐漸消失在髮際線後方。

「嗯？」

「我要找一個叫瑪妮．穆林斯的刺青藝術家。」

年輕人從牛仔褲後面口袋抽出一張摺起來的紙，是會場簡圖，上頭標示著攤位號碼。他把紙翻到另一面，查詢刺青藝術師的名單。

「瑪妮……？」

「穆林斯。」

他低下頭，法蘭西斯看到蜘蛛網的其他部分，他金色短髮底下刺了粗體字，法蘭西斯瞇起眼睛，但看不清楚那個字是什麼。

「二十八號攤位。」

「謝了。」法蘭西斯回答。

「沒什麼，老兄。」他一說完，就回到沸騰的人群裡，法蘭西斯來不及要求看一眼簡圖，找一找二十八號攤子究竟在哪個方位。無所謂，攤子應該是按照號碼排列的，他嘆了一口氣，擠回了人群中。

三個女孩穿著一九五〇年代的無肩帶洋裝，頂著瑪麗蓮．夢露式髮型，在一團教人倒足胃口的香水中，跟著他一塊往前推擠。她們的手臂肩膀胸脯都是鮮豔的刺青，有花，有藍鳥，還有愛心。他腳步猶豫，想逃離她們的嘰嘰喳喳，結果反而陷入了另一群人中間：頭髮與刺青一樣黑的歌德族。他查了一下攤位編號，趕緊閃到下一條通道。

法蘭西斯慢慢移動，同時向兩側張望。一個幾乎一絲不掛的女孩躺在按摩床上，兩個滿身刺青的男人聯手紋著一個華麗的中國風背部刺青。有個男人靜靜閉著眼睛坐著，淚珠順著臉頰流下，一個女孩熟練地在他前臂上一筆一筆勾出幾何圖案。在同一個攤位上，有個男人替另一個男人的頭骨刺青。**天啊，一定很痛吧？**被刺青的傢伙卻連眼也不眨。

好不容易，他走到了二十八號。一個女性刺青藝術家正在替一個看來未滿適合刺青年紀的客人刺青，他們追查的就是這個女人的電話嗎？她嬌小結實，坐在椅凳上，專心致志在少女腿上刺著一朵腥紅夾雜粉紅的大菊花。蓬亂的黑髮紮成一個歪斜的馬尾，但脫落的髮絲比固定的頭髮還要多。她穿著白色背心，褪色的牛仔工作服，兩隻結實的胳膊布滿了藍色和綠色的螺旋刺青。

法蘭西斯盯著她瞧了一下，她會幫忙嗎？還是有什麼要隱瞞的？有些民眾確實好像喜歡跟命案沾上邊，但這女人不是那種人，她決定要保持匿名。

他大聲咳嗽，想引起她的注意。「妳是瑪妮．穆林斯嗎？」

女人正在紋客人大腿根部內側，女孩另一條腿不安地動來扭去，嘴中發出輕輕的嘆息，聽在法蘭西斯的耳中，不像是因為痛苦，倒更像是因為愉悅。瑪妮．穆林斯不為所動，繼續用深粉色的墨水描繪花瓣。

他再次開口，這一回她從柔軟的皮膚上拿起針，抬頭看看是誰在對她說話。

「是我。」

這時，他發現她的年紀比他預期還來得大——三十好幾了，眼角已經跑出了細細的魚尾紋。

「我下午都排滿了噢。」說著她的目光又立刻回到刺青上。

「我不是來這裡刺青的。」

瑪妮．穆林斯又抬起頭來看他，這次多看了他兩眼。她搖了搖頭，像是明白自己犯了一個錯誤。

「不是，很明顯不是。你想幹嘛？」
「我是法蘭西斯·蘇利文督察，正在調查昨天在英皇閣花園發生的一起意外，如果妳能放下刺青槍跟我談一談，我會非常感謝妳。」
「機。」
「什麼？」
「這叫刺青機，或是紋身機，我們不叫它刺青槍。」
「你為什麼想跟我說話？」她的語氣充滿敵意。
「我有理由相信昨天是妳發現了屍體，然後打匿名電話向布萊頓警局報案，我說得沒錯吧？」
正在刺青的女孩頓時興致一起，轉頭瞧瞧瑪妮正在跟誰說話。
「妳認識某個被殺死的人？」她說。法蘭西斯注意到她講話口齒不清。
「不是這樣的，」瑪妮說，「說來話長。」
「我比較想私下討論這件事。」法蘭西斯說。
瑪妮·穆林斯鎖起眉頭。「你如果想要隱私，那就給我一個小時時間，我這個不能做到一半停下來。」
「妳在妨礙警方辦案。」
「你在讓我損失金錢與專業信譽，我再一個小時就可以完成，要是這樣你還是不滿意，就只好逮捕我了。」
這不是讓證人配合的方法，他改用比較柔性的語調說話。「好好，我們一個小時後談，哪裡？」

「去一樓的會場辦公室找我，帶咖啡。」

少女對著他嘻嘻一笑，「你還有時間刺個青呢。」

法蘭西斯當作沒聽見。「一個小時後見。」他對瑪妮說。

「老古板。」女孩低聲咕噥了一句，又躺回床上。

「警察啊——」瑪妮．穆林斯說，顯然不在乎法蘭西斯還在聽得見的範圍內。「他們永遠不懂，你想幫忙他們什麼，他們就自以為可以騎到你的頭上。該死的混蛋。」

7 瑪妮

兩個小時後，瑪妮推開會場窄小辦公室的門，懷疑自己報警這件事究竟是做對了嗎。當那個瘦高年輕的警察出現在攤位前時，她不但是嚇壞了，也很不開心，因為可能必須再從頭經歷一次那件事——直接面對。她走進去時，長手長腳的法蘭西斯．蘇利文縮在提耶希辦公桌後方的椅子裡，讓辦公室像是變小了。

鼓鼓的檔案，成堆的文件，一箱箱藝術展手冊築起的高塔搖搖欲墜。喝剩半杯的咖啡，多到滿溢的垃圾桶——這一切熟悉得不能再熟悉。瑪妮從法蘭西斯對面的椅子抱起一疊文件，然後坐了下來，謹慎地打量著他。以一名督察來說，他看來非常年輕——而且，根本來錯了地方，誰會穿西裝來參觀紋身藝術展啊，絕對沒有。在她的世界中，穿西裝的男人通常不是好消息。

話說回來，她也沒忽略他某種男孩般的魅力。他的模樣很有意思——紅色刺蝟頭，嘴有點歪，鷹鼻。他似乎沒有因為久候而心情轉好，隔著辦公桌瞪著她。

她說：「抱歉讓你久等了。」但懷疑這句話聽起來有說服力。

他聽到以後，若有似無地點了個頭，指著兩個外帶咖啡杯的其中一個。

「妳發現了屍體，對吧？」他的口氣擺明了這根本不是一個問句。

瑪妮嚐了一小口咖啡，冷的。「我打電話報案。」

「妳沒有留下名字。」

「那似乎無所謂，你分明就知道我是誰，怎麼辦到的？」

蘇利文督察皺著眉看她。

「我可以指控妳浪費警方時間與金錢，我花了大半天的時間，才從妳的行動電話號碼找到妳。」

不出所料，他來這裡自然不是感謝她盡了公民本分，只是為了那稀鬆平常的鳥事——她做錯了，罵她是他的工作。她在浪費時間，還有客人在等呢。

「對不起嘍。」說著，她把椅子往後一推，起身準備離開。

蘇利文以更快速度站起來擋住門。

「我話還沒跟妳說完，」他說，「我必須問清楚妳發現屍體的實際情況，我們可以在這裡談，我也可以帶妳回局裡。」

瑪妮又坐下來，倒楣！她受不了警局，她前一天幹嘛去公園呢？

「你需要知道什麼？」

蘇利文也回了座位。

「好，」他說，「從頭講起，不要遺漏任何細節。」他從胸前口袋抽出智慧型手機，再從手機抽出一根觸控筆，準備開始記錄。

瑪妮喝了一小口咖啡，咖啡沒加糖，苦得她皺起眉頭。接著，她開始細述發現屍體的經過，只用了三分鐘時間——買咖啡，抽菸，掀開垃圾箱——但他一字不漏都記了下來。她沒有告訴他，為了躲避提耶希，她才會偷偷躲在那裡。

「妳有沒有注意到身上有刺青？」他說。

「有……隱約有這個印象，但想不起來是什麼圖案。」

警察一隻手蓋在桌上一只褐色信封上。

「他有不少刺青，我必須知道是誰刺的。」

「為什麼？」她的心一下子加快了跳動。

蘇利文拿起信封，在凌亂的桌面攤開一疊8×10的照片，全是紋身的黑白特寫——聖徒塞巴斯蒂安[3]，一雙祈禱的手，一隻停在頭骨上的老鷹，一圈纏繞上臂的帶刺鐵絲網。

瑪妮俯身盯著照片。

「看樣子這傢伙是個收藏家呢。」她說。

「收藏家？」

「刺青收藏家，」她解釋說，「看，這些出自不同的藝術家之手。」

「妳分辨得出來？」

輪到她給他一個挖苦的眼神。「這些風格完全不同，大多還不錯，但水準參差不齊。」

3. Saint Sebastian，塞巴斯蒂安由於信仰基督，遭羅馬皇帝下令以亂箭射死殉道。

她仔細研究每一張，祈禱的雙手很好，非常好，他必然為這個刺青掏了不少錢。她把照片放下，拿起相片堆中的下一張。這張照片彷彿一把大鎚，朝她雙眼中央敲下去。她扔掉照片，驟然明白她幾乎肯定正看著她前夫的作品。照片上的聖徒塞巴斯蒂安刺青，充滿提耶希的作品特徵——她懷疑得沒錯。

「妳認得這個？」

她急忙搖頭，搖得太過激動。

「幫個忙，穆林斯女士，這可能與案子有關。」

瑪妮一顆心越來越不安，她不想再與警方扯上關係，如果提耶希捲入這件事，那麼很容易就會發生那種事。她不願跟這件事有關，她搖了搖頭，什麼都沒說，希望蘇利文會放她一馬。

「妳如果知道與我的案子有關的事，但又不告訴我，我只好以妨礙司法的理由逮捕妳。所以，妳要是知道那個刺青是誰刺的，告訴我對妳才是有利的。」

瑪妮閉上眼，抿緊了嘴。真的與那男人的死有關嗎？

「看起來像我前夫的作品。」她的聲音低得像耳語。

「妳說什麼？」

瑪妮頓了一下，吞了一口口水，覺得口乾舌燥。「我前夫。」這次夠大聲了。

「他的名字？」

「提耶希．穆林斯，但你不會真以為這就代表他與這件事有關吧？那男人也有很多其他藝術師的刺青。」

他不理會她的問題。

「可不可以告訴我到哪裡可能會找到提耶希？我必須跟他談一談——他也許可以幫助我們確認這個男人的身分。」

「我們就坐在他的辦公室。」她不假思索地說。

幾分鐘後，幾聲腳踢門底的聲音傳來，提耶希．穆林斯現身了，擺明了十分不爽被叫到自己的辦公室。他兇狠的目光從瑪妮移到蘇利文督察，然後雙手抱胸，做出防衛的姿態。

「不管是什麼事，我都沒有空。」

這是幾個月來瑪妮頭一次當面與他說話，雖然共同扶養一名青少年，因此有過共同的經歷，她通常盡量避免與他直接接觸——除了週日晚間。但現在他來了，她迷醉地看著他，聞到他混著古龍水的汗味。他看來很疲累，白髮比他們在一起時更多。她的目光在他強健臂膀的黑色刺青上流連，直到她意識到應該撇開視線為止。

他曾經——起碼在很短暫的時間——是個很棒的丈夫。儘管他們在一起的頭幾年風風雨雨，他始終支持著她，他們發現她懷孕後，他娶了她，幫助她克服後來發生那件事所造成的創傷，在她無法照顧亞歷克斯時照顧他……但那是很久以前的事了。他們的婚姻維持不到七年，他的目光就開始亂轉了。

當然，他依舊是亞歷克斯的好爸爸——這一點她絕對不會否認。此外，他有許多優點，愛交朋友，永遠是聚會上的靈魂人物，幽默善良，總不吝於給人讚美，雖然偶爾性子急躁了點。他紋身工夫一流，擅長宗教肖像，規劃大型刺青藝術展很有一套。但她恨他，起碼她告訴自己她是恨他的——這是為了保護自己。他們共同的過去有太多黑暗，光是聽到他的法國腔，就會讓她想做即使還是夫妻時也是不當的事。

「瑪妮？」提耶希擔心地低頭看她。

法蘭西斯・蘇利文插手接過指揮權，拿出照片給提耶希看。

「這個刺青是你做的嗎？」

提耶希低頭看了一眼照片，又回頭盯著瑪妮。「這是怎麼一回事？」這問題顯然是對她提出的。

「穆林斯先生……」

「你是警察，對吧？」

「沒錯。」

他轉身準備離開房間。「你如果是到這裡騷擾我老婆的話，我會仔細考慮一下。」

「提耶希。」瑪妮伸手摸他的手臂。「等一等。」

「走吧，瑪妮，我們出去。」

「穆林斯先生，你如果那樣做的話，我會帶拘捕令去逮捕你。現在，請快回答問題，這個刺青是不是你做的？」督察仍舊拿著照片。

提耶希往前站了一步，他比警察高了十來公分，而且肌肉練得很壯。

「如果是我做的呢？」他的語氣幾乎是咆哮了。

「我們想要確認屍體的身分，你能幫忙嗎？」法蘭西斯的語氣流露出原本未有的疲憊。

提耶希看著瑪妮。

「哪裡一定有個人知道這個男人出了什麼事。」她回答時，又感受到她目睹情景的恐怖。她對提耶希點點頭，示意他把照片接過來。

他仔細看了一下，說：「有可能。」

瑪妮伸出一隻手，比著提耶希放在桌子一端的筆電。

「怎麼不查一查？如果是你做的，你的檔案裡會有照片。」

提耶希上半身朝著桌面前傾，將電腦打開。他搜尋時，三人靜靜湊在一塊。最後，他點了一個標題是「主題分類紋身」的資料夾，點開以後，畫面出現一連串的檔案，有「聖母」、「復仇天使」、「路西法」等等標題。

他選了一個名為「聖徒S」的檔案，一連串聖徒塞巴斯蒂安的刺青圖案在螢幕顯現，他打開好幾張，但每一張都與照片上的那個有明顯的差異，比如箭在身體上的位置不同，腦袋歪向另一側。

「等一等，」瑪妮說，「就是那個，回去。」

提耶希把視窗拉回去。

「妳說對了，」他說，「是一樣的。」

「客人是誰？」蘇利文說。

「我不記得我刺青的每個人的名字，我做過幾百個。」

「那日期呢？」瑪妮說，「照片檔有日期——你可以查看你那天的預約紀錄。」

提耶希點開一層又一層的檔案目錄。「五月四日，晚上八點十分。」

瑪妮和法蘭西斯不出聲，等待他載入他的行事曆，只聽見他敲打鍵盤的聲音。

「伊凡．阿姆斯壯，我想起他了，大塊頭，沒付我錢就跑的王八蛋。」

「沒錯，他大概有一百八十三公分。」法蘭西斯證實。

「我替他做的時候，他已經有幾個刺青了。」提耶希說。

法蘭西斯乘機把其他照片塞給他。「這些是他其他刺青，有沒有你的作品？」

瑪妮搖搖頭，但提耶希從容不迫，一張一張看下去。

「沒有，他當時早就刺了那個鐵絲網，什麼破玩意。」他往下看祈禱的雙手。「這個好多了……」

他繼續翻看，瑪妮也站在他的肩膀後方看著。

看到最後一張照片時，她倒抽了一口涼氣，提耶希輕輕罵了聲法語粗話。他們凝視著一張彩色屍首照片，整個右肩已經血肉模糊，創傷延伸到前胸後背。法蘭西斯一把將照片搶回去。

「抱歉，你們不該看到那張。」

「是老鼠嗎？」提耶希說。

「對，不過……」法蘭西斯深深吸了一口氣，「我們推測，某人也從那裡割下了一塊肉。」

瑪妮猛然抬頭看著他，「讓我再看一次。」

他把照片交給她，她這一回更仔細研究，臉龐漸漸沒有了血色。她伸出手指，劃出傷口的輪廓，然後搓了搓臉，彷彿想從眼前抹去那個畫面。

「我知道是什麼，」她指著傷口緩緩地說，「注意看那形狀——是對稱的，有人從他身上帶走了一個刺青。」

我喜歡處理活體。

刀子拉扯皮膚時輕柔的銼磨聲，暗紅色的銅味，鮮血在指間淌流的暖意。

我懷念它們。

從身體取下後，皮膚就失去生命，但能保持溫度柔軟一陣子。一側因為逐漸凝固的鮮血而黏糊糊的，另一側也許光溜溜，也許毛茸茸。如果是女人的，那就柔軟，如果是男人的，通常粗一點，但也不是絕對，有的男人皮膚可是非常柔軟。

尋找下一個受害者的時候到了，磨刀的時候到了，回去工作的時候到了。名單還長著呢。

8 法蘭西斯

法蘭西斯推開辦公室門時，很懷疑他敢不敢恭喜自己有個很好的開始，迅速確認死者身分可能就是查出命案真相的關鍵——大多數兇手與被害人之間存在某種關聯。

「羅利。」他坐下來，喊了一聲。

羅利出現在辦公室門口。

「確認我們的屍體就是穆林斯說的那個人嗎？」

「欸。」羅利邊說邊拿出一疊照片。「我從臉書上找到這些，伊凡．阿姆斯壯的臉書，他絕對就是我們在找的人——露出的刺青跟屍體的刺青一樣。」

法蘭西斯凝神注視照片，好幾張伊凡．阿姆斯壯度假所拍的照片，他穿著短袖T恤。

「但必須找他的近親正式確認。」警佐補充了一句。

「沒錯，謝謝你，羅利，這一點我很清楚。」

用不著說，這是發現屍體身分的壞處，是這份工作最討厭的地方，而且不是法蘭西斯可以派給下屬的任務——通知家屬噩耗是他的責任，這是小隊搞砸不起的事，因為被要求認屍，是傷心欲絕的父母或配偶最痛心又非歷經不可的事。

法蘭西斯看過一個女人，她的女兒被認為在姦殺案中遇害，警方要求她指認屍體。當她低頭凝望時，看到卻是斷了氣的陌生人的臉龐，整個人於是崩潰了。她作好了與孩子重逢的心理準備，卻連那一絲貧乏的安慰也被奪走了——她立刻墜回不明不白的漩渦。這是法蘭西斯絕對不想再見到的情景。

這一次不會發生那種事。伊凡．阿姆斯壯死了，他的家人有權知道。法蘭西斯開車前往他們位於沃辛的家，覺得一團烏雲尾隨在後。在可預見的未來中，他們將裹在一襲悲痛的斗篷中，唯有他將伊凡的兇手逮捕歸案，他們才會有些許的安慰。

「他們知道什麼嗎？」安琪．博頓陪他來，她將擔任家屬聯絡員。

「沒有報失蹤人口，很難說他們到底有沒有發現他不見了。他沒有案底，所以我們對他的家庭狀況也一無所知，這很可能對他們是青天霹靂。」

安琪默默不語，但絲毫沒有流露出緊張的痕跡。她有一張秀麗爽朗的臉蛋，而且脾氣隨和，她負責在這家人心碎時幫忙安撫，但他們不會知道，她真正的任務是從他們口中挖出與死者及其生活相關的線索。

「到了。」法蘭西斯說。他停在一棟一九三〇年代半獨立式住宅外，都鐸式橫梁和花飾鉛條窗都是仿製品。

安琪難過地搖了搖頭，走向前按門鈴。

「叫伊凡，對吧？」她說。

法蘭西斯點了點頭，這時他們也聽見腳步朝門移動的聲音。

他們坐下來，捧著加了奶的濃茶，法蘭西斯就不能再拖延下去了。伊凡的雙親都在家——他們已經退休——他們坐著望著他，眼神又擔憂又期待。雖然他們什麼話都還沒說，伊凡的母親看起來快哭了。屋裡的沉默持續蔓延。

「你說他們是從警局來的？」伊凡的父親顯然是在對妻子說話。

「沒錯，」法蘭西斯說，「我是法蘭西斯．蘇利文督察，這位是安琪拉．博頓探員。」

「是安琪。」她補充說。

法蘭西斯頓了一下，盯著窗外院子盡頭後方的市民農園，一名老嫗拿著耙子，有氣無力地挖著，這個畫面讓他一時看到著迷了。

別讓他們等。不，多給他們幾秒時間，再將他們的世界炸得天翻地覆……

他吞了一下口水，然後啟齒了。「阿姆斯壯先生、阿姆斯壯太太，你們最後一次看到伊凡或是得到他的消息是什麼時候？」

這句話就夠了。伊凡的母親揪著衣襟，喘了一大口氣，身子癱倒在椅背上，好像正在洩氣的氣球。

「他週末沒有打電話回家，我就說出事了。」她對丈夫說，丈夫立刻將她抱入懷中。

「等一等，雪倫，讓警察把話說完。」他臉色發白，法蘭西斯聽出他的聲音開始顫抖。

「週日上午，布萊頓英皇閣花園發現一具屍體，我們有理由相信那可能是伊凡。」

他不想對他們提及屍體是在垃圾箱裡發現的。

「所以他才沒打電話，」雪倫．阿姆斯壯說，「我打電話想找他的時候，他一定已經死了。」她的聲音變得尖銳，變得歇斯底里，眼神在屋子裡亂轉，無法停落在任何人或任何東西上。

安琪走過去，跪在她的身旁，一手從後方撐住她的腰，另一隻手放在雪倫的雙手上。

「你確定是他嗎？」伊凡的父親說，他的聲音啞了。

最艱難的部分來了。法蘭西斯盡可能地用溫和的語氣解釋，說他的五官已經模糊不清。他沒提到老鼠，而是告訴他們，由於他身上的刺青，他們認為是伊凡。接下來，他問他們有關從他肩頭消失的刺青。

事後，法蘭西斯記得他們所告訴他的事，卻想不起對談裡的瞎話。一杯茶灑了出來，安琪給雪倫拿了杯水，雪倫一度好像要暈過去，而戴夫．阿姆斯壯看著殘餘刺青的照片，面無表情，久久不發一語。

雪倫說：「我就知道不該去弄這些刺青。」她緊握著水杯，關節都發白了。「它們害他丟了命的，對不對？」

她的丈夫說：「這還不確定。」他轉頭面向法蘭西斯，「對吧？」

「現階段我們還不能推斷動機，或是知道他究竟出了什麼事，但你知道他左肩上有刺青？」

戴夫點點頭。「什麼部落圖案的，在肩膀上，往下延伸到胸部跟背部。是他最新的刺青，應該是兩三個月前才做的吧，他寄了一張刺青照片給我們。」

法蘭西斯看到照片時，心跳停了一拍。照片上的伊凡．阿姆斯壯裸露上半身，照片從後方拍攝，他的左肩紋著複雜細膩的幾何設計，刺青往下延伸到背部和肋骨側面。在他的臉書照片中，他們沒有找到這個刺青，法蘭西斯只看一眼，就看出它大致與屍體上的傷口形狀一樣。他必須把這張照片拿給蘿絲．路易斯，然後查出是哪個沒人性的傢伙幹下這種事，動機是什麼，伊凡．阿姆斯壯的人生又是哪一件事使他最後遇害並且遭到棄屍？他的社交媒體上沒有任何涉及犯罪的暗示，但不代表沒有這個可能。同時，他希望阿姆斯壯夫婦能從安琪、上帝或他們內心可能找到的儲備力量得到慰藉。

他出來後，察看手機，有好幾通未接來電，還有一則從不明號碼發出的留言。他撥進語音信箱聽取留言。

嗨，蘇利文督察，我叫湯姆．費茲，在《百眼巨人報》工作。關於英皇閣後方發現的屍體，不知道你有沒有可以透露給我的消息，我知道這個案子由你負責，我們明天想報導這個案子，所以我想知道被害人是誰，還有你推測他出了什麼事。要聯絡我，你可以……

法蘭西斯掛斷電話，門都沒有。

他悶悶不樂開車回辦公室，那個老問題折磨著他的內心，上帝為何要創造一個有這種邪惡存在的世界？為什麼有人要從他人身上割下刺青，害對方死去呢？是懲罰還是報復？還是可能與某種邪教有關？也許那個刺青設計具有神秘意義……他非常迷惘。他把車子停回局裡時，視線變得模糊不清，預告偏頭痛快發作了。他究竟要在哪裡找出答案呢？

9 法蘭西斯

布雷蕭總督察召集全體成員，縱覽案情迄今的發展。法蘭西斯遲到了，他自己無法容忍他人遲到，所以現在覺得慚愧不已，尤其是在他新長官的面前。他竭力偷偷溜進房間，不想引起任何人的注意。

「非常感謝你加入我們，蘇利文督察。」布雷蕭總督察的聲音從開放式辦公室的牆壁反彈回來，在法蘭西斯的胸膛中發出回響。「我想你遲到是有理由的吧？」

有人誇張地嘆了一口氣，他聽到一個探員對另一個耳語：「我們絕對有苦頭可吃了。」要贏得隊上弟兄的尊敬，他還有很長一條路要走。

「長官，我去告知受害者家屬噩耗。」好像又回到了學校。

「好，希望你得到一些有用的情報。」一抹冷笑讓布雷蕭的臉甚至比靜止不動時還醜陋。

「長官，我是這樣認為沒錯。」口氣要不帶諷刺真難。「我現在掌握了受害者的一些資訊。」

「那個我們等一下再說，蘇利文。羅利，你繼續。」

喲，法蘭西斯遲到了，位置就讓給了代理人啦。讓這種事發生他就慘了。

「我是不是……」他一面趕緊插嘴，一面從希欽斯探員後面站出來，讓總督察可以清楚看見他。

「你知道羅利查到什麼了？」

法蘭西斯搖頭。

布雷蕭挑了挑眉，朝羅利的方向點個頭。

「蘿絲・路易斯開始檢驗屍體，應該明天下午前就能把驗屍報告交給我們，」羅利說，「現場勘驗的結果顯示，受害人在咖啡館附近人行道上受到猛烈攻擊，然後拖進草叢不讓人發現。」

「知不知道大約的死亡時間？」

「午夜到週日上午六點之間，驗屍結果應該能讓蘿絲再進一步縮小時間範圍。」

「我回來路上才跟蘿絲通過電話。」法蘭西斯說。

布雷蕭朝他點個頭，示意他說下去。

「根據核心體溫與肌肉僵硬程度，她推測死亡時間落在兩點十五分到兩點四十五分之間。由於在垃圾箱裡溫度會提高，處於屍僵狀態的時間較短，體溫也保持得更久。她找到腐敗的初期跡象，腐敗也因為溫度關係加快。」

「還有別的嗎？」

「我們從現場移走屍體前，屍斑已經出現了，他被發現時的姿勢造成血液集中，也就是說，他如果不是死前被丟在那裡，就是死後一個小時之內就被丟棄了。」

法蘭西斯講完以後，大致環視了一下房間，但隊上沒有人迎接他的目光。

「好，現在來講講受害者吧，」布雷蕭說，「羅利？」

「死者名叫伊凡・阿姆斯壯。」

「知道，我們早知道了，」布雷蕭說，「他為什麼被殺？兇手可能是誰？」

法蘭西斯逮住這個機會，怎麼說這也是他的案子。「他肩膀傷口的形狀顯示有個刺青從他身上被割下來，我從他父母那裡取得一張照片，證實了這個推論。」

「有沒有為何有人要這麼做的線索？」

法蘭西斯搖搖頭，「目前還沒有線索。」

「那個女的，那個刺青師，她沒辦法告訴你？」

「長官，這是剛剛提出的推測，我正準備讓下面的人開始調查。」

「好，千萬不要他媽的忽略這條線索，趕快去查，我們必須知道有關阿姆斯壯的每一件事：住址、工作、朋友有誰、空閒時幹什麼。加把勁，蘇利文，你知道怎麼辦案。」

他媽的，他當然知道──要不是必須浪費時間參加這種會議，他早就在查了。

「是的，長官。博頓目前正在陪同家屬，她會盡力從他們口中蒐集線索。」

「新街和英皇閣附近的道路監視器呢？有沒有找到什麼有意思的？」

「霍林斯？」法蘭西斯提醒他，一定要證明他確實交代了下面去辦事。

「希欽斯。」霍林斯說。

希欽斯探員先望了法蘭西斯一眼，接著看著布雷蕭。

「沒有找到與命案相關的明顯線索，」他說，「週六晚上很熱鬧，附近多了許多參觀刺青藝術展的人，看來酒吧生意很好，路上有很多喝醉的人，許多穿著連帽上衣的傢伙想勾搭女人……」

「不夠仔細，」法蘭西斯說，「去找阿姆斯壯的朋友查一查他那晚的活動，然後再看一遍監視器畫面。」

「有沒有人報警說他失蹤了？」布雷蕭問。

「到目前為止沒有。」羅利說。

「我怎麼一點也不驚訝呢？」布雷蕭咕噥，「好，繼續查，我希望明天午餐時間以前嫌犯會出現在這個板子上。」他用指關節敲了幾下板子。「最後一件事，誰跟媒體說過話？今天早上《百眼巨人報》有篇報導，整篇都是捕風捉影，但你們必須趕緊讓媒體別再亂做報導。」接著，他食指朝著法蘭西斯一指。「你，蘇利文，馬上到我的辦公室。」

「是的，長官。」

法蘭西斯跟著布雷蕭穿過走廊走上樓，來到他位於頂樓的辦公室。他有預感，進來是要再挨一頓痛罵，好像在重案調查室數落他還不夠。總督察不耐地帶他進去，沒邀請他坐下，自己倒是一屁股就坐到自己的椅子上，還大聲嘆了一口氣。法蘭西斯立正站在辦公桌前，等待無法避免的事發生。

「聽好了，小子，我不想在你的隊員面前給你難堪，但你必須做得更好。我推薦你升上來，是因為我認為你可以勝任這份工作，這風險很大。」

「我明白，長官，我也十二萬分感謝……」

「我才不在乎你的感謝，我信任你，到目前為止，我沒有得到任何回報，太多太多還沒有解開的謎團，動機是什麼？搶劫但出了差錯？我猜你在屍體上沒有找到皮夾，不然你早就知道身分了。有沒有找週日巡邏的制服員警談過？去找值班的巡警，跟他要報案的清單。」

布雷蕭是一個會陶醉在自己聲音中的男人，法蘭西斯從經驗知道，讓他繼續發飆到筋疲力竭才是上策。

「你從發現屍體的女人那裡還查出什麼？她沒有其他消息可以告訴你嗎？快說，有什麼可以告訴我的？」

「沒有，長官，她非常不願出面，死者身上沒有發現皮夾，但在他牛仔褲口袋發現相當多的現金，所以我不認為動機是劫財。希欽斯正在找制服員警追查情況，安琪・博頓也正在走訪親人問話。」

「你的證人是怎麼搞的？怎麼一開始不肯提供自己的名字？」

「她看樣子對警察相當有敵意。」

布雷蕭翻了個白眼。

「所以，你需要查出原因，那也許跟案子有關。在正常情況下，民眾不會無緣無故對我們產生敵意。」

法蘭西斯不知道該不該再提起屍體的刺青被割走的推論，但布雷蕭已經脹紅了臉，法蘭西斯沒有把握他的血壓能夠承受得住。

「她那個丈夫，他究竟有沒有提供什麼有用的情報？」

「沒有，只說被害人沒有付他刺青的錢，但那是過去的事了。」

一聽他說起這件事，布雷蕭勃然大怒，在椅子上挺直了腰。

「被害人欠這男的錢，結果死了？這就是你案情分析板上的第一個嫌疑犯啊，把他叫來問話。還有，不要再浪費我他媽的時間亂搞你的調查，不然就換羅利上來負責，你就去指揮交通到退休為止好了。」

幾秒鐘時間就能作好明確的判斷評估。把腦袋從身體摘下來比較好，這樣工作時才能不受干擾，因為剝頭皮是非常棘手的工作。在戶外取下人頭需要鋸子，而且會造成異常大量的出血。他仍舊不省人事，呼吸急促，但在把組織工作仔細想清楚時，那個聲音讓人感到安慰。

這裡不行，平面停車場不行——我在那裡從後方用沾了乙醚的破布讓下手目標嚇了一跳——我毫無特色的白色小貨車不行。回去農莊也不行，我不想那麼麻煩，除了要清除證據以外，還得再把屍體弄走。但是，我想為我最愛的城市，再留下一張小小的名片。第一次，是英皇閣。這一個也許可以拖到碼頭底下，那裡的黑暗空間可以隱藏屍體，而且天亮之前，血就會被沖刷乾淨，完全不會留下任何披露我個人訊息的痕跡。等到他在某個黑暗深處被人發現時，已經沒有什麼可以把罪刑與我、小貨車或農莊連接在一塊。

年輕人輕輕發出哼聲——他也只剩這點能耐——告訴我乙醚快失效了。我迅速打開褐色玻璃瓶蓋，把碎布浸濕。年輕人吸進去後，還嘆了一口氣，彷彿迎接一名舊識，讓我能夠自由繼續幹我的計畫。

車上有肉鋸，應該可以快速處理好他的脖子。手錶顯示快要半夜兩點了，時間充足，天亮以前就可以回到工作室。如果腦袋還有溫度，仍舊很容易就能在皮膚僵硬前把他的刺青剝下來。之後呢，也不用急著處理剩餘的腦袋了。計畫就緒，幹活時間到了。我用電線束線帶固定他的手腕腳踝——我把他處理好之前，他一定會又醒來。接著，我用大浴巾包住他的頭，在後腦勺綁了一個大結固定好，他的頭皮皮膚可禁不得損傷——死皮無法癒合，任何的小傷痕，都會是人皮刺青上的永恆瑕疵。

四十分鐘後，我沿著馬德拉道，開車經過碼頭起點，朝著肯普敦區前進，路上沒有遇到其他車子。幸好今晚沒有月亮——等我們走向海灘時，天鵝絨般的黑暗會吞沒我們。我在一排空空蕩蕩的停車格停好小貨車，等了幾分鐘，但外頭死一般的寂靜，沒有人會在這個時候出來遛狗。我必須相信我是一個人。

年輕人開始發出呻吟，在後座扭動，非常害怕。小便的臭味和恐懼給我帶來樂趣，我考慮有沒有可能就讓他保持清醒，直到鋸片把他帶回到下方的黑暗。但掙扎可能會讓他寶貴的腦袋磕上鵝卵石，沒必要冒上這點風險。一分鐘後，乙醚再次馴服了他，我打開小貨車的後門，沒有人看到我拖著他經過人行道，走到鵝卵石沙灘上。沒有人看到我在水邊蹲下開始下刀，也沒有人聽到我鋸齒狀刀片鋸開他皮膚的刮擦聲，或者鋸斷他骨頭時更刺耳的聲音。只有兇猛的海浪看到了。當他的身體陷入淺灘時，我們是完全孤獨的，沒有人在這裡目睹血絲消散在英吉利海峽令人不安的黑水中。沒有，除了一頭目光飛快尋找垃圾食物的孤獨海鷗。當然，還有我。

回到我的工作室後，我站著與人頭面對面，他的褐色眼睛睜著，少了生命，看起來好像玻璃假眼。

他額頭左側的蜘蛛網很明顯，但新冒出頭的細髮模糊了那隻停在頭蓋骨頂部的巨蛛線條。我輕撫圓圓的頭骨，享受小平頭粗糙的短髮摩擦我的指尖肚。但這些短髮不會留下——在鞣製過程中，化學藥劑會讓毛髮脫落。他的頭仍舊有溫度，皮膚仍舊柔軟有彈性。我將它轉過去，看一看和蜘蛛肚吐出的蜘蛛絲結合的刻字。

彼列

魔鬼的名字，以蜿蜒曲折的哥德體，盤繞在他的後腦勺上。

「『基督和彼列有什麼呼應呢？信主的和不信主的有什麼相干呢？』」我輕聲細語，拿起我的刀。我最愛的《哥林多書》的詩句。我要證明給那個不信我的王八蛋看，我要證明給他看我的能耐。當你自己的親人拋棄你，野心之火就會燃燒得更加燦爛不是嗎？你想靠證明自己的成就來報復他們。

我剩下的工作就是開始慢慢從骨頭剝下皮肉。

10 羅利

羅利．麥凱揚揚得意，見到老大在那場簡報中倉皇失措，他真是開心極了。遲到應該讓蘇利文在總督察的心中留下第一個不良紀錄，而他每回答一個問題，他的汙點就更是抹不清了。在此期間，羅利則會確保他一點一滴的貢獻都得到應有的讚許，但願蘇利文的位子在第一個案子之後就坐不住了。

不過，隊上已經有案子要辦，而且好歹——難得一次——受害者不是幼童或受到性侵的年輕女子。這案子應該不難偵破，動機不是搶劫的話，就是小偷彼此之間鬧翻了。羅利掌握大多數以布萊頓為家的流氓歹徒，他敢下賭注，這起命案跟幫派有關。不過，這個新任長官還乳臭未乾，等蘇利文搞得一團糟，羅利就可以趁機插手介入，一定可以幹上督察這個位置。

儘管布雷蕭抱怨連連，案發三十六個小時後，案情分析板看起來還頗像樣的。犯罪現場的照片已經釘上去，既然已經查出身分，等到他們稍微挖掘一下伊凡．阿姆斯壯的過去，羅利有把握他們也能提出一份嫌疑犯名單。

「麥凱，借一步說話。」

羅利從桌子抬起頭，見到蘇利文督察站在門口。

「老大。」他一面打招呼，一面站起來。

他跟著督察走進他升職後分配到的辦公室，鴿籠般的小房間整理過了，但破破爛爛的地毯上，還有工作抽菸仍舊合法時代被菸燙出的破洞。但話說回來，身為年紀最輕的督察，是不可能分到還有景觀可瞧的大辦公室。

這應該是我的。

法蘭西斯坐在辦公桌一側，羅利坐在另一側。羅利不發一語，看著老大在椅子上坐好，指頭撥弄著收件籃中厚紙卷宗的一角，表情像是被訓斥一頓的學童，臉頰一片潮紅。

「好，我們帶瑪妮．穆林斯、提耶希．穆林斯回局裡正式問話，立刻帶人去辦，我希望今天晚上見到他們兩個，免得他們有時間討論不在場證明。」

他們的不在場證明？他是認真的嗎？

「沒問題，老大，你認為他們涉案嗎？一起？我以為他們離婚了。」

「離了，據說是離了。」在會議中心辦公室，他們之間絕對有某種默契存在。

羅利疑惑地看他一眼。

「我想他們兩人都不大可能跟這件事有關，」法蘭西斯說，「但我們該做的事一件也不能省略，伊凡．阿姆斯壯身上有一個刺青被割下來，所以案子會引起媒體極大的興趣，任何顯而易見的線索我們都不能放過。」

羅利像是聽到布雷蕭在說話。

「也就是要偷偷蒐集情報？」

督察嘆了一口氣，頭歪向一邊。

「老大，這可以報加班嗎？」羅利說。他很清楚不行。

「快出去做事，加班費有問題的話，布雷蕭那邊我會處理。」

有意思，這小子對他發脾氣，而且擺明了不怕跟總督察槓上。

「還有，不要告訴任何人——我不想看到《百眼巨人報》報導這件事。」

聽起來像是指控，他改了討好媒體的那個論調。

＊　＊　＊

他握住門把，走進偵訊室。「瑪妮．穆林斯，對吧？」

她一言不發瞪著他。

「我想問妳幾個問題，關於週日在英皇閣花園發生的事。」

「我已經跟你的督察說過了，我沒有任何可以補充的。」

「即使是那樣，我也必須替妳做正式的筆錄。」

羅利從偵訊室門上的長方窗窺看證人時，已經過了晚間十點，這是他們故意採取的策略——等證人筋疲力竭再訊問他們，他們更沒有防備能力。一名嬌小黑髮女子坐在桌旁，不安地絞著開襟毛衣的袖子，露出只可能是無辜者的內疚表情。

他拿出筆記本，舔了舔鉛筆的筆尖。「好，穆林斯女士，請確實告訴我妳週日到英皇閣花園時發生了什麼事。」

「你是不是忘了什麼？」

「有嗎？」

「你沒有宣讀我的權利。」

「因為妳不是被逮捕，妳是來這裡做證人筆錄。」

女人站起來，把椅子往後推開。「那麼，我就可以自由離開。」

這是一句陳述，不是一個問題。

羅利也站起來。「穆林斯女士，如果直接做筆錄，自願回答幾個問題，我們兩個都會輕鬆許多。我們需要妳回答這些問題，妳現在不回答的話，我們會申請搜索票。」

「警佐，直接告訴我一件事吧，我是不是嫌疑犯？」

她也許不是嫌疑犯，但她絕對不會自願幫忙，反正她也沒有什麼有用的資訊可以告訴他。

「妳不是嫌疑犯，但有一個男人遭到謀殺，而妳發現了屍體。妳能夠告訴我們的訊息，也許可以讓我們更清楚是誰下的手，就算那些訊息對妳來說沒有任何意義。請坐下，我們會盡快結束。」

瑪妮．穆林斯勉為其難又坐下來。不知道是什麼原因，羅利感覺她很熟悉警方問話，她一定老早就清楚警方的辦案程序。想想她周旋的生活圈，這或許也沒什麼好稀奇的。

「好，告訴我週日發生了什麼事。」

「我去英皇閣花園買咖啡，在垃圾箱發現一具屍體，我打電話報警。」

瑪妮．穆林斯贏了第一回合。

羅利坐到他的椅子上。「簡單扼要，不錯。現在把週日上午發生的事，詳詳細細地告訴我。」

他要問到第六次，才取到符合他所需的細節，不過最後他認為問出了所有對查案可能有用的事實。他們完成之後，她一臉疲憊。

「謝謝妳的合作，穆林斯女士，妳可以離開了。」

她站起來，沒有看著他的眼睛。

羅利走向門口，準備送她出去。他把手停在門把上，停下腳步，朝她的方向轉過身。

「最後一件事，」他說，「妳週日清晨一點到五點之間在哪裡？」

瑪妮退後一步，一隻手扶著桌子讓自己站穩腳步。「你不能問我那個問題。」

「當然可以，妳週日清晨一點到五點之間在哪裡？」

「我不是嫌疑犯。」

羅利停在門邊，聽到她的呼吸，短促的呼吸。她受到驚嚇了。

「我在床上睡覺，在我家。」

「跟妳丈夫？」

「是前夫，我是他最不想同床共枕的人。」

她一開口，聲音就啞了。她伸手去拿仍舊置於桌上的那杯水，把紙杯舉到嘴邊時，雙手抖得非常嚴重，大部分的水都濺到了美耐板桌面。

羅利對自己很滿意，但願用監視器旁觀的蘇利文能跟他學到幾招問話技巧。他領著瑪妮·穆林斯走出偵訊室，往接待區的途中，與她正要被帶去問話的前夫在走廊擦身而過。已經過了半夜一點，久候幾乎沒有緩和他的情緒。

「Merde（**媽的**）。」提耶希瞪著瑪妮說。

她別過臉，一句話也沒說。

「這樣跟老婆打招呼，還真溫柔啊，」羅利說，「難怪妳甩了他。」

他說這話時，瑪妮給他的眼神，跟提耶希給她的眼神一樣，充滿著敵意。絕對是他們不滿警察，而不是她不滿他。羅利帶她穿過接待區走到門口，很好奇他們之間的關係。

「我現在可以自由離開了嗎？」她問。

「可以，但我們可能需要再找妳問話。」那當然是要看看提耶希·穆林斯訊問時告訴他們什麼，但他不準備讓瑪妮知道這一點。

蘇利文督察進去訊問提耶希時，羅利取代他成為旁觀者。

「週日半夜一點到五點之間你人在哪裡？」蘇利文開門見山就問。

嘭！直截了當，毫無巧妙之處，沒有讓嫌疑犯產生錯誤的安全感。**白癡。**

「幾乎都在睡覺。」

蘇利文低頭盯著他。穆林斯稍早幫忙確認了死者的身分，結果還被硬拉來這裡，自然是氣憤難平，但老大不吃這套。

「幾乎都在睡覺？那沒睡覺的時間呢？」

「那些時間我在床上。」提耶希·穆林斯顯然想要停止這一連串的問題。

「哪裡的床上？」

漫長的沉默，幸虧這小子起碼還有點腦袋，知道不要替嫌疑犯提詞。

「我釣到一個女孩，回到她住的地方，我記不清楚是在哪裡。」

「你在哪裡遇見她？」

「心手酒館。」

是北街一間骯髒的酒館，羅利雖然不會去那裡喝酒，但是對那裡很熟，那不是警察會受歡迎的那種地方。

「女孩的名字？」

穆林斯一臉茫然，聳聳肩膀。「琳妮？琳絲？大概是琳什麼的。」

「穆林斯先生，如果你又見到她的話，認得出她來嗎？」

「當然認得出來，她下腰處有一個美人魚刺青，那也沒什麼，我喝醉了，所以細節記不得。」

「恐怕我們得更徹底確認細節。」

「為什麼？你認為我跟伊凡．阿姆斯壯的死有關聯？我是嫌疑犯？」穆林斯講這句話簡直是咬牙切齒。

「他確實欠你錢，對吧？」

刺青師哼了一聲，在椅子上側過身去，免得必須看著法蘭西斯。換句話說，法蘭西斯搞砸了，他失去了對方原本就低落的合作意願，現在無法從提耶希．穆林斯口中問出任何有用的線索。

「我要找我的律師，不要再問了。」

一下子就問不下去了。羅利的電話響起時，他毫無顧忌接了起來。

是值勤的警察，他聽起來上氣不接下氣。

「麥凱？發現一具屍體，剛才有人報警，在海灘那邊，宮殿碼頭底下。」

11 法蘭西斯

那一夜，上床睡覺的機會從渺茫變成零——當他們飛車開下老史坦大道時，法蘭西斯心中是這麼想著的。羅利不守交通規則，直接駛過無車的圓環，駕輕就熟停在宮殿碼頭入口的大廣場上。已經有兩輛制服警察的車停在那裡，還有一輛救護車開著引擎待命，就停在馬德拉道斑馬線旁的鋸齒狀減速線上。

羅利說：「那幫人滾了也無妨。」他們一路小跑下了石階，從海濱人行步道來到了海灘。

法蘭西斯同意，救護車派不上用場，現場需要幾個小時處理，接著屍體會直接送往驗屍室。

「除非是希欽斯吐得亂七八糟需要就醫。」羅利補充一句。

他們小心翼翼踩過鵝卵石朝現場走去。

一名穿著警察制服的高大男子朝他們走來，法蘭西斯說：「警佐，什麼情況？」

「碼頭底下發現屍體，大約是一個小時前，一對年輕情侶報的案。」

「他們發現他的時候，一定死了吧？男性還是女性？」

「男性，少了一顆腦袋。」

哦，必死無疑了。

「我們去看看。」

警佐帶他們走進濃黑如墨的碼頭底下，一群制服員警用藍白封鎖線圍住支撐上方木鐵結構的巨柱。

「那對情侶在那下面做什麼？」法蘭西斯說。

羅利哈哈大笑。

「離開夜店要回家。」警佐一本正經地說。

法蘭西斯恍然大悟，覺得臉開始紅了起來。

羅利沒吭聲，他什麼都不用說。他們走在鵝卵石上，羅利從口袋摸出黑色塑膠電子菸吸了起來。

屍體趴在水邊不遠處，殘餘的脖子血肉模糊，在警佐手電筒的暗光照射下，看起來一團黑糊糊的。男人腰部以上赤裸，仍舊穿著血跡斑斑的牛仔褲和運動鞋。長褲後面口袋有一個皮夾形狀的凸塊，波浪一陣一陣打來，恰好淹及一隻腳。

「現在是漲潮還是退潮？」法蘭西斯問。

羅利觀察海岸線一會，「漲潮，老大，但看樣子快滿潮了。」

「水位繼續漲高會破壞現場，我們動作要快。」法蘭西斯看了看四周。「好，沒事的人都不准進入這個區域。羅利，我們需要鑑定蒐證衣。警佐，問一下刑事鑑識人員多久會到，還有他媽的弄幾盞燈來。」

羅利踩著鵝卵石回頭走向車子。

「還有，叫人開始去找那顆頭。」

十分鐘後蘿絲·路易斯趕到時，法蘭西斯已經穿好衣服開始指揮。刑事鑑識人員架起LED巨燈，讓法蘭西斯和蘿絲可以更仔細勘驗屍體。在強光下，男子皮膚呈現綠色色調，殘存的脖子從黑色變成閃爍光芒的暗紅。顫動的血塊附著在模糊的血肉上，好像巨大的球狀果凍。造成切口的兇器把邊緣皮膚搞得破破爛爛，參差不齊。他的軀幹有大量刺青，兩隻手臂也有——從不對的角度看去，法蘭西斯分辨不出那些深黑色的輪廓是什麼。蘿絲指示一個鑑識人員拍照，自己則測量屍體的溫度、地面溫度和空氣溫度，幫助自己推測死亡時間。

法蘭西斯從蘿絲的蒐證工具組中，找出一把拋棄式鑷子，把那人口袋裡的皮夾抽出來。是一個褐色皮革摺疊皮夾，吸足了水分，沉甸甸的。他用戴著手套的手，倉卒檢查有沒有身分證件，裡面有現金、一疊收據，卻沒有任何提供主人身分的線索。

他把皮夾丟進塑膠證物袋，如果收據不是很濕的話，也許可以提供有用的線索。

羅利和法蘭西斯一同凝視著屍體。

「刺青。」羅利說。

「這些並沒有受到損傷。」蘿絲順著他的思路說。

「是這樣沒錯，但代表他更有可能在我們的檔案裡，有些刺青看起來跟幫派有關。」

在羅利的字典裡，刺青意味著犯罪關聯，這種思維過程直到最近也許都還讓他覺得心虛。不過他現在對兩者之間的關聯不敢那麼肯定了，他們徹底調查了伊凡．阿姆斯壯，但一無所獲。

「回驗屍室後，我會採集他的指紋，」蘿絲說，「這個現場容易遭到破壞，等到能夠移動他的時候，我希望盡快讓他離開這裡。」

「他是在這裡遇害，還是剛好被丟在這裡？」法蘭西斯說。

「現在判斷還太早，不管在哪裡發生的，砍頭一定會流大量的血，除非是斷氣後才砍的。」

「是斷氣後才下手的嗎？」

蘿絲拿著小手電筒直接往殘屍照過去，沉默了好一會。法蘭西斯突然察覺海潮牽引著腳下的鵝卵石，必須後退半步才能站穩腳步。沒有什麼是穩定牢靠的，你自以為掌握了自己的人生，但逆流的暗潮永遠都在……

「不是，我們的年輕人是活生生被砍下腦袋——他明顯大量失血，如果是斷氣後才丟了腦袋，不會流出這麼多的血。」

12 提耶希

如果他這輩子再也不會見到警察，那麼這輩子一定很短。提耶希・穆林斯一面喃喃自語，一面闊步沿著約翰街離開警局。Merde（**媽的**）！他拐進愛德華街時，險些撞上一個拉著菜籃車的老太太，但他還在氣頭上，就沒有停下腳步說道歉。他要去執行一項任務，如果說有誰應該道歉，也應該是別人要對他道歉。可惡的前妻，Putain（**幹**）！美好的永遠都會失去，但不知為何自己的錯誤卻是永遠躲不開。

被關了十六個小時。他看了一眼剛才值班員警才還給他的手錶，沒有手機，無法找律師。**但他又沒有被逮捕，幹嘛需要律師呢？**這是他們的說詞，他對自己的權利可是清楚得很，他的權利受到侵犯了。他媽的flics（**條子**）。

熱騰騰的糕點香氣從外賣店飄出來，他不禁停下腳步。他們險些把他給餓死，一整夜下來，是拿了幾次三明治給他，但白麵包不新鮮到邊緣都翹起來了，鮪魚餡也是臭的，根本不能吃，每一回他都把桌上的紙盤子推開。過去這二十四個小時，他只靠著他們難喝到爆的咖啡撐著。

後來，他們知道起訴不了就只好放他走，值班員警走進偵訊室對他說，他們已經確認他的不在場證明，找到了一個叫琳莎的女孩子，她身上有美人魚刺青，也承認在某種脅迫之下，週六夜晚確實從酒吧帶了一個男人回公寓，那人跟她共處到隔日上午大約九點為止。她也不記得他的名字，員警似乎覺得這一點十分好笑。

提耶希拿著香腸捲從店裡走出來，已經差不多是午餐時間了，他浪費整整一個上午的時間，錯過工作室兩個預約客人，他很需要這筆錢！但願查理或諾亞幫他完成他該做的工作，但那還是沒幫到他。

愛德華街繼續走下去就是東街了，路過布萊頓學院時，他好奇那個自大無用的督察是否就在這棟紅磚建築中度過性格形成時期。他過了馬路，拐入學院廣場，再轉彎走上學院大街。瑪妮的房子——更確切地說，他的房子——位於這條路中段右側。他敲了敲門，忍著從窗戶偷看的衝動。他實在不該交出大門鑰匙，但當時感覺交出來才是對的，現在瑪妮擁有房子和亞歷克斯，而他獨自住在浴室發霉的破爛單房公寓。

他氣呼呼盯著本來屬於他的大門，沒人來應門，他的怒火再度爆發。他又吼又叫，對著門底一陣猛踢，門這下子才終於開了。

瑪妮對他眨了眨眼，臉龐掠過一陣驚慌。她後退一步，有點吃驚。

「瑪妮？」他的怒氣暫時熄了，保護她的老本能開始運轉，這是他這麼多年來的預設模式。

「提耶希。」她想當著他的面把門關上。

「等一下好嗎？」他把一隻腳卡到越來越窄的門縫中。

「你嚇到我了。」

「而妳害我被警察捉去。」他猜得到是什麼教她害怕，她什麼時候才要放下過去呢？「讓我進去。」

他用力推門，兩人搏鬥了一下，最後提耶希贏了，從她身邊擠進了門廳，停在原地喘了幾秒鐘。

「瑪妮，告訴我，妳是在怕什麼？」

「沒什麼，我只是很緊張，這一切……讓過去回來了。」

他猜中了。她轉頭面向他，滿臉的倦容。他熟悉那個表情——那表示她睡不好覺，八成也沒好好吃東西，她自己一個人是不行的。但這表示她需要他在身邊嗎？而他準備好再作出那個承諾嗎？

「妳明知保羅還在坐牢，沒什麼好擔心的。」他稍微軟化了語氣。

「他是被關起來沒錯，但總是有辦法來煩擾我。」

這不是他來找她的理由，他不想鑽研最好遺忘的事情。「瑪妮，妳不該讓自己攪混到這件事裡，我不能再跟警察起衝突了。」

她嘆了一口氣，「我知道，對不起。」

「他們扣留了我一個晚上。」

她露出驚愕的表情。「酒？」

好歹這件事她還能做。「有什麼已經打開的？」他問。
「有一瓶Côtes de Blaye。」
提耶希皺起鼻子，那不是他喜歡的酒。
「先來個道歉吧。」他歪著頭說。
「道什麼歉？」
「Merde（**媽的**）！我剛剛在警局待了十六個鐘頭，都是妳害的。」
「他們剛剛才放你出來？」
「Oui（**對**），謝謝妳的關心。」
瑪妮聳了聳肩膀，「我哪知道他們還把你關著。」
「他們好像認為，被殺的男人欠我錢，所以我可能就是兇手。」他吁了一口氣。「妳何必非得告訴他們，他腿上的刺青是我做的？」
「行行好，提耶希。」瑪妮不服氣地搖搖頭。「我打了匿名電話報警，哇，我發現一具屍體欸，你覺得我應該對這件事不理不睬嗎？」
「當然，一定還有別人也看到了。」
他跟著她走進廚房，他們的廚房，他設計的，他和查理一起搭蓋的。那是他們婚姻最美好的一段歲月，他們將煩惱留在法國，在布萊頓開啟嶄新的人生。瑪妮照顧還是嬰兒的兒子，傷開始慢慢癒合。曾經有一段短暫的日子，提耶希以為未來很容易。
瑪妮拔開剩下半瓶的紅酒瓶塞，把酒分成兩杯。
「記住，」她拿杯子給他時說，「我必須給我們的兒子豎立榜樣，你可能覺得你迴避你的責任沒關係，但在這裡得要有個人像成年人。」

「什麼責任？」

瑪妮翻了個白眼。「首先，養你兒子吧。」她說。

提耶希哼了一聲，老是抱怨這個，他聽多了，沒什麼好說了。

「提耶希，酒喝了就滾吧，我累死了，沒力氣跟你談這種鳥事。」

他用力聞了聞杯子。

「走味了，這酒走味了。」他聳聳肩膀說。「還有，不要再糾結在保羅上了，妳需要好好睡一覺。」

瑪妮的目光跟他留在廚房抽屜的賽巴迪牌刀具一樣銳利。

「他寫信給我。」

「什麼時候？」

「幾個月前。」

當時她都沒對他提，意識到這一點，他的心感到刺痛。

「信上說什麼？」

「我沒有打開。」

恐懼的神情回到她的面容，提耶希突然很想讓她什麼煩惱也沒有。「妳明知道這不代表什麼，寶貝，他是在作弄妳，他被關起來，他不能傷害妳。」

「信就傷害我了。」她說。

他舉起手懇求。「還留著嗎？我可以看看嗎？」

「我把它扔了。」

他看得出來她在說謊，但太累了，沒力氣跟她爭吵。

「好，我走了。」

他回到門廳時，亞歷克斯出現在樓梯，身上還穿著睡衣，眼底有濃濃的睡意。

Merde（**媽的**）。

「爸？你來這裡做什麼？」

「你爸正好要走了。」瑪妮說。

她趕上來，把提耶希朝門口推去。

「提耶希，不要來打擾我，不要再來了，你太容易讓我想到保羅。」

如果她的軍火庫中有可以真正傷害他的言語，那就是這句話了。如果她仍舊有那樣的想法，他們之間關係永遠無法正常。他感覺喉嚨哽住了，轉過身去，不讓她看到自己的臉。

瑪妮打開門，把他推到大門臺階上。

「保羅是誰？」他聽到亞歷克斯在樓梯上問。

門砰一聲關上，現在只剩他一人了。

這個工作需要多重工序。剝皮，防腐處理，浸水，浸灰，削肉，起灰皮，脫灰，酵解，浸酸，脫脂，鞣製，中和，加脂，絞水，伸展，染色。想製作出非常柔軟又富韌性的皮，每一個步驟都很重要。

一般人不把人皮當皮革，但你必須明白，人皮做出來的作品最討人喜歡，尤其是有刺青的人皮。我總是覺得很奇怪，屠殺動物做成皮革前，為什麼不先給牠們刺青呢？那樣的成品會是獨特而美麗的。

這張紋著扭曲蜘蛛網的頭皮，將是一張非常出色的作品。剝頭皮是高難度工作，必須慢慢來，以免撕破了皮膚。鞣製前，皮非常脆弱。但是，手腳還是要快，因為皮膚溫暖時有彈性，能延展——皮膚一旦冷掉，就會變硬，提高工作的難度。我費了兩個小時工夫，輕輕把年輕人的頭皮和頭骨分開，一次切開剝開一公分。

現在它泡在鹽水中保存，這只是從皮膚到皮革之旅的第一階段，鹽會吸收水分，殺死細菌。取下的頭皮在水面下蜿蜒漂動，像一條肥美的錦鯉。

我有一個特別的任務，其實是一項殊榮。收藏大師要我為他準備這些人皮，因為他認定我有獨一無二的天分。

我自己該死的爸爸從來沒有承認過。

為什麼突然想起那一切？工作時，我不能讓爸爸進入我的思緒，當他在我的腦海中，我的雙手就要發抖，我會失去專注力。我越想要驅逐他，他就讓我越加感受到他的存在——削弱自信，小看自己，承認自己那些惡劣無比的事實。

我閉上眼，連續做了幾下深呼吸，重新將注意力集中在收藏大師上。

收藏大師彌補了親生父親的不足，那男人是那麼多次、那麼頻繁讓我失望。爸爸認為我是窩囊廢，收藏大師卻看出我的長處，賦予我工作目標。撫平人皮，軟化人皮，撫摸人皮，將人皮改造成一件比活著時美麗許多的東西。我把它從生人身上剝下，化作一件藝術品。藝術比人命更重要。

我的工作真療癒。

13 法蘭西斯

法蘭西斯看到店面上方的招牌，就知道來對地方了。團團簇簇的紅色粉色菊花上，黑色草體字母寫著一行字：「天外紋身」，那些菊花就像瑪妮．穆林斯藝術展時紋在女孩身上的，所以這裡就是她的地盤了。他透過窗子察看沒有開燈的店舖，辨認出一個小櫃檯，側邊有一排不成對的椅子。正如所料，牆壁都是紋身設計。櫃檯後方有個架子，擺了幾排蠟燭、幾本書，還有好幾樣在半明半暗中分辨不清的東西。

門後掛著「歡迎光臨」的牌子，但顯然沒有營業。法蘭西斯把破舊的公事包夾在腋下，雙手貼著玻璃，想更仔細瞧一瞧裡面。店面後頭有一道門，他勉強看到門緣透出一線微光，也許她在裡面。

他敲了敲玻璃門，又試試看門把，門竟然開了，有點卡的鉸鏈磨出一陣響亮的嘎吱聲。

「哈囉？」

他走進去後，一團齜牙低吼的毛球從後頭的門衝出，朝他的重心猛躍而來。他往後一退，撞上了玻璃，結果玻璃就碎了。他聞到食肉動物那種熱烘烘臭乎乎的氣息，感覺一對貪婪的上下顎想咬住他的手臂。結果小畜生只咬到袖子，這一咬把衣服給扯破了。蘇利文倒抽一口氣，沒命似地揮動手腳，想要甩掉牠。

「誰啊？」

啪的一聲，頭頂亮起一盞燈。

「是誰？」瑪妮．穆林斯的聲音很緊張。

「法蘭西斯．蘇利文。」

「誰？」

「蘇利文督察。」

「天啊，胡椒！過來，胡椒！」

淌著口水的鬥牛犬不理會主人，繼續拉扯法蘭西斯的袖子。

依舊氣喘吁吁的法蘭西斯抬頭一望，看到瑪妮的身影出現在店面後面的門口。

「妳他媽的都不管這條狗的嗎？」他一面問，一面想把手臂掙脫開來。

「胡椒！」

法蘭西斯掙扎坐了起身，用自由的那隻手摀住胡椒的口鼻，然後傾靠過去把臉停在胡椒的耳朵旁。胡椒的喉嚨發出低吼，在西裝布上咬來咬去。法蘭西斯氣呼呼瞪著瑪妮，同時往鬥牛犬又薄又軟的耳朵一口咬下。

耳朵不放。

胡椒驚叫一聲，放開了法蘭西斯的手臂。牠想搖頭，不過法蘭西斯仍舊死咬著牠的

「天啊，你在做什麼？」瑪妮抓住胡椒的頸圈，法蘭西斯這才鬆開了口，用手背抹

抹嘴巴，露出嫌惡的表情。

「穆林斯女士，妳需要讓那隻狗去上訓練課。」

法蘭西斯掙扎站起來，小心翼翼避開玻璃碎片，把地上的公事包撿起來。瑪妮把小

畜生拖過店舖，推到門的後面，然後砰一聲將門關上。到了這時，她好像才發現前門壞

了，舉起手捂著嘴。

「對不起，」她搖著頭說，「有沒有受傷？」

法蘭西斯摸摸後腦勺撞上玻璃門的地方，摸到一塊鼓鼓的，然後看看手指——上頭

有血。

「怎麼會沒有？」他一面說，一面舉起手給她看。「算妳運氣好，不太嚴重，至於

這套西裝，毀了。」

「我會賠你的。」瑪妮馬上說，聲音開始顫抖。

「妳是該賠，妳的狗需要戴口套，不然還有更好的辦法，把牠處理掉。」

瑪妮彎下腰，開始撿起地板上最大的玻璃碎片。

「牠是看門狗。」

「萬一有小孩從那個門走進來呢？」

他注意到她生氣了。「不可能，這裡是刺青館。」

「可以麻煩給我點水嗎？我嘴巴裡還有狗的味道。」

她朝店面的後方走去。但法蘭西斯走到連接前後空間的門時，腳步卻遲疑了，瑪妮．穆林斯好像覺得有趣。

「噢，不要擔心胡椒，如果是我邀你進來，牠會很乖。」

他遲疑不決隨著瑪妮走進工作室，四下看了一下。就跟店面一樣，牆上都是她的藝術作品——有的是素描水彩，有的是紋身特寫照片。空間雜亂，角落的桌子也同樣凌亂。有一張按摩床，一大張老式理髮椅，角落的玻璃門櫃子收藏著水晶與真人頭骨，有幾個頭骨畫得像是墨西哥亡靈節的糖骷髏。

「坐，」她指著理髮椅說，「威士忌？」

法蘭西斯搖頭。「我值勤時不喝酒。」他根本不大碰酒，但那跟她完全無關。

瑪妮打電話找人來把破掉的門封起來時，法蘭西斯小口小口地喝水，同時打量著胡椒。鬥牛犬也警惕地盯著他，但依舊伸長前肢趴在桌底髒兮兮的墊子上，好幾次舉起腳爪搓揉被咬了一口的耳朵。最後，牠緩緩走來，用扁塌的鼻子蹭撞法蘭西斯的腿。

瑪妮量好門的尺寸回來，小狗已經躺在地上，頭枕在法蘭西斯的腳上。

她懷疑地打量他們，「你喜歡狗？」

「不喜歡。」

他拉開皮革公事包的拉鍊，拿出一張光滑的大照片。

「關於這個，有什麼可以告訴我的嗎？」說著他將照片朝她遞過去。

是伊凡．阿姆斯壯肩上被剝走的刺青的放大照，瑪妮接過照片仔細研究。

「就是垃圾箱裡那個傢伙吧？」

法蘭西斯點點頭。

她回頭看著照片。

「波西尼亞刺青，但不代表是在這裡刺的，在哪裡刺都有可能，刺得不錯，知道是誰刺的嗎？」

她現在比較冷靜，注意力集中在刺青上。

「我來是希望妳能幫我找出答案，這是他爸媽給我們的照片，但他們對他的刺青一無所知，連他的私生活也不了解。」

瑪妮皺起眉頭。「我沒辦法看著刺青就說出這是誰刺的，你應該知道吧？全世界有成千上萬的刺青師。」

「我明白，可是……」

「我們不會在作品上簽名。」

「也不會簽縮寫？」

「有一兩個藝術家會這麼做——很臭屁的那幾個，」她說，「不過大多數刺青師覺得沒必要把名字留在陌生人的皮膚上，一開始能替人刺青，就是很大的榮幸。」

「妳卻知道聖徒塞巴斯蒂安是提耶希的作品？」

瑪妮雙手一撐，坐上了按摩床。「我特別熟悉提耶希的風格。」

「但妳認不出這個刺青是誰的風格？不是本地的藝術家？」他自己又研究起照片。

「我認為不是，我對部落或原住民風格沒有特別研究。」

他們陷入短暫的沉默。

「為什麼這很重要？」瑪妮問。

「什麼事？」

「刺青是誰做的，可能跟案子有關？」

可能嗎？坦白講，法蘭西斯也不知道，他要找尋線索，所以什麼都要查一查。

「現階段不排除這個可能。」

「提耶希有嫌疑嗎？」

「我不能討論案情細節。」

當然不能，因為根本沒有什麼可以討論的。

假如她幫不了他，那就該走了。

他起身準備離開。

「那個給我吧，我幫你到處問一問。」她雙腳一跳，從按摩床站起來，拿走他手中的照片。「藝術家會成為嫌疑犯嗎？」

「妳能想出，為什麼有人要從死者的屍體割走刺青嗎？」他提出反駁。「是一種怪癖嗎？」

他得搞清楚為什麼會發生這種事。

「『是一種怪癖嗎？』」瑪妮豎起眉毛。「這句話什麼意思？」

「也許是紋身世界的報應，還是某種詭異刺青的崇拜儀式？我不知道你們這種人會做什麼。」

「**我們這種人？**」瑪妮搖著頭。「你覺得我們是邪教？媽的，才不是，割走別人的刺青根本不是什麼『怪癖』。」

瑪妮提高音量，胡椒豎起了耳朵。

「聽好，你也許不想刺青，甚至不喜歡刺青，很好。」她兇巴巴地瞪著他。「但是，年輕人，你的態度有問題，刺青的人不是邪教教徒，他們只是一般人——恰好身上有刺青的一般人，他們就只有這個共同點。其實，這個國家裡，有百分之二十的成年人都是這種人。」

法蘭西斯舉手求饒。「抱歉，我那句話沒有任何意思，這方面我還在摸索……」

他觸到人家的痛處，某事或某人傷害過瑪妮．穆林斯。

「有，你就是有什麼意思，否則就不會說這種話。」

嫌隙已經出現，法蘭西斯環顧屋子找尋靈感，卻找不出什麼有所聯繫的東西跟她建立某種情誼。

「我是說真的，我很抱歉。」

瑪妮又靠回按摩床。「那麼，告訴我，你對刺青有什麼意見？」

「我對刺青沒有意見。」他說得很慢，這句話嚴格來說不是實話，但他需要她的協助。「但我自己並不會刺青。我的意思是，為什麼要讓人在你身上留下永遠的印記呢？我不懂。」

「表達自我。」她簡單扼要地說。

法蘭西斯還真不明白她這是什麼意思。

「我媽總是說……刺青是內心創傷的外在表現。」這句話不經大腦就說出了口。

瑪妮面露慍色，顯然說這種話是不當的。

「那種話你不能相信。」

「不……那麼他們為什麼要刺青呢？」

「刺青**可以是**某人受過傷的記號——但通常帶有正面意義……希望增強力量，帶來希望，堅定意志。」她閉上眼睛一會，接著用更熱烈的眼神望著他的眼。「我失去過一個孩子，我背上的紋身就是紀念那個孩子，那是讓我可以永遠抱住他的方法。」

「很遺憾妳發生那種事。」法蘭西斯說，感覺自己窺探了他無權窺探的地方。

「但一般人更常只是為了美學理由刺青，」她繼續說，「或者因為朋友都刺了，也有人是想表示愛意或敬意。我們不是同一類人，所以不是每個人刺青都出於相同的理由。」

「沒錯，我看得出來，我藝術展時就明白了。」他不好意思地看著她。「那麼，妳會幫我嗎？」

她臉色很冷淡。「我會盡我所能問問四周的人，但不要抱太大的期待，法蘭克。」

「法蘭西斯。」他咬牙切齒地說。

她顯然也是一個會妄加臆斷的女人，卻是他進入刺青圈的唯一通行證，如果這樁命案的關鍵是失蹤的刺青，他就會需要她，而伊凡．阿姆斯壯少了一層皮的肩膀絕對顯示刺青就是關鍵，況且他們現在又有了一具也有大面積紋身的屍體。

如果想在他們又發現一個受害者以前破案，他就需要她。

V

我要出名了！本地報紙登了一篇關於我的報導。當然，他們不知道我的名字，不知道我是誰，但我的行動引起一片譁然，而非只是一絲恐懼在民眾之間悄悄蔓延——反正我是這樣希望的。不知收藏大師有沒有讀到那篇關於我的報導，不知他是不是很得意……

我知道，有的殺人魔愛出風頭，寫信給媒體，傳訊息給警察。但我想我不會那樣做，我的任務本身就是莫大的獎勵，而害那些白癡被捕的總是那些信。我不會讓他們的工作變輕鬆，相反地，我享受閱讀《百眼巨人報》報導我的英勇事蹟就好。

非常討厭，他們弄錯那麼多細節。不過，這麼一來，也只有我真正知道我每個犧牲品的遭遇。他們只能用猜測、用恐懼和邪淫填補空白。

不知道他們會不會哪天寫一本描述我的書。

當然，只有我可以正確描述我的故事，描述弟弟馬紹爾是怎麼偷走我與生俱來的權利。他根本不該出生，媽媽懷他時差一點流產，他一學會走路說話，就成了心肝寶貝。他比我年紀小，但很機靈，學會超越我，學會把他的調皮搗蛋事都推到我的頭上。是我從食物櫃偷拿蛋糕，是我把黑色墨水灑在奶油色地毯上，是我把媽媽花園裡的所有蔥頭和玫瑰剪斷。他天真無邪的面孔讓人容易相信他，但他背著爸媽嘲弄我，把我的日子弄得苦不堪言。他讓爸爸討厭我，他接管了我們家族的事業——柯比皮貨，曾曾祖父百年前創立的行號。公司應該要交到我的手中才對，我一定善加經營，公司就會仍舊在我們家族的手中。結果卻不是這樣，接管公司的是弟弟——爸爸最愛的孩子。

但那只是我的故事的開始。

14 羅利

羅利立刻在男人的口氣中聞到威士忌，他乾枯如雞爪的手將羅利請的外帶咖啡一把接過去，長長的指甲因為汙垢變得暗沉，皮膚和眼球一樣蠟黃。

「謝了。」嗓音又低沉又沙啞。

羅利一屁股坐在他旁邊狹窄的公車亭長椅上，已過了午夜兩點，夜間巴士很少，久久才來一班，應該不會再有誰來公車亭加入他們的行列。

「皮特，最近好嗎？」

「馬馬虎虎，」男人發出尖銳的笑聲說，「你是知道的。」

羅利點點頭。像皮特這種傢伙，故事總是千篇一律，勉強有事做，勉強有錢賺，勉強有酒喝。

「有沒有關注下面的動靜？」羅利問。

視線內根本沒有半個活人，皮特還是多疑地東張西望了一下。

「問題是……」

「有消息提供給我，你知道我願意給錢。」

皮特沒說話，但一聽到錢，眼神就亮了起來。

「聽著，」羅利說，「你也許幫得上忙，昨天早上有民眾發現屍體報案，一個小個子，滿年輕的，監獄刺青，有沒有聽到什麼相關的？」

「他在哪裡？」

「海濱那裡。」羅利不想讓他得知太多細節，皮特嘴巴很大，如果可以的話，他覺得把情報賣給另一邊也沒什麼。

「聽說週末有幾起交易，好像其中一個弄砸了，跟你的時間點符合嗎？」

羅利聳聳肩膀。

「交易中間人是誰？」

皮特用大拇指搓了搓食指，對羅利露出意味深長的眼神。

羅利早料到會這樣，從長褲口袋摸出一小卷鈔票，抽出一張二十英鎊鈔票。皮特對他露出難以置信的眼神──二十英鎊辦不了事。

羅利搖搖頭，仍舊拿著紙鈔。「皮特，我需要名字。」

皮特誇張地嘆了一口氣，「那就把我應該得到的給我。」

四十英鎊換手後，皮特說了一長串本地毒販的名字。羅利都認識，還知道其中有兩三個正在服刑。

「得了吧，皮特，你給我鬼扯一通，沒有更好的情報，錢我要拿回來了。」

皮特高舉雞爪般的手，做出了防備姿勢。「行行，講真的，柯林斯兄弟，麻煩已經醞釀一陣子了。」

「他們跟誰之間？」

「有個羅馬尼亞的黨派想移到他們的地盤。」

這對羅利不算什麼新聞，但可以解釋碼頭底下的屍體。回家路上，他更覺得那個推論可信。當地販毒集團爭地盤的事屢見不鮮，是本市大部分暴力犯罪的起因，這個情報不值得四十英鎊，但買通皮特跟他們站在同一邊倒是很值得。在非常偶爾的情況下，他的確會提供有用的情報。

＊＊＊

隔日上午，他到局裡跟法蘭西斯提出這個推論時，看得出老大感到懷疑。

「這只是你線人的推測？還是他給了你什麼可靠的情報？」

「他沒有完全遵守證據規則，」羅利說，「但給我們指出一個偵查方向，畢竟那傢伙身上都是監獄刺青，我們可以合理假設他屬於其中一個幫派，這起命案──甚至這兩起都可能跟幫派有關。」

「我們不亂作假設。」老大的語氣尖銳，羅利找到一條線索這件事他不喜歡。

「那麼，就看看你那個刺青女能不能提供他可能在哪裡刺青的線索囉。」

羅利先發制人，可惜這個沾沾自喜的時刻稍縱即逝，有一個人打開重案調查室的門，霍林斯陪同瑪妮．穆林斯走進來。

「謝謝妳跑這一趟。」法蘭西斯一面說，一面走上前跟她打招呼。

「我有得選嗎？」她一臉困惑。「我真的把我知道的都告訴你了。」

「我知道，我們非常感激妳，」法蘭西斯說，「我只是在想，如果給妳看幾張刺青照片，妳能不能跟我講講那些刺青。」

她聳聳肩膀，「沒問題。」

法蘭西斯帶她走到房間另一頭閒置的桌子，將一疊照片擺開，都是蒼白無血色肌膚的刺青特寫。羅利從背景判斷照片是在驗屍室拍的。

「這個男子的遺體週二上午被人發現，我們懷疑這些刺青有的與幫派有關。」

瑪妮俯身察看照片，研究一分鐘後，重新把照片按照人體形狀排列，軀幹、雙臂、雙腿都紋得亂七八糟，這些黑色刺青手法粗糙，線條模糊，有標誌，有數字，也有頭骨圖案。

「是被殺害的？」瑪妮問。

法蘭西斯點頭，「頭被砍下來。」

瑪妮．穆林斯又研究起刺青，然後指著其中一張照片。

「有的非常有趣。」她的語氣不再緊張了。

「他很明顯是幫派分子，」羅利說，「我們懷疑有一起販毒案搞砸了，他的指紋可以提供給我們的資訊，應該比這些亂七八糟的圖案更多。」

老大氣沖沖瞄他一眼，然後對瑪妮提出下一個問題。

「穆林斯女士，這裡的照片中，有任何一張具有我們應該留意的特殊意義嗎？」

瑪妮指著一張她不久前挑出來的照片。

「這個，」她說，「常見的黨派標誌。」

她指出的刺青是一個五角皇冠。

「我就說吧。」羅利說。

瑪妮猛然轉頭看他，「你認得？」

「幫派不就是幫派嘛——布萊頓也沒幾個可以選。」

瑪妮嘆了一口氣。「這不是本地的監獄刺青，這個皇冠代表『拉丁國王』，是芝加哥操控的幫派，五個尖頭代表這個幫派隸屬『人民國幫』。就我所知，這些幫派在布萊頓都沒有分支。還有一點，這是用電動紋身機紋的，監獄刺青是用削尖的原子筆和鞋油。」

法蘭西斯．蘇利文竭力憋住得意的笑容，羅利則在心中暗罵：自以為是的混蛋。

「有幾個是自己刺的。」瑪妮一面說，一面指出幾個刺得比較粗糙的紋身。「不過不表示是在監獄刺的，這些圓點和數字十四，都是美國幫派的刺青。三個點表示mi vida loca，意思是『我的瘋狂人生』。五個點代表坐過牢，象徵牢房的四個角落與中間的囚犯。數字十四表示是北加州西裔『我們家族幫』的成員。」她轉頭面向法蘭西斯。「我看啊，你們手上這個人，是一個非常迷惘又夢想成名的傢伙，與幫派的距離八成比我還要遙遠。」她的目光朝羅利看去。「換句話說，警佐，如果你認為這是一起幫派命案，那就搞錯了目標。」

她怎麼這麼內行？羅利不耐地思忖。

「那這個呢？」蘇利文指著一個刺青，被害人的右小腿外側有頭咆哮的狼。

瑪妮仔細看了幾分鐘，用手指勾出圖案的輪廓。

「哇，這個作品真漂亮，他一定是花了不少錢刺的，這跟監獄幫派完全沒有關聯。這個也是新做的，他的刺青品味現在越來越成熟——呃，之前越來越成熟了。」

「告訴我，」法蘭西斯說，「妳怎麼知道刺青是用手還是機器做的？」

「在監獄或自家紋的業餘刺青很容易分辨，」瑪妮說，「線條比較細，工比較粗，邊緣往往會模糊。喏，看看這兩個的差別。」她指出男人軀幹上的皇冠與左手骨關節上的「HATE」。「監獄刺青一定是黑色的，因為裡面弄不到有顏色的墨水。」

羅利佯裝不感興趣，引得老大瞪了他一眼。

「警佐，值得去了解一下，」他說，「越來越多案子出現刺青。」

「是的，老大。」他從牙縫中說。

「感謝妳跑這一趟，」蘇利文說，「我相信這些知識會派上用場。」

羅利才不信，這些知識並沒有明確提供他們任何線索，反而還駁倒一個合情合理的推論。

瑪妮看著法蘭西斯收起照片。

「穆林斯太太，再見。」他一面說，一面帶她朝門口走去。

「叫我瑪妮，」她說，「我十五年前就不是太太了。」

「好，從現在起就叫妳瑪妮。」他說。

噁心。但羅利把照片釘在案情分析板上時心想：老大害羞時，臉上的紅暈真好看。

15 法蘭西斯

瑪妮就在前方，法蘭西斯望著她在擁擠的人行道上穿梭。大雨傾盆，太多人想躲雨，所以他們無法並肩同行。她要帶他去找另一個刺青師，石川岩男是她的師傅，也是一名刺青歷史學者，希望這一趟石川岩男能告訴他們更多關於伊凡・阿姆斯壯肩上刺青的內幕。天知道他能否幫上忙，但法蘭西斯沒轍了，布雷蕭午休時間持續緊迫盯人，他必須找個藉口逃離總督察令人作嘔的老菸槍口臭。他一回到辦公室，就打電話給瑪妮，再度請求幫忙。

「到了。」瑪妮回頭說。

她從雨中閃入一道門，門直接通往一段樓梯。屋內牆壁天花板都漆成黑色，地毯十分老舊，法蘭西斯無法大膽猜測原本的顏色。他跟在瑪妮後頭上樓，樓梯到了中段突然拐了個彎，一個穿黑色短洋裝的骨感女孩縮到角落，讓路給他們通行。

「條子。」法蘭西斯經過女孩身邊時，女孩對著他耳語。

他們到底是怎麼知道的？每次都猜中，是他散發出某種氣味嗎？是他西裝的剪裁嗎？還是他眼底有某種讓他暴露身分的氣質呢？

女孩繼續往下走，他對她低聲說：「親愛的，不是來找妳的。」

瑪妮不解地回頭看他，他挑了挑眉毛。

樓梯通往一個狹長通道，兩側都是門，空氣朦朧，飄著一股濃濃的焚香與廣藿香的味道，唯一的頂燈裝著紅色燈泡。音樂響著，某個門後有名女人以尖銳的高音吟唱東方曲調。妓院還是鴉片館？法蘭西斯簡直可以想像夏洛克．福爾摩斯在這裡現身，迷失在金色的雲霧裡。

瑪妮往一道門上敲了幾下，不等有人回應，就直接推門而入，同時示意法蘭西斯跟上。法蘭西斯不知道會發生什麼事——在他的想像之中，裡面應該是一個昏暗汙穢的恐怖房間，而不是如此這般的情景。一個白色工作室，自然光線充裕，寬敞又清新。對面的牆壁是一大排高窗，向著一片維護欠佳的雜色後院。相較之下，工作室每一樣東西都是雅致時尚的——昂貴的紋身椅與紋身床是用鋼、皮和木材打造，設備與燈具讓他以為這是一家豪華醫院。

但吸引法蘭西斯的注意力的不是這個，而是一個停在豪華紋身皮椅上的東西，那東西用充滿敵意的綠眸盯著他瞧。第一眼時，他以為是個骨瘦如柴、瘀傷累累的赤裸嬰兒，震驚得背脊都發抖了。但那小傢伙原來是隻貓，全身無毛，瘦得每一根骨頭都能看見。最令人不安的是，再仔細一瞧，他發現瘀傷其實是刺青。小傢伙的背脖胸腿上頭，都有深色靛藍墨水描繪的日本象形圖。貓對他噓噓作聲，露出了牙齒。

他望向瑪妮，希望她能解釋，並把手朝著小動物一伸。當他伸出手時，小動物用後腿立起來，貓爪對著他的手一揮，抓傷了他大拇指的側面。

「搞什——」

後方傳來開門聲，法蘭西斯話說到一半就停下來。他吸吮著流血的拇指，轉頭瞧見一個仙風道骨的日本男子走進工作室。他一身深藍色亞麻布和服，頂著雪白的小平頭，但臉上沒有一絲皺紋，教人難以推測他的歲數。他看上去並不高興有客人來。

男子認出瑪妮，點了點頭，但看到法蘭西斯時，臉色往下一沉。他折腰深深一鞠躬，瑪妮也欠身還禮，同時食指捻了一下，示意法蘭西斯也做同樣的動作。

「こんにちは（你好）。」男人說。他聲音尖銳，說話斷斷續續。

「こんにちは，せんせい（你好，大師）。」瑪妮回答。

男人挺直腰背，轉身面向法蘭西斯。「こんにちは。」他邊說邊再度鞠躬。

法蘭西斯欠身回禮，不確定該說什麼。

他們都站直以後，男子立刻轉回頭，用日語對瑪妮說話。法蘭西斯聽在耳裡，覺得他很生氣，不管他說了什麼，都讓瑪妮皺起了眉頭。

「對，我帶了一個陌生人來這裡，」她用英語回答，「請原諒我，大師，我們需要你的協助。」

「我一年沒見到妳，然後妳有需要才來。」
法蘭西斯無法分辨他是認真的，還是在開玩笑。
「抱歉，岩男。」瑪妮一面說，一面又微微欠身。「對不起——我知道我應該更常過來的。」
「沒錯，妳是我最喜愛的畫布，妳還有空白的皮膚，也還有好多要學。」接著，他放鬆表情，露出笑容。「提耶希好嗎？」
瑪妮也露出笑靨。「他很好，正在做一個偉大的作品。」
「叫他快點來看我吧，他跟妳一樣壞，都不管朋友的死活。呦，妳帶了客人，這位是誰？」
瑪妮一副謙遜的模樣，轉頭看著法蘭西斯。「岩男，這位是法蘭西斯．蘇利文。」她改說日語，兩人快速交談了幾句，最後陷入了沉默，岩男看著法蘭西斯。貓咪又噓噓叫了幾聲，從椅子躍下，趾高氣揚穿過房間，從岩男走進來的那道門離開了。
「你是警察？」岩男問。
法蘭西斯點頭。
「出去。」
瑪妮往前站了一步，把手放在那男人的前臂上。「拜託，岩男，不要這樣，這件事很重要。」
他甩開瑪妮的手，「這會帶來楣運，請你離開。」
法蘭西斯看著瑪妮，但她似乎不知所措，所以他把目光轉向岩男。「石川先生，我們正在調查一樁命案，需要借助你的刺青專長，讓我給你看看幾張照片，然後我們馬上就走。」

岩男一臉不悅，用日語對瑪妮耳語幾句，她緩緩點頭，但臉頰紅得像在燃燒一樣。

「把照片給我。」岩男說。

法蘭西斯打開公事包，抽出伊凡．阿姆斯壯的肩膀照片。

「我們想要確認這個刺青是誰刺的。」

岩男從他手中接過照片，穿過房間，走到一張整整齊齊的工作檯前。他把照片拿到光線強烈的檯燈底下，用放大鏡仔細研究，嘴裡還輕輕發出嘖嘖聲。

法蘭西斯看了看牆壁上的照片，不意外，全是日本風格，即使是他這雙沒受過訓練的眼睛，也看得出它們與眾不同。

「全是岩男的作品？」他壓著嗓子問瑪妮。

她點點頭說：「我的背就是他刺的。」

「我知道這是出自誰的手。」岩男說。

他把照片放在工作檯，從附近書櫃抽出一本展覽手冊，翻到他要找的那一頁。

法蘭西斯發現自己屏住了呼吸，朝瑪妮看了一眼——她也一樣。

「沒錯，就是這個。」岩男翻開手冊放到照片旁，讓法蘭西斯和瑪妮可以看清楚。

「兩者非常相似，絕對出自同一個人。看，這裡的三角形，全朝同一個方向微微扭曲，線條的力道一樣，圖案是類似的比例，一樣錯綜複雜……」

法蘭西斯更仔細一瞧，看出了岩男提出的相仿細節。

「所以呢？」瑪妮鼓勵他繼續說。

「這是約拿．梅森的作品，我讓他加入我辦的展覽，那是他的榮幸，不過他的作品確實非常出色。」

「我就猜想可能是約拿的作品，」瑪妮說，「但不能確定，我想看看你有沒有同樣的感覺。」

「他還在替人刺青嗎？」法蘭西斯說。

岩男聳聳肩膀。「他這十五年來都住在加州——我是在加州認識他的——但沒錯，他還是經常替人刺青。」

他闔上展冊放回架上。他手臂舉高時，和服衣袖滑落到肘部，法蘭西斯在他的前臂上瞥見深色的繁複刺青。

「你說這個刺青從那男人的屍體上割下來？」岩男轉回頭問瑪妮。

「你想得出有什麼理由讓人這麼做嗎？」她說。

岩男深吸了一口氣，停了一下，才把氣吐出來。他用纖長的手指輕撫下巴。

「日本是有這種事，」他說，「但跟這個不一樣，有**入れ墨**（Irezumi）的人，通常是極道組織……」

「Irezumi？」法蘭西斯問。

「全身的紋身，有時極道分子會交代，在他死後將紋身從身體剝下來保存，橫濱的『紋身歷史資料館』就展示了幾個例子，我想東京大學也有收藏。」

「但不會有人因為身上的刺青而丟了性命吧？」

岩男搖搖頭。「從沒聽過這種事——在日本沒有，在其他地方也沒有。好了，該走了吧。」

他轉過身去，沒說再見就離開了房間，撇下法蘭西斯和瑪妮。他們沿著黑色樓梯，回到外頭的大街上，當門在身後關上後，法蘭西斯轉頭面向瑪妮。

「我請他看照片時，他對妳說了什麼？」

瑪妮轉過臉不看他，臉龐又變色了。

「沒什麼，只是想提醒我一件事。」

法蘭西斯不禁開始好奇是什麼事，但她的態度並不鼓勵他問下去。他們默默繼續往前走。

法蘭西斯口袋裡的手機開始震動，他看了一眼，發現羅利傳來了簡訊。

瑪妮．穆林斯為什麼對監獄刺青這麼內行呢？她坐過牢。

我取下幾個刺青，正在將它們變成皮革——正在加工處理。它們來自不同的人——當然，現在都死了——它們在製革的不同階段。我做皮革加工好多年，當然不是人皮——人皮是最近的事——而是獸皮。你也許不信，但步驟完全一模一樣，這樣做出來的人皮和獸皮都會無比柔軟。

比方說，小夥子的頭皮現在正在浸泡石灰乳，分解毛髮中的角蛋白，溶解脂肪。很臭，卻是加工的重要步驟。趁那一個在浸灰，我處理另一個，用鈍刀除去精緻花臂刺青上殘留的毛髮和腐肉。我記得我從她身上取下這一塊的女人，我的第一個受害者。我當時好緊張好緊張，但一開始動刀剝下她的皮膚，我又有了滿滿的信心。她是一個善良的女人——殺她前，我跟她說過話——她明白即將發生什麼事，不過仍舊一派優雅，直到死亡的那一刻，我才在她眼底看到了恐懼，聞到她的汗味。

處理人皮是我最快樂的時刻，我替隆恩．道爾帝工作時明白到這一點。他看出我的特殊天賦，我當他的學徒時，他可能是這個國家最好的標本剝製師，但在我磨練技能的期間，他仍舊非常願意讓我接下他的棒子。但更重要的是，我們是一個團隊，他就像是我的父親。

爸爸中斷我的教育，他則接手培育我。在許多方面，他對我而言是一個更好的父親，我甚至無法一一列出在哪些方面。我無法符合爸爸的期待，爸爸就把我趕出家門，隆恩卻插手介入拾起碎片——碎了一地的我。在接下來的十年，他把我縫回去，把技藝傳給我。

隆恩給我一個家，一份工作，還有好多好多其他東西。我後來到他的工作室替他工作。一開始，他讓我用大大小小的老鼠做練習，活鼠到處都買得到——被用來餵蛇或做實驗——所以我們有源源不絕的老鼠。老鼠很便宜，所以我犯錯也沒關係，但我幾乎沒犯過什麼錯。我學會剝皮、加工和填塞的基本技巧後，他讓我用鳥、松鼠和倉鼠提升技巧，然後是用小貓。我一旦準備好，就可以用更大的動物練習。很少客人會問動物是哪來的，我們大部分的生意是把客人死去的寵物、小馬或得獎的家畜做成標本。有時我們被要求設計戲劇場景。有的人想用死鼠死鳥重新詮釋最喜歡的書籍或電影中的某個場景，我最愛的那個是由老鼠扮成唐吉軻德，騎著刺蝟，向風車挑戰，是我替布里克瑟姆一位老太太做的，她童年讀過這樣一個故事。

隆恩幾年前死了，可惜他死了。我把他的皮膚留下來加工，那是我處理人皮的第一次經驗。現在我隨身帶著一小塊隆恩的皮，有時放在口袋，更常是別在衣服內側，我才能感覺到它貼著我自己的皮膚。那麼一來，我們永遠在一塊，永遠不會分開。

隆恩是最好的，所以他必須要走。現在，據收藏大師所言，我是最好的。

16 法蘭西斯

法蘭西斯·蘇利文難以置信盯著電腦螢幕，對著空氣輕聲咒罵。什麼都沒有，在薩塞克斯郡警方資料庫中，完全沒有提到一個叫瑪妮·穆林斯的人。也許她在資料庫裡是用另一個名字，八成是婚前的姓氏。但話說回來，羅利究竟怎麼知道她在資料庫裡？法蘭西斯立刻問他，但他講得不清不楚，說是什麼未經證實的傳聞。法蘭西斯好奇她是犯了什麼罪？在商店偷東西嗎？跟提耶希一樣，小量毒品交易？（提耶希的事，好幾個人提醒他。）也許是行竊？厲害的女賊也是有狠的。他必須把搜尋範圍擴大到全國資料庫。

但他知道不該這麼做，他從來沒有把瑪妮視為伊凡．阿姆斯壯命案的嫌疑犯，他們也沒有確鑿的理由，可以把那起命案與碼頭底下發現的屍體連在一塊。沒錯，兩個死者都有刺青，但據他所知，這座城市活蹦亂跳的年輕人中，起碼有半數也有刺青，況且作案手法截然不同。挖掘瑪妮．穆林斯的隱私滿足好奇心，不是專業的行為，可以留給他那不講道德的副手去做，他百分百相信羅利一定會再去查。法蘭西斯簡直不敢探究，他是從哪裡得到她吃過牢飯的情報。

噹，信箱收到一封郵件，他把注意力轉回手上正在查辦的案子。是安琪．博頓寄來的，內容是一項比較正當的搜尋的結果。他請她向SCAS重罪分析科調查，有沒有任何暴力犯罪與剝皮或去除刺青相關。他快速瀏覽資料，一面啜著咖啡，一面滾動螢幕往下看。

沒有任何引人注意的地方。各式各樣的謀殺，搶劫、酒吧鬥毆、家庭事件，被害人身上有刺青的，大多已經偵破，SCAS沒有提到任何案子的動機關鍵是刺青。從檔案找出的致命傷清單，讀起來教人頭皮發麻，不過剝皮不在其中，大部分是刺傷或鈍器外傷。有一個女人被砍下一條手臂，另一個被推到火車底下，有幾個中槍身亡，一個男人遭人持刺青機刺傷脖子，針刺中了頸動脈，不過他保住了一條命。

法蘭西斯跳到下面安琪對發現的分析。

……與伊凡．阿姆斯壯之死無明顯關聯，深入分析也許可以找出某種連結，但隊上就得投入大量人力……

換言之，安琪不想做。法蘭西斯不能怪她，數據分析在這一行越來越重要，但那不是大多數人加入警隊的理由，他們的興趣在於親臨現場勘察，不是坐在辦公桌前。但是，如果裡頭真有什麼，這是他負責的第一起案子，他承受不了沒去挖出的後果。

他拿起電話，「霍林斯，進來一下。」

兩分鐘後，霍林斯出現在門口。

「老大，可以等一等嗎？安琪今天生日，她馬上要請吃蛋糕了。」

不用擔心，有個瘋子拿著剝皮刀四處遊蕩，但讓我們暫停搜尋，先吃蛋糕吧……

「沒問題。」他從辦公桌後方站起來，隨著霍林斯走入重案調查室。「壽星在哪裡？」他加入活潑的歌隊，唱了〈生日快樂歌〉，吃下一片不可能再薄的維多利亞海綿蛋糕。十分鐘後，安琪在他走回辦公室的途中攔截下他，開玩笑地要求一個吻當生日禮物。他輕輕往她臉頰親了一下，只是這樣，他的臉頰就像著火一樣。他繼續往辦公桌走去，攔下正準備去拿第三塊蛋糕的凱爾・霍林斯——難怪他的褲頭上方垂下一小團肉。

「霍林斯，到我辦公室。」

羅利跟著他們進去，還繼續舔著嘴巴四周的草莓果醬。「老大？跟你說幾句話？」

他一面說，一面噴出蛋糕屑。

法蘭西斯皺起眉頭，「等我一下。」

他轉回頭看著霍林斯。「我寄了一份報告給你，SCAS根據阿姆斯壯命案特徵做了分析。我要你細讀一遍，看看有沒有可能遺漏的地方，尤其是遭到磨損或切下的皮膚部位。交叉比對地理位置，注意任何可疑的或表裡不符的地方。下班前，讓我知道案子之間有沒有任何關聯。」

「可是……」
「沒有可是，快滾出去幹活。」
霍林斯愁眉苦臉倒退出去。
羅利看著他走出去，一臉喜孜孜的模樣。「他本來要告訴你，布雷蕭派了件事給他，不趕緊辦好就死定了。」
法蘭西斯挑起一邊的眉毛，**總督察繞過他，直接叫他的下屬做事？**
「他命途真坎坷。對了，那布雷蕭人呢？今天見到他了嗎？」
「今天是週三，跟上面的打高爾夫球，鋪平難行的升官之路。」
「是啊。那你要跟我說什麼？」
羅利坐到法蘭西斯辦公桌另一側的空椅上。
「首先，《百眼巨人報》的湯姆．費茲坐在接待處，說採訪你之後才肯走。」
法蘭西斯嘆了一口氣，這討厭的傢伙永遠都不會放棄嗎？
「叫值班員警把他轟出去，還有什麼事？」
「無頭屍的身分，我說對了——他的指紋確實有紀錄。」
「還有呢？」
「也未必是我以為的幫派分子。」警佐不錯，起碼懂得巧妙自嘲。「只有一條偷車紀錄，這小流氓叫傑姆．沃爾許，本地人，在刺青師手下當學徒，不大可能跟販毒糾紛有關。」
「有沒有可能出了什麼事的線索？」
羅利頓了一下，「原來，他的頭上有刺青……」

法蘭西斯的心陡然一沉。「……而他的頭被拿走了。」
「你想的正是我想的。」
「也許——只是也許——它們終究是有關聯的。」他們隔著桌子四目相交，他們必須徹底調查，才能得出任何結論，但法蘭西斯的心突突跳動。「刺青圖案知道嗎？」
「他整顆頭上刺了一張蜘蛛網，網上有隻蜘蛛，還有一個名字，彼什麼的，彼列？」
「是惡魔的意思，怎麼知道的？」
「他父母提供了照片，老大。」
兩人在桌子兩側不出聲坐著，沉默持續了漫長的半分鐘。接著，兩人同時開口。
法蘭西斯說：「你先講吧。」他脖子底的血管跳得很劇烈，人頓時感到一股涼意。
「你認為……」羅利睜大眼睛。
五秒鐘的靜默，兩人都不想說出那句話。
最後，法蘭西斯鼓起了勇氣。
「再一起類似的案子，我們要找的就是一個連環殺手。」

17 羅利

他們不能確定。他們用了一個鐘頭縷析已知事實，無情地推翻自己的猜測。大眾總是對連環殺手著迷，但連環殺手其實非常少見，所以不能直接作下結論。
「人頭也許會出現，」羅利說，「這是兩起命案，手法不同，死因不同，死者之間沒有已知的關聯。」

「講句良心話，我們還沒好好調查呢，只查出了沃爾許的身分，」蘇利文說，「而且，在同一週內，兩個兇手做同樣的事，這可能性有多大？」

「連環殺手會慢慢來，這兩起命案接連發生。」

「是沒錯。」蘇利文停了一下，拉開辦公桌的抽屜。「我們能不能把伊凡·阿姆斯壯的刺青和沃爾許的腦袋瓜看成戰利品？」

他目不轉睛看著桌上的筆記簿，陷入沉思之中。羅利坐在對面，從口袋拿出一根簡單的黑色電子菸抽著，輕柔的呼嗤聲讓法蘭西斯從遐思抽離出來。

「警佐，那個收起來，你跟我一樣清楚，不許抽電子菸。」

羅利沉下臉吐了一口氣，但還是把那塑膠小玩意塞回長褲口袋。呃，他最討厭替一板一眼的人辦事，結果新主管就是那種人。幫蘇利文督察辦事，就只能照規矩來。

「把案子歸類，或是把命案正式連結，現在都還太早。」

老大又照章辦事，他們兩個都心知肚明情況究竟是怎樣。

「所以，就當不是連環殺人案，浪費寶貴的時間？老大，你辦過連環殺人案嗎？」

「那不是重點，」法蘭西斯氣沖沖地說，「我們只是必須盡我們所能去調查，在找出告知我們它們確實有關的線索前，把它們當成獨立的案子。」

「或者，又有一個血淋淋的屍體出現前。」羅利說。

「去跟值勤的巡警說，要他們知道有個兇手——甚至可能是兩個——在逃。街上要派更多便衣，兩起案子都發生在市中心……」

督察的手機響起，打斷了對話。

「布雷蕭。」他接起電話，不出聲對羅利說。

「長官？」法蘭西斯點了幾下頭，面色凝重起來。「馬上到。」

他掛掉電話，把椅子往後推開。

「走吧，得上樓向他報告案情發展。」

「用不了多少時間。」羅利一面說，一面跟著他走出辦公室。

「麻煩的地方就在這裡。」

「你會跟他提我們的推測嗎？」

「這是連環殺手幹的？沒有更多可以追查的線索以前，我看還是別提得好，提了鐵定招來他的一頓痛批，我才不想應付那個。」

老大說得實在有道理。

總督察布雷蕭的辦公室在樓上，那一層樓代表一個截然不同的世界，他的地毯沒有汙漬，他的空間擺放著扶手椅、書櫃與幾組檔案櫃，檔案櫃並在一塊的話，八成比老大那個鴿籠辦公室還大。

蘇利文敲敲門，不等回應就走進去。羅利跟著進去，兩人站在布雷蕭的辦公桌前，等他把電話講完。桌上沒有任何文件，卻有好幾個相框，照片拍得不是露出矯正器的笑臉孩童，而是在各家高爾夫球場的總督察。羅利站在蘇利文身側略微偏後的位置——這段對話可能會變得很有意思。

「坐。」布雷蕭大聲咆哮，他的臉頰泛紅，可能是在高爾夫球場被風颳傷，更可能是因為打球後去了酒吧。他滿臉期待，羅利和蘇利文就座時，他的目光在兩人之間來回掃著。

「長官……」蘇利文開口說話。

「阿姆斯壯一案，抓到任何人了嗎？」

「沒有，長官。」

「查出任何名字嗎？」

「沒有，長官。」

「穆林斯呢？我以為我們確定他有嫌疑。」

「他有不在場證明，」羅利說，「已經查證屬實。」

「案子辦了四天，你們一點進展也沒有，就只有這樣，是嗎？」

「不，長官。」蘇利文說。

布雷蕭滿臉怒氣。

「那好，拜託，快告訴我吧。」

羅利向來嫉妒法蘭西斯．蘇利文的督察職位，就算有不嫉妒的時候，也是很難得才有那麼一回——向布雷蕭彙報絕對就是這種時刻。

「我們已經確認死者的身分，長官。」

「第二個是誰？有沒有關聯可能是同一個兇手？」

「我們正在調查。」

布雷蕭嘆了一口氣，「但還沒有具體的答案？」

「指紋比對半個小時前才完成，長官。」羅利說。

「他有前科是嗎？」布雷蕭說，「我想你已經派人去找所有我們知道的同夥問話了吧？」

「他曾經偷車，被判了四年徒刑，」蘇利文說，「沒有已知的同夥，後來也沒有再觸法。」

「老天，你們在原地踏步，而且還有兩個兇手在逃，結果你們半點線索也沒有。」

「其實——蘇利文督察有一個推論。」羅利說。

他注意到蘇利文的臉頰肌肉抽動了一下，這句話不該說的。

「蘇利文，快說。」

「沒什麼，長官，只是推測而已，現在要把那當一回事還太早了。」

布雷蕭在桌子另一側瞪著眼，蘇利文脹紅了臉。

「我們只是討論過，這個推論還說不通。」

蘇利文低頭看著腿部，一個閃避的策略動作，但他也只能說出來了。他又抬起頭時，迎上高級督察的怒目，羅利非常佩服。

「伊凡．阿姆斯壯有一個刺青被拿走了，皮膚被人剝下來——」蘇利文開始說。

「這我都知道，講重點。」

「第二名死者，傑姆．沃爾許的頭皮有刺青，幾乎跟頭蓋骨一樣大，他的頭還沒找到。不過這麼一來，有兩個刺青不見了，讓人聯想也許我們的兇手——如果是同一個人——正在蒐集戰利品。」

布雷蕭將手肘擱在桌上，把兩手指尖相碰，閉上了眼睛。他面朝羅利，好像正在禱告或是冥想。

「不對。」他連眼睛也懶得張開。

「長官？」蘇利文說。

這時，他的眼睛突然睜開。

「胡說八道，蘇利文，這不是連環殺手在蒐集戰利品，我不信兇殺案是他媽的同一個人幹的，別浪費時間跟我的預算在一個不切實際的推論上。」他站起來，露出憤怒的目光。「你們不明白嗎？這是兩個遊走在犯罪邊緣的人，我可以保證從這個方向你們會找到你們要的答案。」

「我們抱持開放的態度，調查每一個可能，長官。」蘇利文說。

「這就是你該死的問題，異想天開，一心二用。去調查這兩個男人跟誰有瓜葛，你就會找出他們遇害的原因，之後就簡單了。」

「是的，長官。」

「蘇利文，別讓我覺得必須找個更有經驗的人來加入，那樣你我都失職了。可我呢，我是從來不失職的。」

「我也一樣，長官。」蘇利文靜靜地說，將椅子往後推開。

「長官，我們會為你找出兇手，」羅利說，「不管是一個還是兩個。」

18 法蘭西斯

法蘭西斯逕自走入姊姊的公寓，頭一個注意到的是門廳鏡子蒙上一層灰。愧疚襲上心頭，蘿蘋的公寓通常是一塵不染，所以這只代表了一件事——病情復發，而他好幾週不曾來看她。

「法蘭西斯，是你嗎？我在客廳。」

法蘭西斯走過去，證實了他的懷疑。姊姊坐在她最喜歡的扶手椅，膝上蓋著毯子，但他立刻注意到靠在椅背上的枴杖。蘿蘋大他五歲，課業成績優異，人長得很漂亮，是他心目中的榜樣。比起他們的母親莉迪亞，他更敬佩蘿蘋。不過姊姊今天看起來疲憊委靡，緊抿著嘴巴。

「蘿蘋，妳該告訴我的，妳這個傻瓜。」

他俯身親吻她的臉頰，在空空蕩蕩穿在她瘦削骨架上的衣服，聞到了生病的味道。

「為什麼？」她說，「要你來陪我喝茶表示安慰嗎？我才不要你的同情。」

「講到這個，我倒想喝茶了。」

他清理她前方茶几上的餐盤，趁著煮水時，把廚房收拾收拾。

他回到客廳，蘿蘋立刻問：「去看過媽嗎？」

他搖搖頭。

她嘆了一口氣。「哎呀，小法，不理我沒關係——我有很多關心我的朋友，但媽呢？你明知只有你一個會去探望她。」

法蘭西斯不介意蘿蘋數落他，是他自己活該。

「工作的關係。」他邊說邊倒了兩杯茶。

「那不是藉口。」姊姊說。

她傾身拉長身子要拿盤子裡的餅乾，法蘭西斯注意到她拿得很辛苦。多發性硬化症影響她的肌肉、她的協調能力、她的視力，偶爾嚴重復發時，說話也會受到影響。他很不喜歡這個病對她的影響，但知道這件事還是少說為妙。

「我知道那不是藉口。」

「我想你也沒有社交生活吧？」

法蘭西斯聳聳肩膀，他總是必須忍受蘿蘋窺探批評他的私生活。

「不約女孩子出門，怎麼找得到老婆？」

幹嘛老逼他結婚？

「工作比較重要，我想要幹出一番成績。」

「那跟我聊聊你的工作吧。」

這就是他為什麼終於抽空來探望她。蘿蘋一向是他徵詢意見的對象，她的思考會跳脫邏輯，找出他和隊上其他弟兄絕對不可能偶然發覺的關聯。他們喝著茶，他一五一十對她描述兩起兇殺案。說完之後，他沮喪地抱住頭。

「我一點進展也沒有，」他說，「這案子非常重要。」

「每一個命案都很重要。」蘿蘋說。

「我知道，但我有一個不信任我的長官，一幫認為我是傲慢雅痞的手下，我有很多事必須證明。」

「老樣子，讓我想一想。」

「請便。」

「乍看之下，不是連環殺手。」蘿蘋靜靜吃下三塊餅乾後，慢條斯理地說。

「不同的作案手法，時間太過接近，沒錯，不是連環殺手，」法蘭西斯說，「但兩起都有一個奇怪的地方，跟犯罪活動無關，沒有搶劫，沒有性動機。」

「這不代表它們就有關聯。」

「那太好了，我只好利用相同的資源，逮到兩個兇手。」

蘿蘋不理會這句話，細細思索法蘭西斯帶來給她看的照片。

「這個，」她指著伊凡少了一層皮的肩膀說，「一看就像是拿去當戰利品。」
「但沃爾許的人頭就不是嗎？他頭皮有刺青。」
「我知道，如果兇手只需要一個刺青當戰利品，沃爾許有許多其他的刺青可以選，不是嗎？從某人的頭骨取走刺青並不容易。」
「所以他只好把整顆頭帶走。」
「而不是帶走──比如說──他腿上的狼？」
法蘭西斯被難倒了，回廚房拿他打開但還沒吃完的那包燕麥消化餅。
「看一看這個。」他拿出一疊紙說。
「這是什麼？」蘿蘋問。
「是SCAS重罪分析科的調查，與其他犯罪特徵的詳細比對。」
「所以報告會指出可能是兩個命案之間的任何關聯？」
「理論上來說是這樣，但其他的命案都沒有提到有刺青不見了。」
蘿蘋細讀文件。
「所以，在報告中，你的兩起命案沒有關聯，對吧？一個少了刺青，一個少了頭。可以再來點茶嗎，小法？」
法蘭西斯把水壺裝滿了水，將茶拿出去時，同時思索著蘿蘋剛才說的話。伊凡·阿姆斯壯和傑姆·沃爾許的兇手沒有顯示類似的犯案手法，但仍舊有一個共同的事實。
他把新沖泡的茶放到茶几上，馬上說：「報告給我。」
蘿蘋將報告交給他，他一屁股坐到沙發上，瀏覽不知已讀過多少次的資料。
「在找什麼？」蘿蘋說。

法蘭西斯搖搖頭，「我不知道，但這裡一定有什麼。」某個他視若無睹的東西，他回到報告的第一行，從頭再讀一次犯罪描述。接著，他看到了。「沒錯！就是這個！」

「什麼？」蘿蘋問。

他立刻從口袋掏出手機。

「羅利？羅利，翻開SCAS報告，查一查吉賽兒．康奈利——一個陳屍在高爾夫球場的女人，她少了一條手臂，全面搜索後還是沒找到。查清楚她不見的那條手臂上有沒有刺青，查好立刻通知我。」

「法蘭西斯，你真是個天才。」蘿蘋說。

「還不知道呢，如果沒有刺青，那什麼線索也沒有。但如果有的話，我們可能要揪出某種對刺青情有獨鍾的連環殺手。」

「那麼你只需查出那人是誰。」

「怎麼查？」

「當然是搞清楚他帶走刺青的理由。」姊姊回答。

沒錯，這還用說嗎？

19 瑪妮

瑪妮站在「灰紋身」外，問自己到這裡來做什麼，她是真的需要提耶希幫忙確認法蘭西斯剛才給她的花臂照片嗎？或這只是一個見他的藉口呢？還有，她到底為何要幫忙法蘭西斯．蘇利文？想吸引他的注意嗎？她找不出答案，所以在人行道上徘徊也沒用。

她推開門後，聽見一連串的法語粗話迎接她的光臨——她一點也不驚訝。

「Merde（**媽的**）！妳就不能放過我嗎，connasse（**死婊子**）？」

即使一臉不悅，提耶希在她眼中仍舊是很帥氣。

她說：「提，我也愛你。」不理會他那番話的意思。

這是提耶希、查理和諾亞一塊工作的刺青館，有一群適婚的女學徒輪班，比她自己的工作室寬敞許多，也沒有分成前後兩間。整間屋子都漆成黑色，如果不是半高式隔牆將空間分成數個獨立紋身站，看起來會更加寬敞。牆角停著一輛拆解到一半的機車，這輛車查理整理了多久已經沒人記得了。

這地方幾乎沒人打掃，彌漫著熏香的空氣中，總是懸浮著許多熟悉的味道：咖哩、香菸、毒品、消毒劑。

「瑪妮！」在工作室另一頭，諾亞簡直像用唱的一樣喊著她的名字。他走過來，一把將她摟到懷中。他彎身親吻她時，鬍子搔著她的臉頰，但在他熱情的擁抱中，感覺像是回到了家。「好久不見，」他對她耳語，「我什麼時候可以把妳從這一切偷走？」

瑪妮笑了，這是他們之間的老笑話，這種事從沒有發生過。

諾亞回去繼續繪製正在設計的圖稿，查理從他正在刺青的赤裸肉體上方對她揮了揮手。

「查理。」她點著頭打招呼。

她沒理在提耶希的工作站清點墨水瓶的學徒，一個看起來像是還在讀書的龐克少女。那些人從來不值得你費心知道她們的名字，她們要是有任何的能耐，一下就會被競爭的刺青館挖走，他們會付她們更多錢。不然，就是因為跟某傢伙分了，乾脆一走了之。瑪妮對她們一個也沒有好感。

提耶希瞪眼看她，但她知道最好別放在心上，把袋子掛在一張凳子的椅背上，扭動身子脫下外套。

「妳到這裡做什麼？」提耶希說，「我犯不著每天見妳吧？」

「警方需要我們的協助。」

「我們的協助？」諾亞說。

「法蘭西斯寄了一張花臂刺青的照片給我，他們想查出是誰做的，我們是最有可能知道的人。」

「法蘭西斯？」提耶希說，「那個逮捕我的傢伙？妳現在跟他已經熟到直呼名號的地步啦？」

「你愛怎麼講，隨便你。」

不知道什麼原因，瑪妮覺得自己的臉紅了起來。她把手伸進袋子，拿出了一卷影印紙。她把紙展開，放在一張無人使用的按摩床上撫平，是一張常見的刺青館照片，拍的是刺著奇麗的生物力學紋身的女人臂膀。

「看，」她說，「這女人六個月前遭到殺害，手臂被砍下來。」她指著照片上的刺青。「到現在還沒找到。」

諾亞走過來瞧了一眼，就連提耶希也忍不住拉長了脖子。提耶希看到照片後，輕輕吹了一聲口哨，瑪妮仔細觀察他，評估他看到照片後的反應，但從他的表情看不出什麼。

「欸，我認識一個有類似刺青的傢伙，但是這看起來好像一塊肉從邊緣被扯下來。」諾亞說。

「這效果還真潮。」提耶希說。

「那不是謝默斯・拜恩的作品嗎？」

「對對，沒錯，他做了很多那樣的作品。」

「但這個不是他的吧？」瑪妮說，「我覺得看起來不大像是。」

「我來瞧瞧。」查理覺得好奇，放好紋身機，脫下手套走過來。在他刺青椅上的女孩乘機伸展手腳，喝了幾口水。

查理來察看照片時，學徒放下手邊工作，從提耶希的後方悄悄蹭上來，胳膊圈著他的脖子，鼻子頂著他的肩膀。提耶希轉身吻她的唇。瑪妮撇開了視線，不會有人想看自己的前任跟人舌吻，這樣做很傷人。但話說回來，他一向就是個麻木不仁的混蛋。

諾亞察覺她的不安，開口說：「嘿，你們兩個。」

提耶希轉頭看了瑪妮一眼，然後又回過頭看著女孩。

「等一下，寶貝。」

瑪妮好奇他究竟知不知道這女孩的名字。

「妳幾歲？」她直截了當地問。

女孩一臉驚呆。

「Putain（**幹**），瑪妮，別鬧她。」

查理和諾亞交換了一個眼神，查理拿起照片。

「不錯，」他說，「真不錯。」

「兇手很有品味，對吧？」提耶希說。

瑪妮硬把注意力拉回到她來這裡的理由，不要回想她最後一次親吻提耶希的情景，那是什麼時候的事？一年前還是兩年前某次藝術展晚間出門喝醉時？

「沒錯，伊凡．阿姆斯壯的刺青是約拿．梅森做的，他可是黑白部落刺青的一流好手。」

「我認識伊凡，」查理說，「他是個好人。」

「沒錯，」提耶希說，「所以就賴帳偷溜了。」

「但他人很有趣，」諾亞說，「你可以叫他付錢啊，只不過是懶得去找他討吧。」

「我想他八成會付你毒品，」瑪妮說，「之前不是很多人都這麼做？」

提耶希搖搖頭，但噗哧笑了出聲。

「妳真認為警方發現了什麼？比如有個殺人兇手到處拿走別人的刺青？我才不信。」諾亞說。

「你們知道嗎？人皮可以像鞣製獸皮那樣保存下來？」瑪妮說。

「日本會保存極道刺青。」

「超噁的。」女學生說。

「我得繼續幹活了。」查理一面說，一面朝客人走回去。「但是，說真的，你們知道那可能是誰的作品嗎？」

「誰？」

「有個波蘭傢伙，叫巴爾托茲什麼的，他的作品跟那個有點相似。」

提耶希回到桌前，打開螢幕。「巴爾托茲？B-A-R-T-O-S-Z？」

「欸，沒錯。」查理一面說，一面套上乾淨的黑色乳膠手套。

幾秒鐘後，提耶希確認了這個人。「巴爾托茲．克雷姆，嗯，看起來是滿像的。」

瑪妮站到他的椅子後方，目不轉睛看著螢幕，滾動欄裡有許多紋身照片，大多是生物力學主題，與女人臂膀上的紋身非常類似。

「我看就是他了。」她喃喃說。

「那麼，警察為什麼一定要知道是誰做的刺青？」查理問，「他們認為藝術家跟這幾起命案有關嗎？那些刺青不都是不同人做的？」

「不知道，」瑪妮聳聳肩膀說，「一點道理也沒有，我猜他們只是不想放過任何線索吧。」

「但他們的確是認為跟刺青有關吧？」諾亞問。

瑪妮又聳了聳肩，把帶來的照片捲起來。

「各位，謝了，我會轉告蘇利文督察，讓他來判斷這條線索跟案情有沒有關聯。」

「是法蘭西斯。」提耶希的語氣非常酸。

「我走了。」瑪妮說。她才不會上鉤，上鉤她沒有好處，只會讓他知道他還能操控她，讓他稱心滿意。

「chérie（**親愛的**），一塊去酒吧嘛。」諾亞說。

「今天不行，親愛的。」

瑪妮走出去，把門帶上。跟查理、諾亞喝一杯，肯定會很愉快，但打死她也不要旁觀提耶希在牆角與學徒摟摟抱抱、卿卿我我。有時，她很懷疑，她是不是該搬走，斬斷他們之間的藕斷絲連。但一切總會歸結到一點：這樣做對亞歷克斯不公平，從亞歷克斯六歲開始，提耶希就是兼職父親，而如今他到了受父親影響最重要的年紀——即使像提耶希這樣反常的影響也很重要。

天色還不算太暗，但太陽已經落山了，所以風也有些刺骨了。她拉緊夾克，好奇是不是有人真會為了美麗的刺青在市區跟蹤他人。這就是問題所在，它們都是出色的作品，她聽說過他們所認出的兩個藝術家，約拿．梅森與巴爾托茲．克雷姆。法蘭西斯還給她看了另一張照片，最後一個遇害人頭上蜘蛛刺青的照片，上頭的藝術字體也是眼熟的作品。

到了聖詹姆斯街，她路過一家熟悉的刺青館，駐足往店內瞧了瞧。這家店已經停止營業了，看不到以往在這裡工作的刺青師曼蒂或珮珮的影子。一張有了磨痕的破海報貼在櫥窗內側，宣傳不久前的藝術展。現在該撕下來了——她一面暗自想著，一面繼續快步走回家。

到家之前，有個念頭不停煩擾她。

要怎麼連連看呢？除了身上有刺青以外，這三個被害人有什麼讓他們成為目標的共同點呢？

但她不想捲入更深，所以沒有理由關心這件事。除了一個令人毛骨悚然的懷疑：除了發現屍體以外，她跟這個案子可能有其他的關聯嗎？

20 羅利

「我們有些進展，」老大說，「沒有理由為什麼不能以這為基礎繼續調查。」

看來老大跟自己對進展的定義有些不一樣。

週四上午，小隊在重案調查室全體集合，聽督察每日簡報。

他指著案情分析板。

「板子上現在有三起謀殺案，一起是六個月前的懸案，吉賽兒．康奈利。三個案子之間的關聯薄弱，但如果這個推論沒錯——注意，我是說『如果』——我們要追的是一個連環殺手。」

聽到「連環殺手」，有人明顯興奮起來，尤其是年輕一輩的員警，畢竟這是大多數人幹探員的理由。羅利於是想起自己第一次參與的連環殺手案，那時他還是單純的探員，但辦過很多的案子。負責那個案子的督察年屆退休，什麼案子沒見過，但就算是一個經驗豐富的小隊，也是費了幾個月的工夫才破案。法蘭西斯．蘇利文也許閉著眼睛考試也能過，但這幾起命案他破不了。

這個念頭讓他心灰意冷，所以把注意力轉回聆聽法蘭西斯說話。

「我們必須證明或排除這三起命案之間的關聯，到目前為止，似乎還沒有任何事把三名被害人連在一塊。伊凡．阿姆斯壯在資訊業工作，沒有前科，沒有已知的仇敵，異性戀，但沒有穩定交往的女友。吉賽兒．康奈利，實習律師，遇害時男友不在國內。傑姆．沃爾許，刺青學徒。我不認為他們有任何交集。」

「但就算是連環殺手，」霍林斯說，「也可能隨機選擇下手目標。」他很滿意自己這番見解，羅利早察覺了，霍林斯懷抱著升職的野心。

「當然，大多數連環殺手是這樣的，不過我所指的關聯是犯罪行為之間的關聯。蘿絲．路易斯和她的小組正在交叉確認所有鑑定證據，你們就去交叉比對受害人所有已知的事實，他們怎麼死的，他們遇害的地點，遭到攻擊前正在做什麼……每一件事都要比對。只要找出關聯，調查就能有所進展，如果沒有半點關聯，那麼就不是連環殺手。如果我們要找的是三個不同的兇手，那就得花三倍的力氣。」

換句話說，我們什麼都不知道。

羅利的電話響起，是布雷蕭打來的。

「警佐，來找我一下。」他吼完就掛斷電話。

羅利拾階爬上頂樓時，胸膛感覺緊繃，該死的香菸。布雷蕭的門開著，當總督察講完電話後，他悄悄走進去。

「啊，麥凱，不會占用你太多時間。」

「長官，有什麼吩咐嗎？」

「這件事只有你知我知。」布雷蕭壓低聲音說。

羅利一聽，走去關上辦公室門，布雷蕭頷首對他表示讚許。

「麥凱，我希望你當我在重案調查室裡的耳目。」

羅利領會了這句話的含義。「長官，這是什麼意思？我們每天都會向你彙報最新消息。」

布雷蕭給他一個詭秘的眼神。「我要的是內線消息，你知道的，像是情況如何、蘇利文表現得好不好。他經驗不足，需要有個朋友關照。」

總督察是要他暗中監視蘇利文。

「沒問題，長官，不管他做什麼，我一定讓你知道。」

布雷蕭老成地點點頭，彷彿他們共同作了一個重要決定。「謝謝你，麥凱，你可以離開了——我相信還有很多事要辦。」

一個鐘頭後，羅利陪同東尼．希欽斯，兩人踏破了鐵鞋，走訪傑姆．沃爾許常去的酒吧，這名單是他哥哥提供給他們的。

「欸，他是常來。」髒鴨酒館老闆把手肘拄在厚重的木頭吧檯上。「一週通常會光臨個兩三回吧，你們是為了什麼事情要追捕他嗎？」

「可惜不是。」羅利說。

他們拿出伊凡・阿姆斯壯和吉賽兒・康奈利的照片給他看。

老闆搖頭。「不記得見過這兩人，不過我們有很多遊客和只來一次的客人，沒法子記住所有上門客人的長相。」

他們走訪的其他酒吧也都是這樣的結果，認識傑姆・沃爾許的都不認識另外兩人。後來，他們改查訪伊凡經常光顧的本地店家，結果仍舊一樣。只有一間市中心旅店的吧檯員工確實認得傑姆，也認識伊凡，但從來沒見過他們一塊。

他們完全筋疲力竭。在返回局裡的路上，希欽斯說：「吉賽兒根本就不是住在布萊頓吧？」

「對，她住在小漢普頓，」羅利不高興地說，「從來沒有進去這麼多酒吧結果一杯也沒喝到。」

他們回到局裡，剛好碰上霍林斯要出門。

「發現什麼有用的線索了？」羅利說。

霍林斯搖搖頭。「什麼也沒有發現，工作沒有交疊，學校沒有交疊，朋友沒有交疊，遭受攻擊的那一晚，從事不同的活動。伊凡・阿姆斯壯離開夜店要回家，傑姆・沃爾許本來在朋友家，吉賽兒・康奈利加班到深夜。我現在要去沃爾許工作的地方找老闆談談，然後再去找他以前的校長。」

羅利看到了，對霍林斯的敬業精神，希欽斯流露出淡淡的輕蔑。

他們走上樓，希欽斯說：「看來根本不是什麼連環殺手。」

「倒也未必，如果他隨機選擇被害人，沒有理由他們一定要有所關聯，也可能他們只跟兇手有關，但是彼此無關。」

希欽斯以懷疑的眼神看著他。

「我知道，」羅利說，「案子需要一個大轉折，但是這個轉折可別又是一具屍體才好。」

「推特上面有許多推測，」希欽斯說，「也許我們應該仔細看一看。」

「靠，推特？」羅利說，「媽的，浪費空間，讓陰謀論者在網路上大放厥詞。」

「但萬一兇手在上面呢？」

「好吧，去查一查，看看有沒有人好像知道還沒公布的內幕消息。但是，萬一有人知道，我跟你賭，不是兇手，絕對是哪個做事不用大腦的員警。」

羅利走進蘇利文的辦公室，報告他們毫無進展。

「抱歉，老大，不過被害人之間沒有關聯。」

「或者，根據蘿絲的看法，犯罪行為之間沒有關聯，」法蘭西斯說，「在這幾個案件裡，她沒有發現任何相同的鑑定證據，沒有線索顯示兇器是相同的，也沒有DNA、毛髮或衣物纖維。沒有指印，什麼也沒有。」

「那麼說來，連環殺手的推論不成立？」

「沒錯，我想我們要找的是不同動機的不同兇手，關於刺青的這整件事，只是不相干的事實。」

21 瑪妮

究竟是怎麼發生的？不久前他還是個嬰兒，現在卻喝醉了，癱軟在沙發上打呼。瑪妮從水槽底拿出塑膠盆，又倒了一杯水。接著，她挪動亞歷克斯的雙腳，騰出空間讓自己坐下。她隔著牛仔褲拍拍他的小腿喚醒他。

他逐漸醒來，她問：「最後一科考得好不好？」

「什麼？」他揉揉眼睛，看到了那杯水。

她等著他把那杯水一口氣喝乾。

「最後一科考試，亞歷克斯？記得嗎？今天上午，商學？」

他放下杯子，嘴角一揚，露出燦爛的笑容。

他笑起來真像提耶希，看了她很心痛。

「考了高分。」

「真的？」他聽起來不是很醉，注意到這一點她覺得很慶幸。

「該出的題目都出了，一切都很好。」

「老天知道，你那腦子不是遺傳你爸，也不是遺傳我，我們兩個功課都不好。」

「爸有高中文憑不是嗎？」

她一點也不想聊提耶希的事，這幾天因為太常見到他，撩起了她一直想放下的矛盾感情。

「馬丁跟其他人考得怎樣？」

「我想也考得很好吧，麗芙哀了幾聲，但她老這樣，結果都考第一名。」

麗芙是瑪妮的外甥女，與亞歷克斯上同一間學校。

他打了幾個嗝。「幾點了？我要去找他們。」

「才過四點。欸，等一等，你不會又要出門了吧？都已經喝醉了。」

「媽！」他皺起面孔。「我沒醉，我們中餐沒吃，開了一瓶香檳慶祝。不過很多人今天下午還有考試，所以主要的慶祝活動在今晚。」

瑪妮嘆了一口氣。單親教養，她只能白臉也扮，黑臉也扮。

「好吧，你出門前，我先煮義大利麵給你吃，到廚房來陪我聊天。」

她把水壺裝水時，電話響了。

「瑪妮．穆林斯嗎？」

「哪位？」

「我叫湯姆．費茲，《百眼巨人報》記者，我知道妳撞見一具屍體……」

瑪妮掛上電話，如果有一種人比起警察更教她不信任，那種人就是記者。可惡──那傢伙怎麼會查出是她發現屍體的？又是怎麼弄到她的電話號碼？

義大利麵煮好時，母子之間的摩擦已經消失，平心而論，亞歷克斯從來不是她某些友人必須應付的難搞青少年。

亞歷克斯坐到餐檯的凳子上，狼吞虎嚥吃著義大利麵，嘴裡說：「說說妳今天過得好不好，用針給誰永久毀容了？」

瑪妮哈哈一笑，亞歷克斯絕對不可能加入家族事業，他對刺青只有鄙視。瑪妮知道這件事讓提耶希覺得哀怨，反而覺得無所謂。

「只有一個可憐的女人，沒發現紋身會毀了她的人生。」她取笑地說。

「媽，妳真是壞透了，妳應該要警告她的。現在她可能成了那個刺青兇手的受害者，妳剛剛擴大了他的受害人範圍。」

「那件事你知道什麼？」

亞歷克斯聳聳肩。「學校每個人都在談這件事，妳每替一個人紋身，就等於提供他一個新鮮的獵物。」

「我看不出他有什麼理由殺害身上有我紋的刺青的人。」**那麼，他是怎麼挑選受害人？理由為何？**

「怎麼會沒有呢？妳刺的紋身超美的，如果我到處殺人蒐集紋身，我就會想要一個妳的。」

「你嘴真甜，不過你這樣太變態了。總之，我不認為他會在乎是誰的作品。」

「可妳說那個警察認為那些可能是戰利品，如果是這樣，當然想要像樣的東西，而不是去馬蓋洛夫度假時，半夜出門喝醉亂刺的醜東西吧。」

瑪妮清空他的盤子，把盤子放入洗碗機。她知道不該自己來，應該讓亞歷克斯動手，但這樣那張盤子就永遠沒人收。

「那倒是沒錯，」她說，「他沒拿過蹩腳的，全是佳作。」

亞歷克斯捧起一碗冰淇淋，大口大口吃了起來，像是一週沒吃過東西一樣，注意力已經跑到其他地方去了。

在亞歷克斯後方的廚房牆壁上，有一張紋身藝術展的海報，印著一張由後拍攝的裸女照片，女人背部紋著令人嘆為觀止的日本刺青。那是去年薩奇美術館舉辦的展覽的海報，「赤血玄墨煉金術」。她和亞歷克斯一塊去了倫敦參觀，亞歷克斯對展覽沒興趣，但陪她去當成幫她慶祝生日。在海報上，裸女的旁邊有十個名字，是作品參展的十個刺青藝術家。

瑞克・葛洛佛
傑森・萊斯特
石川岩男
琪琪・里昂
約拿・梅森
波琳娜・楊科夫斯基
文斯・普利斯特
巴爾托茲・克雷姆
佩特拉・達涅利
布魯斯特・伯恩斯

這幾個人號稱是世上十大紋身藝術家，瑪妮認為是主觀的胡扯，但記得提耶希沒有入榜，心中超級不爽，看到海報後，還大發雷霆。她再看一次名單。

「啊，天啊。」她不由得倒抽一口涼氣，接著拿起了電話。

22 法蘭西斯

什麼事會那麼重要？

法蘭西斯沿著喬治街，大步向聖詹姆斯街街角走去，腦中回想著語音信箱的訊息。瑪妮．穆林斯叫他去，卻沒有告訴他原因——但急迫的語氣說明了一切。她知道了什麼？她察覺了什麼？他今晚應該去探望蘿蘋，這下子只好延到下週再去，他有一絲內疚，比起晚上去陪伴姊姊，與瑪妮．穆林斯見面更加吸引人。

他走過一個遊民身邊，遊民朝他的大腿伸出手。「賞個銅板吧？」

法蘭西斯一見這個男人，立刻知道錢會花到哪裡去。「我給你買吃的。」回頭走幾家店，就是一間便利商店。

「給我錢就好。」男人的表情並不友善。

儘管如此，法蘭西斯還是進店裡買了三明治、幾條巧克力和一瓶水，蹲下來把東西交給他。

「聖彼得教堂有夜間收容所，」他說，「他們可以提供熱食和睡覺的地方。」

男人收下三明治，咕噥說了聲謝謝，黑眼如同空殼一般。

再走一百碼，法蘭西斯看到了瑪妮在留言中提到的西班牙小酒館。幾秒後，他推開了門。酒館溫暖昏暗，未鋪地毯的木板，裸露在外的砌磚，厚實的木頭家具，讓餐廳有一種鄉野情調。他往裡面更仔細地張望，發現瑪妮坐在靠裡面的一張桌子旁，眼前已經開了一瓶葡萄酒，桌上有兩只玻璃杯，一只裝了半杯酒。

「為什麼約這裡？」他坐下來問，「怎麼不到局裡來？」

「我去了，」她說，「他們不肯告訴我你在哪裡。」

這說得通——法蘭西斯一直在驗屍室，回到約翰街沒幾分鐘，就接到瑪妮的留言。

「你找誰問？羅利？」

瑪妮搖搖頭。「不是，一個女人，根本是天字第一號潑婦，一副好像你是她的還是什麼的德行。」

他真想知道是誰，安琪嗎？她的確偶爾有點傲慢。

「我需要喝一杯。」

他望著她，她確實好像為了什麼有點心煩。

他還來不及阻止瑪妮，瑪妮就把酒倒進第二個杯子，不過他完全沒碰那杯酒。兩人眼神交會，他想繼續注視她的眼眸，但終究還是轉移了目光。

他說：「說說妳發現了什麼。」他感到慌張。

「這個。」她一面說，一面碰了碰桌上某樣東西，他一開始坐下時沒有注意到。

他拿起一本光潔的展冊，斜斜舉著，讓桌子中央的蠟燭照亮。封面是一張女人背部照片，上頭刺著一條氣勢非凡的中國龍，純黑背景襯托出鮮豔的珠寶色澤。看起來很眼熟，接著他想到了，岩男讓他們看約拿．梅森的作品時，就是拿了這本冊子。

「『赤血玄墨煉金術』，」他念出上頭的字，「『古老藝術形式的當代大師』。」

瑪妮點點頭，一對明眸反映著蠟燭的火苗。

「為什麼給我看這個？」

「這是去年舉辦的展覽，在薩奇美術館，看一下裡面。」

法蘭西斯一頭霧水翻著小冊子，裡面有不同風格的刺青照片。翻著翻著，他發現了岩男給他們看過的照片。

「約拿・梅森，替伊凡・阿姆斯壯刺青的藝術家。」

「沒錯。」

「所以呢？」

她從他手中拿過展冊，「看一看這個。」

她翻了幾頁，指著另一張照片，照片拍的是一個生物力學紋身圖案，與吉賽兒・康奈利失蹤手臂上的那一個非常相似。

「巴爾托茲・克雷姆。」法蘭西斯念出名字。

「對，我拿照片給他們看，提耶希有個同事認出他的風格。還有這個。」

她翻到下一頁，上頭是一系列精雕細琢的哥德風字母刺青。

「這是瑞克・葛洛佛的作品，他在不遠的地方工作，我很有把握彼列那個字和蜘蛛網是他紋的。」說完以後，她就抱著期待不吭聲。

法蘭西斯自她的手中接過小冊子，仔細研究照片。「所以？」他幾分鐘後說。

「還沒想通啊？」瑪妮不耐地說，「你想找出命案之間的關聯，這就是你要的關聯，你的被害人都有薩奇美術館展覽藝術家的紋身，那是世界頂尖刺青師的展覽，有人正在蒐集。」

「是關聯還是巧合？」

瑪妮睜大了眼睛，大口灌下杯中剩餘的酒。「你不是認真的吧？」

「我當然是認真的——我非得認真不可。」法蘭西斯在桌上握起了拳頭。「好，這些藝術家也許替傑姆・沃爾許和那個遇害的女人刺了青，不過這一點還有待證實。那麼，要是都在這個展覽中呢？這麼一來……」他拿起小冊子翻了幾頁。「……起碼還有六、七個刺青藝術師，我們沒有跟這幾個人有關的屍體。就這一點，妳什麼線索也沒有提供給我。」

「那你又有什麼線索？」

為了拖延時間，法蘭西斯抿了一小口酒。

「你喝酒了。」

「我沒有在值勤。」

「但還是在工作。」

一個年輕服務生小心翼翼走到他們這桌，瑪妮一口氣點了一大堆西班牙小吃，服務生又走開了。

法蘭西斯挑起眉毛，「我們要用餐？」

「幫助身體維持功能。」

他情不自禁喜歡她這個人，毫不做作，毫不掩藏好惡。**她怎麼會坐牢呢？**他很想問一問，但竭力嚥下這個問題。他不想逼羅利透露更多有關這件事的消息，以免洩漏出他對瑪妮的興趣超過他所願意承認的程度。

「所以，妳猜測有一個人看過展覽，現在正在四處增加他的收藏？妳認為我們要抓的是什麼**刺青賊**一類的？」

「沒錯，就是這樣，刺青賊。」

「這根本無法說明這三個案子有所關聯。」

她睜大了眼睛。「你看不出來嗎？**這就是**案子之間的關聯。」

「我很懷疑。」
「信不信隨你，但你不能否認它們之間有關聯。況且，我猜這是你目前為止唯一發現的關聯。」
「所以，妳相信將會有更多人受害，而他們都會有這幾個刺青藝術家的刺青？」
「如果我的推論沒錯，如果你沒有先逮到兇手。」
「妳做刺青藝術家多久了？」他說。
服務生在他們面前擺了一碟橄欖，瑪妮往嘴裡拋了一顆。
「十九年。」她繼續咀嚼。
「一定是從很年輕就開始。」
「我十八歲時在提耶希的手下當學徒，我會的幾乎都是他教的。」
「怎麼認識他的？」
瑪妮臉色一沉。「那一年夏天，我去法國工作，只是端端盤子，順便曬一曬太陽。我跟他哥哥出去兩三次，後來……」她的聲音越來越小，最後變成了不安的靜默。
法蘭西斯不想刺探他人隱私——情節發展已經很清楚了——所以試著回到比較安全的話題。
「這十九年來，妳想妳替多少人刺過青？」
她吞了一口口水，閉起眼睛計算，最後聳了聳肩膀。
「差不多有幾千人吧。」
法蘭西斯撕下一塊麵包。服務生過來整理桌面，騰出空間置放更多的小吃。
「還有另外七個參展刺青師的作品，妳的刺青賊可能想收藏一件，換句話說，潛在的受害者人選非常多？」

「一點也沒錯。」

「我不能肯定這幫得了我們什麼。」

「我們哦。」瑪妮說。她又喝了一口酒，露出一抹得意的笑容。

「就算真的把這當成一個推論……」

「對，是推論，遭受攻擊的是我的朋友，是我生活圈子裡的人，你非得認真對待這件事不可。」

「妳原先根本不願跟這件事扯上一星半點的關係，現在倒是肯獻身出力了。」

「我不想看到喪命的，可能是我認識的人。」

法蘭西斯繼續仔細閱讀展覽手冊，最後翻回到第一頁。

「看。」他拿起引言叫她看。

「嗯？」

「那個策展人，是妳的朋友，石川岩男。」

「我知道，我開幕時去了。」

法蘭西斯陷入沉默，想起對他喵喵叫的刺青貓。如果瑪妮說中了關聯，他和他的小隊所面臨的絕對是一項艱鉅的任務，但好歹有了明確的追查方向。

「吃吧，」瑪妮說，「然後，法蘭克，跟我說說你為什麼要當警察。」

「法蘭西斯。」他從牙縫裡擠出幾個字。

那麼，瑪妮．穆林斯，妳先告訴我，妳為什麼犯了法。

VII

一、二，割下刺青
三、四，再剝幾層
五、六，我的血腥復仇
七、八，不會延緩

我的工作需要鋒利無比的刀刃來確保毫米不差的精準，我只用陶瓷磨刀石的手工磨刀——絕不用電動磨刀器——我哼著這首小曲保持節奏，磨完後，刀子會銳利得有如割喉剃刀，光滑、鋒利又邪惡。我必須讓它們保持尖利，以防出現使刀的機會。你絕對不知道機會何時會主動出現，所以我常常磨刀，鈍刀絕對不會是你的朋友。

全部刀具以正確順序排放在其中一張工作檯上，短的是切割刀，較長的是剝皮彎刀。磨刀石以正確角度夾在工作檯邊緣一排磨刀夾上，這樣就可以一把接著一把快速磨下去。每一把大約要花上一個鐘頭。我哼著我的小曲，全神貫注在反覆的動作中。

很療癒。

就像剝皮一樣。

剝皮素來是我標本剝製過程最喜歡的部分，將一張皮完整無缺取下是項挑戰，成功本身就是獎勵。我跟隆恩學到剝皮技巧，在鞣革和標本剝製上，我學會了他所能教的一切，也學到了人生幾件事。我像海綿一樣拚命吸收全部知識，直到他對我已經毫無保留。

我保留他的皮，同樣也保留他的客人，我就是這樣認識了收藏大師。他收藏剝製標本，而我和隆恩是這一行最頂尖的。他的要求挑戰了我們的能力極限，但我總是為他盡力工作。有時，他會看我工作，對相關過程非常著迷。他十分博學，十分聰明，這種人很容易教人欽佩。所以他願意花時間與我相處，對我是個榮譽，想到他對我展示給他看的東西表現興趣，我也覺得光榮。

在這方面，他跟爸爸、弟弟是多麼不一樣。他們對我的工作從來沒有露出任何興趣，什麼都要跟他們有關，他們的成就，他們的計畫。我的想法意見沒人理會。隆恩人比較好——他對我做的事感到興趣，但那是因為他正在傳授我手藝，想看看我學會了什麼。但收藏大師呢，他欣賞我的作品，我也欣賞他，他對美深具獨到的眼光，對於是什麼賦予某種東西藝術價值，也具有異乎尋常的鑑別力。這是我們之間的聯繫。

我願意為收藏大師做任何事，無論什麼事都願意，他只需要開口要求……

好痛！我的指頭被刀子割破了，小血珠越長越大，接著就滴到木頭工作檯上。一個需要用砂紙磨去的汙點，也許也不用磨了。

我自己血液的味道讓我明白，我非常需要再殺人。時候到了。

23 羅利

上午八點，布雷蕭的辦公室——這是老大前一晚用簡訊發出的交代。羅利到了，布雷蕭到了，老大卻不見身影。

「那麼，他的表現如何？」

羅利的目光在布雷蕭耳垂那一小坨刮鬍泡沫上停了一下。

「羅利？」

「抱歉，長官，什麼事？」

「跟蘇利文共事？有什麼消息要立刻向我報告。」

「他非常聰明，這一點毫無疑問。」

「可是？」

「這起案子，這幾起案子……非常複雜，我們還不知道兇手是一個人還是好幾個人，我們不知道他們之間的關聯，而且……」

「繼續說。」

羅利嘆了一口氣。「相較之下，他經驗不多，我實在不能肯定這樣的人真是適合這個案子。」

布雷蕭咀嚼了一下他這句話。「麥凱，謝謝你對我這麼坦白。」

幹得漂亮。這小子還敢遲到，真傻。

「當然，長官，我的意思不是……」

敲門聲響起，布雷蕭辦公室的門打開。

羅利停止說話，轉頭一瞧，蘇利文走進了辦公室。他的西裝照舊燙得平平整整，但精神十分委靡。他用一雙充血的眼睛盯著羅利，對交談突然中斷表達了質疑。

他昨夜去做了什麼？

「早，長官，對不起我遲到了。早，羅利。」

布雷蕭用一聲哼傳達他的不悅，在督察坐下時還看了一眼手錶。

「早，老大。」羅利回答。

「我想這個案子你們已經有些進展了吧。」布雷蕭盯著法蘭西斯說。

「麥凱警佐向你報告了我們目前的情況嗎？」

「沒，我跟羅利在討論葛蘭潔請產假時的人員編制。」

老大擺明了不信。

「長官，我們有一些進展，」法蘭西斯說，「我向SCAS查了一下，看看其他地方的懸案有沒有可能的關聯，結果找到一個可能的匹配結果。」

布雷蕭點點頭。

「去年，有具女屍在一座高爾夫球場被人發現，少了一條手臂。後來查出她是小漢普頓的實習律師，叫吉賽兒・康奈利，二十六歲，已婚……」

布雷蕭打斷他。「你要告訴我的是，我們現在沒有解決的命案不是兩件，而是三件？我不會說這叫做進展，這一起甚至不在我們的轄區。」

「她陳屍的高爾夫球場在我們的轄區，而她……」

「就是這一點，這個死者是女性，而我們的兩個受害者——你到目前為止調查不出任何關聯的受害者——都是男性。連環殺手——我想你是應該知道的，蘇利文——不會在連續殺人的期間改變目標的性別——我說過了，證據根本無法支持連續殺人的推論。」

「長官。」法蘭西斯的語氣更加堅定，羅利對他頗為欽佩。「這名女子被帶走的手臂上有刺青，而這隻不見的手臂到現在還沒找到。」

「刺了什麼圖案？」

「我不敢說刺青主題有沒有關聯，不過是一個生物力學設計。」

「生物什麼？」

「生物力學，長官，這種圖案讓刺青的人看起來就像生化人，就好像皮膚底下有機器。」

老大開始聽起來對這個主題相當了解，他又去找瑪妮．穆林斯了？

「老天爺！」布雷蕭翻起白眼，「一個實習律師的身上？」

「重點是，這幾個死者——伊凡．阿姆斯壯、傑姆．沃爾許，以及比我們這兩個早幾個月意外死亡的吉賽兒．康奈利，他們的屍體被發現時，身上的刺青都不見了。我們不能指望找到從伊凡身上被帶走的皮膚，但不管是誰帶走另外兩個死者的人頭和手臂，那人還是得處理手骨和頭骨。」

「我完全不信，」布雷蕭說，「蘇利文，你的想像力在加班工作。刺青這件事是巧合，那起女子命案沒有任何一點顯示與最近這兩起有關，坦白講，我也看不出有什麼蛛絲馬跡指出這兩起有關。」他伸手一推，讓椅子退離辦公桌，像是暗示開會結束了。「你有三起完全不同而且沒有關聯的命案要處理，不能再浪費時間試圖把它們拼在一塊，這會浪費我們的人力，這些人力應該根據各個案子的案情去偵查真相。」

「但是證明關聯會提供我們所需的線索。」蘇利文說。

「不要再考慮這個調查方向。羅利，你有什麼其他的可以提供給大家？」

羅利清了清嗓子準備說話，但督察搶先開口了。

「長官，我認為你應該看看這個。」法蘭西斯從公事包抽出展冊。「不見的刺青都是參加這個展覽的藝術家的作品。」

布雷蕭接過蘇利文遞給他的小冊子。

那是什麼鬼東西？他怎麼沒見過？

羅利拉長脖子，想瞧一瞧布雷蕭正在看什麼。

「這確實提供我們一個死者之間可能的關聯，儘管這個關聯也許很微弱，」法蘭西斯繼續往下說，「當然，我整個調查不會以這個前提為依據，但我認為我們必須把這一點放在心上。另一方面，我已經派下面的人去調查詢問伊凡·阿姆斯壯和傑姆·沃爾許二人的朋友熟識，查一查有沒有犯罪活動連接他們兩人。不過，沒有立刻吸引我們注意力的線索，並不代表這條線索就不存在。」

「所以你並沒有找到死者之間的關聯嘛。」布雷蕭氣沖沖地說，把展冊扔到辦公桌一旁，完全不再有任何興趣。羅利俯身把冊子撿起來，不難猜出這東西是哪來的——老大去見了瑪妮·穆林斯。他真好奇提耶希·穆林斯對那件事會怎麼想，就他看來，那對離異的男女關係似乎仍舊親密。

「關於阿姆斯壯和沃爾許的交友情形和習慣，我們已經向兩個家庭問過了，博頓和霍林斯正在進一步追查他們的友人，我和希欽斯走訪了幾間他們經常光顧的酒館，希欽斯和霍林斯今天會去他們工作的地方。安琪則會調查康奈利的案子，檢查死者所有在社交媒體上的訊息。」

聽到他提起吉賽兒·康奈利，布雷蕭哼了一聲。「那失蹤的人頭呢？」

「蘿絲還沒給我們可靠的資訊，但已經派搜救犬隊去海灘尋找，」羅利說，「在碼頭東邊不到一百碼的馬德拉道停車格上，搜救犬聞到了沃爾許的味道，接著循著味道走去海灘。味道最明顯的地方，就是我們發現屍體的周圍。味道也延伸到水邊，可能暗示人頭被扔進大海了，但退潮時沒有看見影子。我派了潛水員往外海方向去找，依循下層逆流的流動方向，可惜一無所獲。如果人頭掉進大海，我想找回的機會非常渺茫。」

「它不會幾週後到了塞爾西角吧？」布雷蕭說。

「可能會，可能不會，海巡隊可以告訴我海潮的信息，但他們不具備人頭如何隨時間在海床上滾動的專業知識，而這種事也不是可以隨便做實驗的。」

「也就是說，不管是哪一方面，都他媽的毫無進展就對了。你們接下來要怎麼做？麥凱？」

「就像我剛才說的，長官，調查已知的朋友、工作地方、吉賽兒．康奈利。」

「兩個現場的附近都沒有可以辨識的車輛？」

「只有部分車牌，我們正在查。」

布雷蕭蹙起眉頭，他永遠都覺得查案的進度不夠快。「蘇利文？」

「我要再去找石川岩男談一談，這個展覽是他策劃的，我想知道他對這三起命案的看法。」

「你的時間沒有更好的事可以做嗎？我說過了，放棄那個偵查方向。」

老大還沒掌握應付上司的竅門——這可是幹警察的入門工夫。

「長官，這是一個可靠的推論，目前也只有這個推論。我一定要把它搞清楚，起碼這樣我就能反駁它，或是確認另有下文。」

「石川這個怪人能提供實質的幫助？」

「我相信他可以。」

一陣尷尬的沉默。

「這人就是把貓刺青的那個傢伙？」羅利說。這句話填補了空白，也提出一個嚴肅的論點。

布雷蕭的眉毛幾乎消失到髮線後面。「那是合法的嗎？」他說，「有沒有通報皇家防止虐待動物協會？」

法蘭西斯搖頭。

「抱歉，」他說，「羅利，叫雙寶兄弟其中一個去辦，然後查一查給動物刺青有沒有問題。」

布雷蕭緊緊吸了一口氣，鼻孔都縮了起來。「蘇利文，你應該把他帶回來問話。」

「因為貓咪的事？」

「不是，是因為那幾起該死的命案，你這個白癡。」

「虐待動物，」羅利說，「很多那種混蛋傢伙就是從這種地方開始的。」

「帶他回來。」

布雷蕭的語氣不容爭辯，但沒有阻止法蘭西斯開口。

「我們完全沒有任何暗示他涉嫌的證據，不如我先非正式找他談談，評估一下，不要引起他的疑心。」

他不該開口的，但為時已晚。

「我說了，把他帶回來。」

「長官，我會去辦，今天下午就去辦。」羅利說。

他沒有錯過法蘭西斯氣餒得在腿上握起拳頭的那一幕。

「羅利，少管閒事，」法蘭西斯氣鼓鼓地說，「長官，我們可能只有一個機會可以正式訊問他，把這機會留到我們有了需要回答的具體問題時吧。」

法蘭西斯．蘇利文剛剛對一個直接命令說「不」，下場並不大好看。布雷蕭眉毛低垂，臉頰通紅，人站起來暗示會議結束了。羅利以閃電般的速度跟著他站起來。

「立刻把他帶回來，這是命令，蘇利文。你是幹上了督察沒錯，但不要自以為有多了不起。」

法蘭西斯不發一語，奪門而出。有膽無謀啊。

「別擔心，我一定會辦好這件事，長官。」羅利說完之後，輕輕帶上門離開了。

24 法蘭西斯

石川岩男走進偵訊室，向法蘭西斯欠個身，法蘭西斯也鞠躬回禮。羅利跟著進來了，所以法蘭西斯很不自在。這回刺青師沒穿和服，而是穿了一條緊得不大恰當但看來昂貴的牛仔褲，一件賣弄令人欽佩的胸肌的淺藍牛津襯衫。石川岩男顯然十分注重體格，法蘭西斯馬上開始想像他接受武術訓練的畫面。

種族貌相判定[4]，快停止。

「岩男先生，謝謝你跑這一趟，」法蘭西斯說，「這位是我的同事，麥凱警佐。」

「不用謝我，這件事我根本沒得選擇。」岩男說。他不理會羅利，繼續怒視法蘭西

4. Racial profiling，執法機關在判斷違法行為時，將嫌疑人的種族特徵納入判斷標準範圍。

斯。「有什麼話必須跟我說？」

「請坐。」法蘭西斯說。

他和羅利在自己這側的椅子坐下，岩男似乎猶豫不決，但法蘭西斯又對他點個頭，他便拉出一把椅子坐下。他坐姿端正，雙膝併攏，雙腳對齊，雙手置在大腿上。他用期待的眼神看著兩位警察。

「我會錄下對話，你同意吧？」法蘭西斯說著就按下了錄音機的錄音鍵。

「那麼，我要拷貝一份錄音寄在我律師的辦公室，」岩男說，「我也想先知道，你們為何認為有這個必要，還有我在這件事上究竟是什麼情況，你們懷疑我犯罪？」

「你的律師可以向我們申請拷貝。」羅利一面說，一面草草在本子上做筆記。

「你的身分是協助調查的證人，」法蘭西斯說，「有任何理由要改變那個身分，我們會通知你。」

岩男皺起眉頭。「那麼你們就沒有理由錄下這段對話。」

「好吧，」法蘭西斯說，「如果你不想的話也可以。」

岩男似乎清楚自己的權益。

法蘭西斯和羅利等著岩男被帶來前，討論出一個策略：不要一開頭就客客氣氣提出關於紋身展與相關刺青師的問題，而是從另一頭開始——從兇殺案開始，更具體地說，就是要問問他在死亡時間帶的不在場證明。

「能不能告訴我，五月二十八日週日那天，午夜十二點到凌晨六點這幾個小時，你究竟在哪裡？」

岩男一臉茫然。「請再說一次日期。」

「五月二十八日週日，上週日。」

「沒問題。」岩男從驚訝中恢復鎮定，他說：「十二點到六點之間嗎？應該是在床上吧。」

「你不能肯定？」

「在床上，不然就是在工作室畫畫。我通常在半夜十二點到兩點之間上床睡覺，我晚上大部分時間都在畫畫。我上週六晚上沒出門，週日清晨也是。」他聳聳肩膀。「在那段期間，我不是在工作室，就是在臥房。」

「有沒有人可以作證？」

「我一個人住。」

羅利和法蘭西斯迅速交換了眼神，雖然聽起來像是實話，但這個不在場證明並不存在。

「那上週二午夜十二點到凌晨五點呢？」

「一樣。」

「在家，自己一個人？」

岩男點點頭。「週二晚上，我在家，自己一個人。」他褐色雙眼堅定地迎上法蘭西斯的目光。「我相信，如果你需要的話，用我的手機就能查出我的行蹤。」

「大家出門時身上未必都會帶手機。」法蘭西斯說。他自己的目光也毫不動搖。

「我一定會帶。」岩男說。

法蘭西斯提醒自己，記得申請搜索票，調查岩男的手機紀錄。

羅利咳了幾聲要他注意。「跟我們說說你那隻貓吧，有刺青的那一隻，你不覺得給動物刺青很殘忍嗎？也許還違法？」

「我有兩隻那樣的貓。」岩男一面說，一面在椅子上動了動。「我從日本把牠們帶進來時，牠們已經刺青了。」

「但你覺得這種事可以接受？」

「牠們是收容所的貓，我是絕不會對動物做出這種事——動物顯然無法表達同意，沒有徵得同意，我不會給任何人、任何東西刺青。」

法蘭西斯感覺手機在口袋裡震動，低頭從桌底瞄了一眼，是瑪妮．穆林斯打來的未接來電。他把手機收起來。

「你能證明你收養牠們之前，牠們就刺青了嗎？」羅利像是嗅到老鼠味道的㹴犬。

「可以，我相信我的檔案裡有幾張照片，是收容所在我提議收養牠們以前寄來給我的。」

「我們還是得跟皇家防止虐待動物協會通報你的貓。」

岩男木然地瞪著他。

法蘭西斯開始意識到，這整場訊問只是白費力氣，他把瑪妮的展覽手冊推到桌子另一頭讓岩男看。

刺青師低頭一瞧，認出了那是什麼，但沒有費心拿起來。

「你以為這一切跟我辦的展覽有關？」他說。

手機在法蘭西斯的口袋震動，又是瑪妮．穆林斯，她得等一等。

「我和穆林斯女士去拜訪你時，你為什麼沒有提到這件事呢？」法蘭西斯說。

岩男豎起眉毛。「我為什麼要提？你就問了我一個關於刺青的事，當時展覽好像沒有特別的關聯。」

「我們認為可能有關聯。」

「那個展覽究竟跟什麼之間有關聯？」

「幾起命案。」

從岩男的臉龐，法蘭西斯幾乎看出他腦中一連掠過好幾個念頭，關於他行蹤的問題，關於他的貓的問題，受害者之間可能的聯結。他五官扭曲，露出難以置信的神情。

「你認為我可能涉案？」

「是你告訴我，極道紋身會在人死後取下來保存。」

岩男把椅子再往後推，抱起手臂，蹺起腿來——一個典型的防衛姿勢。「我要找我的律師，他來之前，我不會再說一句話。」

法蘭西斯的手機不停震動。

他到外面走廊，撥了瑪妮的號碼。

「你他媽的混蛋。」電話一接通，她立刻氣急敗壞地大罵。「我信任你，介紹你認識我的朋友，結果你竟然把他抓起來？」

「瑪妮……」

「先是提耶希，現在是岩男？你究竟有什麼問題？你是自己找不到嫌犯嗎？」

「訊問他不是我的主意。」

「我才懶得理你，我已經打電話給岩男的律師，他隨時會去找你，那人連蚊子都不忍心打死——他是學佛的。我可以建議你放他走，專心找出真正的兇手嗎？還有，你應該去警告讓那些藝術家刺過青的人，說有個殺人犯逍遙法外，而不是拘捕無辜的人問話。」

她掛斷了電話。他斷了他在刺青圈的唯一門路，而現在他才正開始覺得這些兇案可能與死者的刺青有關。

羅利出現在他的面前。

「岩男的律師在接待室，」他說，「天曉得他是怎麼這麼快就跑來。」

「刺青圈的秘密情報網，又名瑪妮．穆林斯。」

一個小時後，他們前腳送岩男和他的律師離開警局，後腳回到布雷蕭的辦公室。

布雷蕭暴跳如雷。「我們抓到一個嫌犯，結果你們把他放走。」

「我們沒有理由拘留他。」法蘭西斯說。

「他有不在場證明？」

「沒有，但是……」

「所以他仍然有嫌疑？」

「嚴格來說還是有，但我不相信是他做的。」

布雷蕭翻了翻白眼，「你也幫幫忙，警察怎麼能靠直覺辦案？」

「我們沒有發現任何證據，表明他和我們任何一樁謀殺案有關，就是之前可能有所關聯的那一起也無關。」

這傢伙是很怪，但因為奇怪就是兇手嗎？

「沒錯，長官，」羅利說，「而且他還有個油腔滑調的律師，我想不值得跟那個人糾纏。」

「那現在呢？」布雷蕭說，「我們回到起點了，是不是？」

「長官，我想開記者會，」法蘭西斯說，「我們必須警告民眾有兇手在逃，而且目標是身上有某些刺青藝術家刺青的人。」

「絕對不行。」

「長官？」

「你要讓兇手知道我們因為一個未經證實的推論在追查他？就算其中真有什麼，記者會會讓他馬上躲起來，我們有的計畫全沒用了。」

哪有什麼計畫？

「他一週內殺了兩個人。」

「他可能已經在規劃下一起殺人行動，」羅利又說，「我認為督察建議提出警告是對的。」

「我可沒有問你他媽的意見，麥凱，整個連環殺手的推論非常粗糙簡單，我根本不信。」

「長官，表面看起來確實很像三起獨立無關的命案。」

「好了，忘了那些狗屁推論，到外頭去給我找證據來，在另一起命案發生前，一定要找出什麼來。」

他們離開布雷蕭的辦公室，羅利壓著嗓音說：「天啊，如果又死一個，你知道他會怪到誰頭上嗎？」

法蘭西斯抽搐的下顎說明了一切。

25 瑪妮

「你真能忍，超像老手哦！」

史蒂夫正努力別在針頭底下動來動去，瑪妮則又脫口說出自己最愛的謊言。她知道自己今天有一點暴躁，深深吸氣想平靜下來，但發生的事實在教她太生氣了。不過，那不是史蒂夫的錯。他們已經約了第三次，她正在紋一簇菊花，菊花是日式風格老虎花臂刺青的背景。至少還要再約一次才能完成。

「好，今天就到這裡吧，這一塊已經好了，你一兩週後再來就能完成。」

史蒂夫在按摩床上坐起身子，把雙腿放到地上，轉動雙肩促進血液循環。

「謝謝，親愛的。」他一面說，一面帶著愉快的笑容看著新圖案。

瑪妮將紋身機拆解開來，把用過的針放到針頭收集器，撕下防止機器被濺血弄髒的拋棄式塑膠套。她拿保鮮膜包住史蒂夫的手臂，心中很好奇她的客人年紀多大了——他的頭幾乎是禿了，但五官仍舊看起來很年輕，厚厚鏡片底下的眼睛很明亮。以初次紋身來說，他年紀算是大了，不過話說回來，現在刺青的人什麼年紀都有。

「現金？」他說。

「是的，謝謝你，」瑪妮說，「差不多是三個小時。」

史蒂夫數鈔票時，瑪妮脫下乳膠手套，把雙手洗乾淨。好漫長的一天，她氣憤岩男遭到拘捕，所以情緒非常緊繃。法蘭西斯．蘇利文究竟在搞什麼鬼？不會真的以為岩男和命案有任何牽扯吧？岩男殺人的可能性比提耶希參與的可能性還低，老實說，可能性低得許多，她擔心的是提耶希……

店門口響起一串鈴聲，宣告有人來了。她的心一沉，該死，她以為她開始幫史蒂夫刺青時把門上鎖了。她從工作間往外一瞧，見到法蘭西斯．蘇利文往櫃檯走來。一看到他，她的心情完全好不起來，他下一個是要逮捕她嗎？

「想幹嘛？」她開門見山問。

在她的後方，史蒂夫輕手輕腳把剛刺青的手臂伸進夾克袖子。法蘭西斯停在連通兩間房的門口，看明白了情況。

「我可以等到妳做完事。」他說。

「史蒂夫，這位是法蘭克．蘇利文督察。法蘭克，這位是史蒂夫，我最喜歡的客人。」她就是要竭力惹惱他，她很得意注意到一件事，當他聽到別人喊他法蘭克時，就會露出一臉的嫌惡。

「嗨，法蘭克。」史蒂夫伸出一隻手說。

法蘭西斯．蘇利文握手時，好像握著貓咪拖進來的什麼東西。

「你就是那個警察對吧？調查刺青謀殺案的那一個？」

法蘭西斯若有似無地點了點頭。

「我不敢相信瑪妮居然會發現屍體，」史蒂夫繼續說，「抓到什麼人了嗎？」

「只有抓錯人。」瑪妮惡狠狠地說，繼續收拾東西。**他們究竟什麼時候才會揪出正確的犯人？**

「報上說跟刺青有關，是嗎？沒錯吧？」

史蒂夫嘮嘮叨叨，法蘭西斯露出痛苦的表情，用意味深長的眼神看著瑪妮。

瑪妮當作沒看到。

「如果你不介意，」法蘭西斯對史蒂夫說，「我有事必須跟穆林斯女士談。」

「知道了，對不起。」

「史蒂夫，好好照護傷口，記住哦。」

史蒂夫走出去，大門砰一聲關上。瑪妮停下手上的工作，看著法蘭西斯。

「法蘭克，我跟你無話可說，你的所作所為非常過分。」

「我想跟妳談另一件事。」

「我幹嘛要跟你談？」她轉身背對他，開始把塑膠墨水瓶的蓋子一一扭轉回去。

「瑪妮，上週有兩個人在布萊頓遇害，我們有理由懷疑命案與他們身上的刺青有關，這妳已經知道了。」

「所以你現在信了我的推論？」瑪妮一面說，一面扭頭瞪他。「難道這樣你就有權在這個圈子裡橫行霸道嗎？你無緣無故亂逮捕人。」

法蘭西斯嘆了一口氣。「我還沒逮捕任何人，但我們需要情報，所以我必須問一問我認為可能幫助我的人，包括妳在內。」

「你需要協助，我的協助，我們的協助，要求協助是這樣的嗎？你這樣做根本是讓人對你避之唯恐不及吧，你的腦中不會真的閃過我或提耶希或岩男和命案有關的念頭吧？」

「我必須探究每一個可能。」

瑪妮用力將消毒劑放在工作檯上，她是氣他？還是氣自己的疑心？也許是恐懼讓她出現了這樣的反應。

「你該做的是警告民眾，如果有一個兇手在逃，目標是身上有刺青的人，起碼這些人應該知道這件事。我還沒在報上或電視上看到報導叫民眾遮掩一下，當心安全。為什麼不警告他們？」

「我的上司……」

「你的上司？我以為你是案子的唯一負責人。」

他皺了一下眉。「我不是獨立工作，在調查這種案子的過程中，一定要滿足某些期待。」

「一個口令一個動作地辦案，我懂了，我以前就見識過了。」**在法國發生過，現在這裡也一樣，走阻力最小的那條路。**

她終於停止手頭的工作，轉頭過來面向他。

他一臉的憤怒。「妳才不懂，妳完全不明白我要快速拿出成績所承受的壓力，還有媒體咬著我的尾巴不放。」

「應付壓力本來就是你工作的一部分。沒錯，拿出一點成績，救另一個該死的人一命。首先，你可以發出警告，告訴大家這種事正在發生。」

「我不能那樣做，那可能會引發恐慌。」

「你不做，我就跟湯姆．費茲說，他會再寫一篇報導提醒大眾。到目前為止，他只知道發現屍體的初步細節，正在找更精采的內幕提供給他的讀者。」

法蘭西斯嘆了口氣。「拜託，瑪妮，不要靠近他，讓警方來決定什麼消息在什麼時候公開，現在各種謠言已經紛紛出爐了。」

「那你就趕緊行動。」

瑪妮把話挑明了，但法蘭西斯並沒有答腔，而是坐在屋角的木頭高椅上，舉起雙手揉了揉眼睛，流露出疲憊和壓力。可惜瑪妮缺乏同情心，警方以快速輕鬆的做法追求績效會發生什麼事，她**老早**就知道了。她的經歷也許不能算是冤獄，但法律制裁與事實絕對有某種程度的歧異。

「來杯咖啡如何？」他說。

工作室隔壁的隔壁有家小咖啡館，他們在角落找到一張桌子，點了咖啡——他喝黑美式，她則點了一杯三倍濃縮的瑪琪雅朵。

「所以你想問我什麼？」瑪妮讓她的聲音流露出敵意。

「告訴我，妳是怎麼知道岩男沒幹這件事。」

瑪妮搖頭。「法蘭克，門都沒有，是你必須去證明是誰幹的，而不是我來證明誰沒幹。我說什麼你都不會信——我了解岩男，他根本不可能做出那種行為。」

「提耶希就有可能，對吧？」

「去你的。」

她站起來。

「瑪妮！」憤怒之下，他的聲音變得嘶啞，瑪妮一聽，猶豫地坐了回去。「我不會說我認為是他幹的，但我必須更了解他這個人。根據我們的紀錄，他因為毒品交易和重傷罪被判過罪，說說這幾件事吧。」

「毒品交易就不用解釋了，根本也不是什麼大毒梟，只是在工作室以外賺點外快。亞歷克斯出生後，我們手頭很緊，我好幾個月沒辦法工作。」

法蘭西斯點頭表示理解。

「他被逮到兩三次，就這樣。」

她不會告訴他，毒品交易是她和提耶希離婚的理由之一，眾多理由之一，跟其他女人一樣。此外，他酒後的情緒衝動讓她有點太常想起保羅。她的那段人生與法蘭西斯・蘇利文無關。

「另一個呢？」

「他在心手酒館毆打一個傢伙，很久以前的事。」

「為什麼？」

瑪妮喝了一口冷掉的咖啡，爭取了點時間。

「報紙登了一些事，這個傢伙——我們根本不認識他——用這件事批評我們。」

「關於他交易被判刑的事？」

「不，是關於我的事。那傢伙跑來，說了幾句亂七八糟的話，提耶希就把他打趴在地上。」

「就這樣？」

「就這樣。」瑪妮想換個話題，非常想換。她一點也不想法蘭西斯・蘇利文打探她的過去，或提耶希的過去。

法蘭西斯喝下最後一口咖啡，靜默了半晌。

「瑪妮，可以問妳一件事嗎……？」

「好。」

不好。

「不是關於提耶希。」

「問吧。」

請別問。

「妳坐過牢，是不是？」

瑪妮唯一想要避免談論的事。「對。」

「但我在警方檔案中查不到任何紀錄。」

她顯然動怒了。「是我住法國時的事。」

「原來如此，妳做了什麼事？」

「重要嗎？」

「不重要，但……」

「我捅了一個男人。」

記憶突然在眼前湧現，她無法繼續逞強下去。刀刃的黯淡光澤，鮮血，接著還有更多更多的鮮血。警報聲在三更半夜響起。警察的法語講得太快，她聽不懂。她用力呼吸，找回了聲音。

「你聽到我說的嗎？我捅了一個男人。」

法蘭西斯臉龐的血色盡失，看似一個恨不得能把問題收回的男人。

VIII

你會不會非常好奇，從人體活生生把皮剝下是什麼感覺呢？我看你是沒想過，我倒經常想到這件事，做其他事時，夜裡躺在床上時，在這種安靜的時刻時。我在車上守候，等待名單上下一個人下班。為了了解他的性格、擬訂計畫，我正在蒐集他的習慣。他身材高大，常上健身房，根本就是天天都去。我非常期待從他身上取下皮膚，削下他的刺青。就像削蘋果皮一樣。

其實，跟削蘋果皮不大一樣。比起蘋果皮，活人皮更有彈性，而且技巧完全不同。首先，劃出準備剝下的皮膚的輪廓，接著是最難的部分——開始下刀。我用刀尖挑起皮膚邊緣，左右移動，在挑起的皮膚和底下結實的白色肌鞘——對有些人的狀況來說，是皮下脂肪層——之間製造一個小口袋。接下來，等我可以抓住鬆軟的皮膚時，就可以開始往後剝開，輕輕地以刀子撥剔，皮肉就分離了。

根據它所在的不同身體部位，也許只有少許出血，也許血流成河。我不會設法止血，止血有意義嗎？我的受害人最後一定會死，完整無瑕取下刺青才是第一重要的。劃下最後一刀後，要剝下的那張皮膚就徹底離開身體——這種滿足沒有任何事可以超越。接著，我可以將它拿在手中，即使是露天的寒夜仍舊暖融融濕津津的人皮，甚至還冒著熱氣呢。我可以想像出這張人皮製成皮革後的模樣。

不是人人都像我這麼幸運能夠熱愛自己的工作。報酬是很好，但老實說，我願意免費做這件事，收藏大師要求我做的事，我幾乎都願意做。但非常幸運，他知道我的專長，這份工作滿足我們雙方的需求。他很喜歡到目前為止我交給他的作品——我們正在聯手打造一個不同凡響的收藏。

我監視的男人從他的辦公大樓走出來了。他朝車子停放位置走去，沒有露出刺青——他穿廉價黑西裝上班，我懷疑他辦公室的人根本不知道他身上有刺青。他用電話拉保險，入夜後就從事輕率的活動，彌補窮極無聊的日間。我在夜店監視過他，他炫耀他的刺青和行徑。我也見到他在公廁買毒品，與其他男人消失在暗巷避人眼目。或是，找尋廉價的刺激。

等時機到來時，他會是一個非常容易的目標。一顆可以剖開剝皮的成熟果子。到時，我會一寸一寸將他全身的緊身衣分成兩大張剝下。啊，他會流血，我幾乎可以在空氣中嘗到味道了。

必須盡快動手。

26 法蘭西斯

法蘭西斯知道他應該要禱告，但仍舊感到頭暈眼花。**瑪妮．穆林斯捅了一個男人。**這件事她簡單帶過，但她所說的並沒有道理。他原本猜想是自衛，但她表明了情況不是那樣——別忘了，她為了那件事還坐了牢。他好想知道更多，但看來很難得到詳情。**誰？為什麼？什麼情況？**他再次試著把心思轉移到祈禱上，卻沒兩下又分心了。

他放棄了，伸手一撐，從跪姿起身，坐到堅硬的木頭長椅上。一旁是羅利，他們坐在聖彼得教堂最末一排座席，這裡不是法蘭西斯平日去的教堂，但他對這裡很熟，也來過這裡參加宗教儀式。身旁的羅利如坐針氈，顯然平日是不上教堂的，不過出席喪禮與追思會是工作之一，兇案調查組必須向受害者家屬致哀——同時藉機觀察其他出席喪禮的人。

聖彼得教堂是查爾斯．巴里設計的新哥德式建築，圓柱巍然高聳，內殿盡頭的彩繪玻璃窗令人嘆為觀止。法蘭西斯很喜歡這裡，如果不是為了忠於威廉神父，覺得必須留在聖凱瑟琳教堂，他也許會改變效忠對象。由於這是一場追思儀式，現場沒有棺木，但一張伊凡．阿姆斯壯的放大照片立在祭壇臺階的畫架上，兩側布置著華麗的花卉。人群拖著腳步默默走過，陽光從窗戶灑落，但氣氛莊嚴凝重。

「你想有多少比例的兇手出席被害人喪禮？」羅利掩嘴低聲問。

多數兇手與被害人非常熟稔，所以這個比例恐怕很高。法蘭西斯舉起一根手指放在嘴前，專心觀察伊凡．阿姆斯壯的親友。戴夫．阿姆斯壯和雪倫在第一排，旁邊有個年輕女子，法蘭西斯猜想是伊凡的姊姊。他們都沒穿黑色衣服，戴夫是一套藏青色套裝，以這個場合來說，好歹還算嚴肅。雪倫卻是一件鮮豔的紫紅色外套，但被外套一比，她的臉龐顯得蒼白憔悴，皺紋比法蘭西斯記得第一次看到她時還要深，而那不過是一週前的事。

當他們穿過短短的過道走去前面時，雪倫沉沉靠在戴夫的臂膀上，戴夫輕輕攙扶她坐下，彷彿她的雙腿快要撐不住了。他們的女兒對著一團面紙默默啜泣，身上褐綠交雜，層層疊疊，泥濘的褐色靴子從長至腳踝的鏽色裙底露出。她看起來像是園藝工作做到一半被人打斷。法蘭西斯堅決相信，出席喪禮只能穿黑衣——畢竟，現代人的衣櫃很難連件黑色衣服也沒有——不過他感覺阿姆斯壯一家橫豎也不是很虔誠。

伊凡的大家族與他的友人之間存在著明顯鴻溝，前者與雪倫、戴夫像是同一個模子印出的市井小民，他們失去自己的親人，生活被殘酷地打亂了。許多人走到前頭擁抱雪倫，和戴夫握手，然後找個位子坐下，禮貌地保持安靜。

伊凡的朋友則不同了，他們圍聚在教堂門外，彷彿不願走進去，面對他們的熟識死去的事實。法蘭西斯張大眼睛四處觀察，發現人數還不少，酷似他在刺青藝術展上見到的人——黑衣，不是光頭，就是鮮豔的染髮，身上到處穿洞。而且，儘管出席的是肅穆的場合，身上刺青照舊露出。他們也更大膽地表達自己的意見，女孩子放聲哭泣——法蘭西斯心想可能有些競爭意味——男人以低沉的聲音急切交談。

管風琴響起時，他們逐漸步入教堂入座。法蘭西斯留意到瑪妮和提耶希．穆林斯相偕抵達，兩個同行者渾身刺青，用法語和提耶希交談。羅利用手肘推推他，表示也瞧見他們了。他們一入座，瑪妮就轉頭瞪了法蘭西斯一眼，法蘭西斯若有似無地對她點頭，不過她已經轉身背對他。岩男一身樸素的黑色西裝，進教堂後坐到瑪妮那一排長椅的尾端。

他認識伊凡？刺青師用尖酸的眼神望著法蘭西斯，然後對瑪妮咬耳朵。

晚來的人坐滿了後方最後幾排椅子，法蘭西斯和羅利不得不往裡面再挪一挪，讓位給一個體格健壯的女性，她從頭到腳都是黑色的，包括手套和黑色面紗小帽子都是。她坐下後，比法蘭西斯還高將近一個頭。法蘭西斯猜她是未婚的女性長輩，不是迷了路，就是找不到地方停車。她無聲對他們說了謝謝，就在此時，牧師走上前開口說話。簡短的儀式開始後，幾個更晚到的人躡手躡腳走進來站在後面。

法蘭西斯聆聽牧師以言語給予喪家安慰，好奇他多快又會出席另一場追思會或喪禮。但如果那是母親的喪禮，情況就不同了——好幾年前，母親已經跟他作好計畫，喪禮要在她婚後每週日做禮拜的小鄉村教堂舉辦，法蘭西斯幼時就是在那裡發現了自己的信仰。那麼一來，他和姊姊會更容易開口道別嗎？那是他父母結婚的地方，可他懷疑父親根本懶得出現。這些念頭讓他分心了，法蘭西斯還沒回過神，伊凡的追思儀式就結束了，牧師沿著過道走過來，他這才從白日夢中醒來。

後來，到了外頭，兩幫人互相保持距離，但還是有些交會，伊凡有幾個朋友過去同他的家人講了幾句話。法蘭西斯和羅利站到一旁靜靜瞧著，法蘭西斯吩咐霍林斯把車子停在教堂正對面，隔著馬路用變焦鏡頭錄下過程。羅利說兇手可能參加喪禮，法蘭西斯非常重視這一點，他會分析拍攝的影片，直到他清楚每個人的身分以及與伊凡．阿姆斯壯的關係。湯姆．費茲八成也有同樣的野心，在哀弔者之間徘徊，拍了一張又一張的照片。

「還在找你的兇手嗎？」石川岩男出現在法蘭西斯身邊。「你看到他怎麼知道就是他？」

法蘭西斯還沒回答，他就消失了。

法蘭西斯發現自己的目光不時回到瑪妮．穆林斯的身上，她跟一個矮男人說話，男人右臂上雕著一頭鮮豔靈動的老虎，就是前一晚在她工作室遇到的那個人。但他只能想起迴盪在腦海中的那句話：**你聽到我說的嗎？我捅了一個男人。**瑪妮彷彿聽得見法蘭西斯的思考，停下對話，直視他的眼睛，投來的眼神並不友善。他轉過身，過了馬路，找霍林斯講幾句話。霍林斯把駕駛座的車窗搖下來錄影，行事不怎麼低調。

「凱爾，務必把每一個人都拍到。」

「老大。」他沒有從觀景窗抬起頭。

「尤其是那夥刺青兄弟。」

「他們是我的焦點。」

法蘭西斯感覺有人拍打他的肩膀，轉身一瞧，瑪妮．穆林斯氣得張牙舞爪。

「你在對我們錄影？你根本不該來，伊凡．阿姆斯壯還活著的時候，你根本就沒見過他。」

「那妳見過嗎？」

她露出吃驚的表情，支支吾吾一會，才找到答案。

「他是提耶希的客人，跟查理和諾亞往來過一陣子，我們有權到這裡，你沒有。」

「在我印象中，因為那筆沒付的帳單，提耶希對他不大熱心，」法蘭西斯說，「不管怎樣，我們有權到這裡，我們想追捕他的兇手。」

「到這裡？到追思儀式上？放尊重點。」

「這些是伊凡認識的人。」

「除了你和你的手下。」她鄙夷地說。

「瑪妮，我以為我們是同一陣線。」

「法蘭西斯，你站在哪一邊？」

「正義這邊，對的這邊。」

這句話聽似隱藏著他無意為之的暗示。瑪妮瞇了一下眼，就轉身踱步走回到提耶希身邊，提耶希正在對伊凡．阿姆斯壯的姊姊說話。

法蘭西斯目送她走遠，真希望他沒有到車子這裡，讓人注意到他們也來了。她的怒氣依舊令他感到刺痛，她的咄咄逼人依舊令他覺得震驚，但當她心焦如焚對提耶希說話時，他卻發現她有某種他至今才意識到的脆弱。她有一段黑暗的過去，這他已經確定了，那現在呢？她會是這起案子的關鍵嗎？

IX

我出席喪禮。認識可憐的伊凡．阿姆斯壯的人都來了，再看看四周，好像很多不認識他的人也來了。警察來了好幾個，畢竟誰會穿西裝配氣墊鞋？很明顯他們在找我，但他們根本不知道要留意什麼——或是留意誰，我都有點同情他們了。

不過他們沒注意我，我就可以瞧一瞧他們。似乎有種很有意思的互動關係存在，我以為負責的是年紀較大的那個，結果不是，他顯然聽從年輕那個的指點。哦，沒錯，紅頭髮那個是看起來剛畢業沒錯，但他的才幹像小豬流汗一點一滴流出來。不能低估。

就算這樣，講到追查兇手，他怎麼做也是白搭。

喪家看起來傷心欲絕，我很得意這一切都是我的傑作，這次的聚會是我的工作成果，是我讓那可憐婦人淚流滿面，是我使她丈夫伸手扶持她時雙手顫抖。我的利刃怎麼徹底切開伊凡的肉體，就怎麼徹底在他們的心靈上留下疤痕，痛楚代表他們對我工作的鑑賞，真希望隆恩能在這裡看到我完成的事，我正在做的事。說也奇怪，我也很希望爸爸在這裡，他肯定覺得非常厭惡，但這樣他會明白我終究有些天分。想起他，我嘴裡出現了苦澀的味道，所以我把注意力轉到出席的人身上。

人皮圈的大人物，統統同時出現在同一地方，佯裝忘了他們氣量狹小的嫉妒和背後放的冷箭，佯裝傷心，因為他們大多幾乎不認得的某個人死了。而那些小刺青迷對著黑色手帕嗚嗚咽咽，哭得跟真的一樣，其實只是之後到酒吧痛飲的藉口。

但瑪妮．穆林斯卻沒有哭。她走出教堂時，從我的身邊經過，臉上一滴淚也沒有。

她長得很漂亮，但身軀因為壓抑憤怒而瑟瑟顫抖，不知道她在生誰的氣？在氣什麼？我來觀察看看。

在喪禮出沒可以發現許多事，有人確實傷心，像心被扒了層皮。有人在演戲，滿足他人對自己的期待。互動關係緊張起來，等到追思聚會上多了酒精……

我會觀察，我會獲悉情報。

瑪妮．穆林斯正在同年輕的警察說話，他臉紅了，那不是友好的交流，她走開時，還在生氣，而他只是一臉懊悔。他怎麼會因為瑪妮．穆林斯感到懊悔呢？他像小狗狗一樣，目光隨著她四處轉。

我的心，別亂跳動。收藏大師也來了。

27 瑪妮

追思聚會辦在心手酒館，據說是伊凡最喜愛的酒館，酒館不夠大，容納不下參加儀式的人，喝酒的人很快就湧到街角。瑪妮沒有忘記一件事：提耶希證明自己與伊凡命案無關的不在場證明，恰好就是以這間酒館為背景。法蘭西斯跟她提過美人魚刺青女孩，她確信那個婊子今天一定會來。她深吸了口氣，咬住下唇。其實，這樣並不公平，她和提耶希已經分開多年，他要跟誰亂搞男女關係，跟她有什麼關係呢？問題是，就是好像有關係。

從教堂的肅穆中解脫出來，追思聚會多了歡樂的氣氛。伊凡在紋身圈的友人拿著酒，互問近況，交換八卦。有人炫耀新紋的刺青，不是贏得讚美，就是得到取笑。有人交換近期藝術展的傳聞故事。之前哭得引人側目的女孩，現在的笑聲跟先前的哭聲同樣響亮，瑪妮有點同情伊凡擠作一團坐在角落的家人。

瑪妮看了看擁擠的酒吧，蹙著眉頭好奇提耶希會跟美人魚女孩還是工作室新學徒一塊來。她用不著等太久——她瞥見他縮在一角，與學徒交頭接耳。怒火竄上心頭，瑪妮扭頭就走。

「她滿十八了，」一個聲音在她耳邊說，「剛滿。」

諾亞出現在她身旁，一隻手上下晃了晃，問她想不想再來一杯。

有何不可呢？她不是開車來，下午也不用刺青，再喝一杯又有何妨。不稍微緩和一下這股辛辣的怒氣，她可沒有把握能在這裡撐上一兩個鐘頭。

「好啊，謝謝。」

她等諾亞回來時，岩男走過來，她問：「你認識他嗎？」

「伊凡？不認識，但我跟約拿．梅森說了發生的事，他要我代表他來。」

「他在加州？」

「對，我向伊凡的父母轉達了他的哀悼之意，約拿很難過他的刺青可能是伊凡的死因，考慮提供懸賞給找出兇手的線索。」

「真的？不過有個神經病決定把伊凡身上的刺青偷走又不是他的錯，那傢伙也有可能拿走他的其他刺青。」

岩男噘起嘴。「瑪妮，如果妳那個有關展覽的推論是對的，情況就不是這樣了。推論暗示這個兇手要拿走特定的刺青，因此我們可以假設他也選擇了特定的受害者。」

從岩男肩頭上方，瑪妮看到法蘭西斯．蘇利文朝他們走來。
「媽的！我不敢相信警察還來這裡，太失禮了吧。」
岩男回頭一看，露出厭惡的表情。
「瑪妮，他只是盡他的工作本分，但原諒我不留在這裡。」
他快速閃人，這時諾亞拿著她的酒來了，把她手中的空杯接走放在吧檯上。
「拿去，親愛的，跟我說說妳最近好不好。」
她親吻他的臉頰。
「諾亞，給我一分鐘時間，我只是想趕這個討厭的警察走。」
法蘭西斯．蘇利文在她的視線外緣徘徊，搞得她煩死了。他一身黃褐色的西裝，在刺青同好中看起來格格不入，他大可把外套脫掉、領帶拿掉吧，**有夠呆的。**
「你膽子很大嘛。」她轉身面朝他說。
「我們都想抓到這個兇手不是嗎，瑪妮？」他說。他既沒拿著酒，也不想設法融入。
「有些事是神聖的。」
法蘭西斯看了看擁擠的酒吧，群眾大口吃著香腸捲，大口喝著啤酒，法蘭西斯看著這些人，但沒有發表任何意見。
瑪妮喝了一大口酒，開始後悔到目前為止提供他的協助，他好像非常樂意將罪名強加在任何有刺青的人身上，而不是去找出確鑿的證據，這才是警方應該做的事，不是嗎？挖出可以循線找到兇手的證據，而不是挑個兇手再來尋找證據。
「參加岩男辦的展覽的刺青師來了幾個？」
瑪妮吞下她的酒。

「岩男來了，」她說，「代表人在加州的約拿．梅森。瑞克．葛洛佛來了，其他的我想都沒來。」

「他做了傑姆．沃爾許的蜘蛛刺青，對吧？」

「沒錯。」

「能介紹我認識他嗎？」

瑪妮感覺自己氣得臉頰通紅。

「好讓你明天逮捕他嗎？你好像都這樣辦事嘛。」

法蘭西斯嘆了一口氣。「瑪妮，我們要調查每個可能與案子有關的人，看看能不能排除他們涉案的可能。」

「換句話說，你要我介紹你，這樣你就可以查一查，在傑姆死的那天晚上，他有沒有不在場證明。你他媽的不可能，法蘭克。」

「聽我說，親愛的，妳能不能有五分鐘時間不要這樣盛氣凌人。有個兇手在逃，他的目標是你們這群人。」

「你說得對，」她靜靜地說，「我不想再有人死，但不告訴別人你所知道的線索，你等於是讓我們全部的人都處於危險中。行行好，至少正式發布警告。」

「這可能會影響兇手的行為。」

「這可能會拯救人命。」

跟他說話就像對著磚牆說話一樣。

「不好意思，」她說，「我有話要跟別人說。」

瑪妮穿過酒吧，耳朵的血液隆隆流動，心跳開始狂跳。這樣不對，她不要袖手旁觀，等著下一個人死。

「諾亞，把那把椅子拉過來給我好嗎？」她指著提耶希的學徒正坐著的那張椅子。

「當然沒問題，不好意思。」諾亞一面說，一面抓住椅背，粗暴無禮地讓女孩往提耶希的大腿倒下去。她的裙子好短，瑪妮幾乎都看到她的內褲。女孩垮下臉來，提耶希卻是呵呵笑，一隻手爬上了她的腰，這一幕給瑪妮的憤怒火上添了油。

「妳想放在哪裡？」諾亞問。

「吧檯這裡就行了。」

瑪妮爬上椅子，環顧喧鬧的酒吧，尋找吸引眾人注意的東西。她拿起叉子敲打玻璃杯杯身。

「安靜一下，安靜。」諾亞低沉的嗓音大喊。「瑪妮有話要說。」

大家紛紛轉過頭來，瑪妮注意到雪倫和戴夫．阿姆斯壯對她露出不解的表情。

酒吧的喧鬧聲安靜了下來。「嗨，哈囉，」瑪妮說，「我想你們大部分的人都認識我，如果有人不認識我，我是天外紋身的瑪妮．穆林斯。我必須要承認一下，我其實不認識伊凡，但我今天到這裡，是因為我認識很多認識他的人。而且，我有一件非常重要的事情要告訴大家——我希望你們把這件事說出去，告訴你們所有今天不在這裡的朋友。」

她把手伸到後方的吧檯，放下酒杯和叉子。一大堆面孔期待地仰望著她，在後面的法蘭西斯．蘇利文的臉龐流露出深切的失望，他的警佐站在一旁，一副憤慨的模樣。

「瑪妮，拜託，不要這樣做。」法蘭西斯說。他還在繼續說，但他的話淹沒在一陣激動的竊竊私語中。

「聽好了，」瑪妮說，「警方相信，殺死伊凡的男人，可能也謀殺了另外兩個人，這些屍體都有刺青不見了。被帶走的刺青，有一個共同點，它們都是最近**赤血玄墨煉金術**展覽的刺青藝術家的作品。」瑪妮注意到，在屋子後方的瑞克．葛洛佛一臉震驚。

「很有可能，有一個連環殺手，他預備下手的對象，身上有參展的刺青藝術家的作品，這些藝術家包括：石川岩男、約拿．梅森、巴爾托茲．克雷姆、布魯斯特．伯恩斯、波琳娜．楊科夫斯基、瑞克．葛洛佛、琪琪．里昂、傑森．萊斯特、文斯．普利斯特和佩特拉．達涅利。我要警告你們，因為警察不肯警告大家。如果你們有這些藝術家的刺青，晚間外出時要格外小心，不要獨自出門，我很害怕，你們也應該要害怕。」

眾人消化這份名單時，瑪妮呷了一口酒，屏住了呼吸。大多數人搖搖頭，卻有一兩個人用急迫的語調小聲交談，指出某處出自名單上某人之手的刺青。她看到一個自己的客人——丹．卡特——咕嚕咕嚕灌下了幾乎一整杯啤酒，眼底閃現了恐懼。法蘭西斯．蘇利文和羅利．麥凱卻不見蹤影，他們嚴守的秘密如今公開了，兩人無疑是溜回警局研究對策。

「伊凡．阿姆斯壯和傑姆．沃爾許，這幾週在布萊頓遇害。」她繼續說下去。

「傑姆．沃爾許？」一個站在瑪妮椅子附近的女孩子說，「傑姆**死了**？」

「不會吧。」另一個人說。這時，驚訝的喘氣聲接二連三響起，雖然本地媒體做過報導，顯然不少人毫無所聞。門砰一聲關上——有人衝了出去。

「非常遺憾。」瑪妮說。

那女孩的身子往隔壁的男人一癱，男人剛好伸手扶住，她才沒有滑到地上。

「怎麼回事？警方怎麼處理呢？」有個人從後面高聲大喊。

大家開始對瑪妮提出一連串問題，現場一片混亂，提耶希扶她從椅子下來，她的任務完成了。

「妳究竟幹嘛要那樣做？」他說，「這下子蘇利文會沒完沒了地來煩妳了。」

「他媽的，這是他的錯。但願我救了某人一命。法蘭克不喜歡的話，他知道他自己能做什麼。」

「妳不該那樣做，他只會拿我們其他人出氣，到他不受歡迎的地方打聽。」提耶希攙扶她從椅子下來後，就沒有放開她的手。「瑪妮，真希望妳從來沒有捲入這件事，我好擔心。」

她掙脫開提耶希，提耶希皺起眉頭。

提耶希對調查——對她是有什麼意見？太多含混不清的訊息，只要提到這件事，他的脾氣就來了，但其他時候他似乎更關心她。這是怎麼回事？

她真想知道嗎？

28 羅利

羅利不會相信，老大進辦公室的模樣能比昨天早上還要糟糕。但他錯了，法蘭西斯早早進了辦公室，但西裝縐縐巴巴，頭髮也沒洗。羅利到的時候，老大已經拿著超大杯黑咖啡，坐在辦公桌前，仔細閱讀眼前一頁又一頁的筆記。

「你沒事吧？」羅利說。他緩緩走近，想瞧一瞧他正在研究什麼。

法蘭西斯抬起頭，這才注意到他。「我們知不知道布雷蕭今天在哪裡？」

「他今天不在，跟幾個探長開高級戰略會議。」

「你知道在哪裡？」

「赫林伯里公園。」

他最愛的高爾夫球場。

「很好。」他低頭繼續研究筆記。

羅利等著進一步的解釋，但老大沒理他。好吧，反正他自己也有很多的工作要繼續忙。但五分鐘後，他什麼事都還沒真的開始做，老大就把他叫回辦公室。

「羅利，我昨晚幾乎沒睡，跟自己的良心交戰。我想做好分內工作，但我不能只考慮這一點。」

羅利在椅子上侷促不安。**他是想講什麼？**

「民眾開始恐慌，瑪妮發表那個小宣言後，謠言滿天飛。如果兇手又下手，而我們什麼都沒做，那麼我們也有責任。我們必須控制局面，平息事態。」

「你想怎麼做？」

「我想開記者會。」

「但總督察明言禁止這件事，你違背他的指令，他會把你吊起來。」

法蘭西斯聳聳肩膀。「我知道——但我不會讓另一個人因為我懦弱不敢說出而丟掉性命，反正我們的推測已經洩漏出去，瑪妮知道了。但我們必須正式宣布——她說得沒錯，民眾必須知情，必須保護自己。」

老天，這會引起地震。

「羅利，這事你要是不想插手，我能理解。你有家庭，不能拿工作來冒險。」

「但你可能會丟了工作。」

「那也是沒辦法的事。」

當然，蘇利文是對的，如果可能拯救某個人的性命，他們是有責任採取行動。但法蘭西斯所提議的行動違背了上級長官的直接命令，如果布雷蕭做得絕一點，他不只可能被踢出這個案子，還會被踢出警隊。羅利走下樓，出了重案調查室視力與聽力所及之範圍，就從口袋拿出手機。

他撥了布雷蕭的號碼。

＊ ＊ ＊

記者會向來在約翰街分局一樓最大的房間召開，但從來沒有這麼多的記者蜂擁而至，就連這個房間也容納不下他們。他們或是拿著五花八門的科技裝置，或是握著短短的鉛筆，記下事件的官方說法。一週兩起命案，這是一條大新聞——甚至令本市今年至今的兇案翻了一倍。由於殘忍的細節開始洩漏出去——一向如此——全國許多小報寫手也加入本市記者的行列。

羅利站在房間的後門環顧全場，然後退回到走廊，再打了一次電話。總督察還未回覆他的留言，局裡也沒有高層可以阻止這場記者會。他回到房間。

法蘭西斯做了些努力，讓自己看起來沒那麼縐巴巴的。他脫掉西裝外套，挽起襯衫袖子——其實他的襯衫也沒好到哪裡去——用水把頭髮往後抹平。他敲敲前方桌子上的麥克風，確認電源已經打開，興奮的記者抱著期待安靜下來。

「早安。」法蘭西斯說了一聲，測試麥克風的高度。幾個人低聲回應。

「我是重案組的法蘭西斯．蘇利文督察，我的小隊負責調查此地發生的兩起兇殺案。伊凡．阿姆斯壯，三十三歲，霍弗人，五月二十八日週日被發現陳屍在英皇閣花園。兩天後，傑姆．沃爾許在宮殿碼頭底下被發現，頭被砍走了。」

「你們正在調查兇殺案之間的關聯嗎？」前排一位年輕女子問。

「說明結束後，我會回答問題。」法蘭西斯說。

「我聽說他取走屍體的刺青。」是湯姆．費茲，他要不是確實在追思會上聽到瑪妮的演講，那麼就一定是後來偶然聽說那段話的要點，那類消息一定會成為全市酒館酒吧的閒聊焦點。

「我知道昨天伊凡的喪禮後就有一些謠言傳開，」法蘭西斯繼續說，「這就是我找你們來的原因。」

房間的後門打開了，法蘭西斯停止說話。布雷蕭走進來，把門關上，站到羅利的身旁。他穿著淺黃色毛衣和藍色卡其褲，腳上仍舊是高爾夫球鞋。他臉上堆滿憤怒，但沒有開口說話。

他的出現一時打亂了法蘭西斯的步調，觀眾傳出不耐的低語，等著他繼續把話說完。

「我們有理由相信，要扛起這些兇殺案責任的人，的確把受害人的刺青取下來帶走。到目前為止，我們還是不明白背後的動機，但正在仔細研究他選中的下手對象和他所帶走的刺青。」

「瑪妮．穆林斯對於不久前的**赤血玄墨煉金術**展覽說了一些意見，」湯姆．費茲說，「跟謀殺案有沒有關聯？」

「那只是推測，暗示其他可能是一種不負責任的行為。我們沒有具體證據顯示情況如此，但這也正是要跟你們談一談的原因之一，我們必須對所有紋身的民眾發出警告，不管刺青藝術家是誰，他們都必須提高警覺，天黑後避免獨自在市區走動，在公共場合不要露出你的刺青，互相照顧。」

他停止說話後，房間突然一片混亂，似乎人人都立刻有問題，一隻隻手紛紛高舉，後面的人站起來往前推擠。布雷蕭沿著房間側牆，開始朝講臺移動。

「我可以回答幾個問題。」法蘭西斯說。

「目前有任何嫌犯嗎？」一個外地人問。

「請問你的大名，還有你的單位？」

「賽門．易普森，《電訊報》。」

法蘭西斯可以想像他會寫出偏頗的報導。

「警官，有任何嫌犯嗎？」記者重複問題。

「抱歉——目前我不能跟你們討論案情偵查的部分。」法蘭西斯說。

「換句話說，你們不知道這位刺青賊是誰？」

「無可奉告。」

「麗茲．亞普頓，《鏡報》，聽說你們逮捕了策展人石川岩男，為什麼？」

「沒有人因為這個案子被捕，亞普頓小姐。有許多人協助我們調查，石川岩男是其中一個。」

對羅利來說，石川岩男肯定仍舊脫不了嫌疑。

「那麼瑪妮．穆林斯呢？」亞普頓說。

「我說過了，我們得到幾個人的協助，但我不能跟妳吐露具體的細節。」

「各位先生女士，我想結束的時間到了。」布雷蕭幾乎是把他推到一旁，搶下了麥克風掌控權。「謝謝你們前來，請擔起報導的責任，不要讓整座城市開始恐慌，我們希望民眾採取合理的預防措施，而不是生活在恐懼中。」

記者明白他們的專欄不會得到更多的花絮趣聞後，爭先恐後朝門口移動。羅利看著法蘭西斯，他此時臉色慘白如紙，想趁布雷蕭逮著他之前溜之大吉。走到門口時，法蘭西斯轉身瞪了他一眼，目光如刀鋒般銳利。羅利等了一秒，接著自己也開溜了，老大顯然知道是他打電話給布雷蕭。

羅利走上樓時，對自己的所作所為感到內疚。從道德的角度來說，召開記者會是正確的行動步驟，法蘭西斯極有可能救了某人一命，況且要違背直接命令是需要勇氣的。羅利嘆了一口氣，他不至於說通知布雷蕭是錯的，但他心裡還是有種不安的感覺。

接著，他聽到身後響起快速跟上的腳步聲，知道是蘇利文。

「你這個混蛋！」

29 法蘭西斯

羅利擺明了立刻就跑去跟布雷蕭通風報信，法蘭西斯氣得血液都沸騰了。無論怎樣，總督察一定會知道記者會的事——但那不代表這混球在麻煩事還沒來之前就一定要洩密。案情毫無進展，這沒什麼好意外的——沒有下屬的支持，他是要怎麼辦案？他走進重案調查室，屋裡的嘈雜聲安靜下來，所有目光都停在他的身上。羅利跟著進來，布雷蕭則緊跟在後。

「到我的辦公室來，立刻，你們兩個都來。」布雷蕭的音量比必要還要大聲，他不等回應就走了。

法蘭西斯看著羅利，羅利聳了聳肩膀。

「我保持沉默的話，也會被叫進去挨一頓臭罵。」

這算不上一句道歉，而且事實是，羅利打那通電話給布雷蕭，對他的職涯根本沒有任何傷害。

「所以，任由潛在的受害者走來走去，不知道將會出什麼事，你覺得無所謂？」法蘭西斯說，「我真好奇你晚上怎麼睡得著。」

他們保持安全的距離，尾隨布雷蕭上樓。法蘭西斯一步跨過兩級階梯，心臟在胸膛突突直跳。不管要面對什麼，應該都是自找的，但好歹他能夠看著自己的眼睛，確定自己做了對的事。

走進總督察的辦公室後，明顯有一股冷冽的空氣。布雷蕭一屁股坐到辦公桌後方的椅子裡，重重地嘆了一口氣，法蘭西斯和羅利等著就要展開的痛斥，兩人都沒膽坐下。布雷蕭的目光在兩人之間來回移動，最後停在法蘭西斯的身上。

「你腦袋究竟在想什麼鬼？」

法蘭西斯硬著頭皮說：「我想，我們可能可以救某人一命，長官。」

「這事我們討論過，我說不行。」

不是問句，所以法蘭西斯沒有吭聲。

布雷蕭把注意力轉向羅利。「你打電話給我，幹得很好。」

「我認為你必須知道要發生的事。」羅利這麼回答，但眼睛往下看。

「告知大眾不是你能作的決定。」布雷蕭的注意力轉回法蘭西斯。「那麼做很可能引發普遍的恐慌。」

「在追思聚會上，瑪妮．穆林斯已經警告他們，」法蘭西斯說，「謠言傳開了，民眾已經開始恐慌。」

羅利翻了個白眼，法蘭西斯氣得毛髮倒豎。

「我堅持我的做法，」他繼續說下去，「但願這樣拯救了一條人命。」

布雷蕭顯然反應冷淡。「你難道沒有想到，光是謠言，就足以讓民眾避開不必要的冒險？」

「長官，恕我直言，我認為我們應該控管資訊流通。」

布雷蕭用鼻子噴了一口氣。「你所做的事只有提醒兇手——如果兇手的確只有一個——讓他知道我們搞懂了他的把戲，這樣他反而會躲起來，我們逮到他的機會比之前更低。」

「我不同意，長官。」

「你豐富的經驗告訴你情況恰好相反？」

「我所受的訓練告訴我，連環殺手渴望關注，如果——我是說如果——這些兇殺案之間存在著我們認為可能的關聯，公開恰好迎合了刺青賊的自負心態，非但不會讓他躲起來，反而還會引誘他出來。我計畫在市中心各處部署便衣，即時監控道路監視器，希望能夠在他又殺人前抓到他。」

「你是說在他動手時逮個正著？」布雷蕭搖著頭。「那個策略風險很高。」

「不是他動手時，」法蘭西斯說，「現在，每個人都得到警告，他沒有機會動手，因為民眾保持警覺，提高注意力。他會鋌而走險，他會冒更大的風險，暴露出自己的身分。」

「真希望是這樣。你要考慮一下犯罪數據，我承受上面的壓力，我必須減少所有犯罪的發生，尤其是暴力犯罪。」

「等我們抓到兇手，犯罪發生率就減少了。」

布雷蕭用食指和拇指捏捏鼻梁，抿緊了嘴角。「我看這樣是行不通，」他繼續說，「讓某個人去當誘餌，也許還有機會。可你這樣只是奪走他殺人機會，不能幫助你抓到他。蘇利文，我什麼都不能做，只能讓你離開這個案子。麥凱，我調新督察來之前，就由你來負責。」

「但是，長官，督察召開記者會是出於一片好心。」

這句話太沒說服力，也說得太遲了——羅利心裡一清二楚。

「我不喜歡有人逞勇胡搞——現在，你負責，你聽我的指令。把那個日本刺青師帶回來拘押，找出幾個在法庭上站得住腳的鑑定證據。」

「沒理由認為是他。」

「閉嘴，蘇利文，出去，兩個都出去。」

「長官，你不能這樣做。」法蘭西斯咬牙切齒，差點連話都說不出來。

「蘇利文，我他媽的愛怎麼做就怎麼做，麥凱負責。」

散會。

到了外面走廊，法蘭西斯一股腦將怒氣發洩出來，「可惡，可惡，可惡！」

他被迫離開了案子。布雷蕭和麥凱搞錯了方向，兇手可以繼續自由橫行。他一拳捶上牆壁，劇痛沿著手臂快速往上爬。

「可惡！」

X

我知道，計畫一旦開始進行，動作就必須要快。收藏大師把要採收的刺青名單交給我，我必須在警察變得太機靈前收割完畢。一旦到手，我會安全撤退——他們永遠不知道要去哪裡找我。任務最冒險的部分，是從人體收割刺青。

收藏大師和他的名單。他對人體表層之美眼光獨到，正在創立一個前所未見的收藏，標本剝製與刺青只是開始——我知道他還有別的想法。上次我們談話，他想知道有沒有可能取下一個人的臉，我說我認為絕對可能。如果完成這項任務，他也許會派給我更多工作。我一定會贏得他的信賴，他必須知道我能做他的得力助手，他可以信任我。現在，他一定明白了我對他的理想的貢獻，我越順利，他就越會注意我，我必須抓住他的注意力，而要達到這個目標，就是盡心盡力完成他的命令。我想，對我到目前為止的一切表現，他也該表示些許讚許了。

我進展順利，如果目標表現一如預期，今晚應該可以再進一球。我觀察他幾週，他到杜克街和中街轉角的勝利酒吧喝酒，跟一群朋友待到關門為止，然後各走各的路離開。我已經跟蹤他三次了，他都走同樣的路回家，穿過老巷區，走老史坦大道到肯普敦區。只是，今晚我不跟蹤他，我等他。

老巷區太符合我的目的。小巷籠罩在黑暗之中，這個時間幾乎空無一人。丹．卡特顯然覺得在巷子穿梭很安全，北街喧鬧酒鬼的鬼叫鬼笑仍舊聽得到，但那不表示他們聽得見你，尤其當一隻手從後方摀住你的嘴，用浸了乙醚的破布悶住你的臉。

我精心挑選這個地點，巷弄雖然狹窄，在我站立的門道左側，就有一面通往孤立院子的鐵門。我已經處理過鐵門的鎖，可以把卡特直接拖進去。院子讓我有個地方工作，好幾個小時不會受干擾。需要的全部器具已經用袋子藏在那裡，卡特的刺青面積很大，就算我的手腳夠快，還是需要相當長的時間。但完成後，它一定非常美麗，大概是名單上最美麗的，也許除了……

我聽到腳步聲接近，他的腳步聲。監視他的期間，我熟悉了他的步伐節奏，人人都有獨特的腳步聲，把一隻腳放到另一隻腳前方的節奏。我搖一搖罐子，將乙醚倒入左手的布上，穩穩貼著身後的門框。腳步越來越響亮，越來越靠近，當它們就要抵達我藏身處時，我跨出來站到他的去路上，肩膀用力往他的身體一撞。他扭頭要開口抱怨，我就從後方拿布摀住他的口鼻。他開始掙扎，但吸了短短幾秒後，我就感覺他的身體倒下靠在我的身上。我從圍牆門把他拖進我的秘密庭院。

好了，他不省人事，真正的工作開始了。該出來玩囉，我親愛的刀子們。

「斬頭利刃，刀光霍霍。」

我好愛這首詩，有時感覺好像路易斯根本是為我而寫的，這麼吻合我所做的事。我的斬頭利刃……

怎麼回事？我聽到了說話聲，就在附近。有對情侶在互相甜言蜜語。如果我聽得到他們的甜言蜜語，那麼他們就太近了，而且擋住我的逃跑路線。

可惡。

可惡，可惡，可惡。

30 法蘭西斯

法蘭西斯非常喜愛夜晚的聖凱瑟琳教堂。他有教堂鑰匙，在無法成眠的闃靜子夜，他偶爾會開門自行進來，靜靜沉思祈禱一兩個小時。顧慮到教堂電費，他只打開唱詩班座席的小閱讀燈，但這些光就足以往高壇投下柔和的燈光。別人也許不這麼認為，法蘭西斯卻覺得攢聚的暗影給人一種安慰。

不過，今晚的安慰太少了。也許他祈禱新工作順利的心願過於自我中心，他自以為行動是為了他人，其實那不過是藉口罷了。他渴望成功，他渴望認可——這就是令人不安的現實嗎？他的祈禱沒有得到回應，因為他明顯徹底搞砸了第一個案子。這麼早就被免除了指揮權，這種事會讓他在警界很難熬下去。坐冷板凳還是最好的下場，嚴重的話，在一點一滴的壓力下，他可能被迫申請調離，甚至轉換職場。一個失敗的警察這輩子要怎麼辦？幹沒多久就離職，他還有什麼選擇嗎？

法蘭西斯搓著瘀傷的拳頭，抬眼朝十字架看去，發現耶穌流露出傷痛惋惜的表情。是他應得的，他放不下虛榮心，浪費時間自我膨脹，想替死者伸張正義，卻忽略了更需要他的生者。他錯過這兩次探望母親的時間，而母親時間也不多了。姊姊幾次打電話來，他都沒接，姊姊也許不會承認需要他，但他知道自己存在她的生命中是她的一大支柱。這兩個女人活著，她們需要他，她們要求不多，只要他的陪伴，而這兩週他都沒有做到。

明天他會去探望母親，給姊姊打電話。他跪在祭壇臺階低頭禱告，白天儀式的焚香氣味在高壇飄蕩，他聽見有一扇門輕輕掩上。威廉神父也來到扶欄前，他若有似無地點個頭，又繼續禱告。他把神父的到來看成一個徵兆：上帝並沒有遺棄他，反而是送來了忠告——於是，他向上帝致謝。

法蘭西斯回到唱詩班座席坐下，威廉神父說：「我看到光線，就知道是你。」

「上帝告訴你的？」

威廉神父笑了笑。「不是，除了我自己，只有你和教堂司事有鑰匙，他不會為了安慰一個垂死的修女少睡一秒鐘。」

法蘭西斯面露微笑，他認識司事，這個迷人的男人絕對不會讓虔誠妨礙與教區區民的下午茶。

威廉神父雙手蓋住法蘭西斯擱在扶欄上的那隻手。

「那麼，告訴我，什麼讓你半夜兩點到上帝的家？」他說，「也許我能提供比樓上的祂更實用的回答。」他抬起目光，看了他們頭上的十字架一眼。

對於人心的運作，威廉神父深具智慧，而且經驗豐富，如果說法蘭西斯的親生父親拋棄了他，那也只是恰好讓路給威廉神父出現在他的生命中。

終於卸下負擔了，法蘭西斯在空蕩半暗的教堂講了幾乎一個鐘頭，威廉神父頷首傾聽他略述他的過失，先是這個案子，接著是關於母親和姊姊。

「我好想好想抓住這個兇手，神父，那樣不對嗎？但什麼線索也沒有，現在離開了案子，逮到他的機會更小了。」

「希望工作順利並沒有錯，」神父說，「這件事成功的話，你肯定挽救了更多的生命。支配心靈的動機絕對不是只有一個，大多數的利他行為與自我價值息息相關，驕矜自喜是罪孽，但只要是做了正義的好事，每個人都會覺得驕傲。」

「我懂，」法蘭西斯說，「我相信如果我可以做好我的工作，就可以讓我們的社區變得更安全。但現在，我連那也做不了。我們陷入僵局，兇手一定會再動手。」

「孩子，千萬不要放棄，如果你心裡知道你正在做的事是對的，那麼放手去做，別因為別人對你的看法而退縮，只有上帝意見才重要。」

「你是說，不管怎樣都繼續？」

「我就是這個意思。」威廉神父的語氣流露出堅定的意志，法蘭西斯從中得到了力量。「好了，替我向你姊姊轉達我的關懷，明天我見到你母親時，會告訴她你很快會去看她。」

神父在唱詩班座席跪下，雙手仍舊蓋著法蘭西斯的手。

「Domine Iesu, dimitte nobis debita nostra, salva nos ab igne inferiori……（吾主耶穌，請寬赦我們的罪過，助我們免地獄永火……）」

助我們免地獄永火。

他現在不能放棄。

31 羅利

他負責指揮，蘇利文離開了這個案子。結果，攻擊事件再次發生。

但這一回他們還有機會，被害人還活著——僥倖逃生——羅利在病房外等待問話的機會。醫師堅稱男子的狀況不適合說話，不過羅利聽過這種說詞，決定繼續等下去，只是此刻在燈光昏暗的長廊踱步，他覺得有一點缺乏自信。

這是他們始終等待的線索，一個死裡逃生的被害人，一個原封未動的犯罪現場（兇手下手時受到打擾），約翰街的晤談室還有一對喝醉的情侶，但願他們沒有醉到想不起撞見了什麼。他叫全隊起床，準備好好利用這個運氣。另外，他雖然很不願意跟自己承認，老大的看法原來也沒有錯。

有一件事倒是確認了：岩男的嫌疑洗清了。他派了兩個警察徹夜守在他家門外，他們回報他並沒有離開家門。

他傳簡訊給法蘭西斯，發現他正要離開教堂。**他難道住在那裡？**

十五分鐘後，法蘭西斯到了郡立醫院，在一間邊間和他會合。羅利去販賣機投了硬幣，用紙杯拿了杯咖啡給以前的上司。

「羅利，我不該來這裡，要是布雷蕭知道……」法蘭西斯語氣嚴肅，他的暗示非常明顯。

「他不會知道的，兩個腦袋勝過一個腦袋。」

羅利的所作所為害法蘭西斯丟掉這個案子，所以他很好奇，如果他們角色交換，他能提供多大的幫助。老大跟他聯絡上後，他還有幾分期待老大會告訴他怎麼做，但法蘭西斯只是懶洋洋，坐到一張看起來不好坐的紅色塑膠軟墊椅上，聽羅利描述情況。

「我只能給你意見，你必須自己作全部的決定。醫師怎麼說？」

「很嚴重，」羅利說，「這男的——聽說叫丹．卡特——嚴重腦震盪，那個王八蛋割了一堆很深的傷口，所以他大量失血。卡特好像有全甲紋身，所以那對醉茫茫的情侶要是沒有出現，結果可能不堪涉想。」

「有沒有刺青不見？」

「醫師說切口全在邊緣……」

「就像我們在阿姆斯壯的刺青看到的。」

「……兇手已經開始剝下肩膀的皮膚，醫師說他們只好割除一部分刺青，再用卡特的大腿皮膚植皮。」

法蘭西斯皺了皺眉頭，外科醫師向羅利說明恐怖細節時，羅利也露出同樣畏縮的表情。

「我們什麼時候可以跟他說話？」

「醫師寧願我們不要跟他說話。」

外頭走廊傳來腳步聲，一個護士推開門。

「他們在裡面。」她說。

「謝謝。」一個女人的聲音說。

瑪妮．穆林斯走進來，頭髮凌亂，煙燻妝明顯糊掉了。

「她來做什麼？」法蘭西斯說。

「討厭死了，」瑪妮說，「你以為我喜歡清晨四點被挖出被窩來幫你嗎？醫院才不是我最喜歡的地方。」

她一副惱怒的模樣。

「是我打電話找她，」羅利說，「我希望瑪妮看一下被害人的刺青，兇手好像加快速度，我們必須知道他接下來的被害人可能是誰。」

「噢，感謝妳跑這一趟來。」法蘭西斯這句話讓羅利清楚意識到自己多沒禮貌。

瑪妮走進房間時，督察就站起身，這時又向前邁了一步，手在她的上臂停了一下，氣氛微微起了變化，羅利不禁感到驚訝。他立刻把瑪妮帶過來，快速說明了發生的事。

「藝術展有多少刺青師的作品參展？」法蘭西斯問，他又坐了下來。

瑪妮想了一下，「十個。」

羅利從口袋拿出記事本。

「告訴我他們的名字。」他說。

瑪妮用手指數著。「岩男、巴爾托茲・克雷姆、瑞克・葛洛佛、琪琪・里昂、布魯斯特・伯恩斯、傑森・萊斯特、波琳娜・楊科夫斯基、約拿・梅森、文斯・普利斯特和……」她揉著額頭，竭力要想起最後一個。「我把展冊放在家裡……等一下，也是一個女孩。」她在法蘭西斯對面坐下。「想起來了，佩特拉・達涅利，義大利人，在米蘭工作。」

「到目前為止，兇手帶走誰的作品？」

「伊凡・阿姆斯壯是給約拿・梅森刺青，」法蘭西斯說，「巴爾托茲・克雷姆做了吉賽兒・康奈利的手臂。」

「傑姆・沃爾許的刺青是瑞克・葛洛佛做的。」瑪妮進一步說明。

「也就是說，如果我們的推論是對的，丹・卡特的刺青一定是出自這些人其中一個之手。」羅利一面說，一面用鉛筆輕輕敲打剛才抄下的名單。

「如果不是其中一人做的呢？」瑪妮說。

羅利聳了聳肩膀，「妳的推論就瓦解了。」

「我們現在有兩個證人、一個生還者。」法蘭西斯說。

「他們會提供線索，運氣好的話，可以幫我們揪出那個王八蛋。」

房門打開，一個穿襯衫的高個子走進來，脖子上掛著聽診器。他快速掃了他們三人一眼，看來簡直跟羅利一樣疲憊。

「這裡誰在負責？」他問。

法蘭西斯朝羅利的方向點個頭。

「好，卡特先生醒了，只是頭腦不是百分百清楚。我給你們五分鐘時間跟他談話，但接下來他必須要休息。」

「他不會有事吧？」瑪妮說。

「之後掃描腦部才會知道答案——他的腦部好像受到輕傷，大概是跌倒的緣故，」外科醫師說，「不過割傷只是皮肉傷，會癒合，只是植皮會留下傷疤。」

「身體上跟精神上的。」羅利喃喃說。

「唔，那就不是我的專業了，」外科醫師說，「跟我來。」

丹．卡特住在私人病房，離他們守候的長廊不遠。在微曦中，房間每樣東西看起來都灰濛濛的，連白色床單和裹著最新受害者的繃帶也一樣。他身上的刺青不管是什麼圖案都看不到，只有臉龐、脖子和雙手的皮膚露出，一隻手臂綑在胸前的吊帶。他的臉也是灰色的，閃爍著不自然的汗珠光澤。

醫師離開了，讓他們單獨跟他相處，瑪妮往前站了一步。

「嗨，丹。」

「嗨，瑪妮。」男人說。他講話速度緩慢，仍舊受到藥物的影響。「妳來這裡做什麼？」

「幫忙這些人。」她一面說，一面轉頭對羅利和法蘭西斯點個頭。

她認識他？紋身圈的人這麼亂搞？

「警察？」丹說。

瑪妮點頭。「丹，能不能讓我看一小塊你的刺青？」

「沒問題。」他說。他朝著沒有用吊帶吊著的那隻手臂點頭。

瑪妮輕輕將他的病袍往上拉開，一截鮮豔的日式花臂刺青露了出來，她仔細看了半晌。

「真美，佩特拉．達涅利？」

「沒錯，讓她刺了一百七十個小時，但現在……」他露出痛苦的表情，停止講話。

站在床另一側的法蘭西斯往前站。「丹，你能不能告訴我，究竟發生了什麼事？」

丹．卡特皺起眉頭，讓病袍袖子落回手腕處。

「我試試看，我跟幾個朋友在勝利酒吧。」

「他們的名字？」羅利說。

「皮特，我想皮特在那裡，不對，不是，不是皮特……」他的眼皮沉沉垂下。

「沒關係，」法蘭西斯說，「記得你是什麼時候離開的？」

「不記得離開的情形，大家都出來了……酒吧已經打烊，我記得抽了根菸。」

「沒有，應該沒有。」

「你有沒有跟其他人一塊走？」

「有沒有在街上看到其他人？」

丹無奈地聳聳肩。

「接下來發生什麼事？」法蘭西斯又問。

他搖搖頭。「對不起，一片空白，走在勝利酒吧外頭以後的事都不記得了。」
「醫師認為你被迷昏了，大概是用乙醚，然後頭撞到地上。你醒來時記得什麼？」羅利在床尾說。
「有個女人尖叫，有個男人彎腰靠過來看著我，問我還好嗎。我的襯衫不見了，我覺得又痛又冷，我在流血，我感覺溫熱的血液沿著手臂流下。」
「你完全不記得攻擊你的人？」
「他已經走了，男人好幾次叫女人閉嘴，他們叫救護車，我又昏了過去。」
「就記得這些而已？」
丹・卡特閉上眼睛。房門打開，護士走進來。
「各位，夠了，卡特先生需要休息。」
「丹，謝謝你，」羅利說，「我們明天再來跟你談，到時你可能會想起更多事。」
丹張開眼睛。「只有一件事，我不知道是想起來，或者那是我的想像。」
「告訴我們。」法蘭西斯說。羅利在他的聲音中聽到了緊張。
「只是有個畫面……有一雙戴白色乳膠手套的手從我面前靠過來，隔著手套，我看到了東西，好像是他手背上的刺青。深紅色，很大的刺青，有點像是玫瑰……」他忘了肩膀有傷，聳了聳肩骨，結果痛得齜牙咧嘴。
「出去，」護士說，「明天再來。」

32 瑪妮

玫瑰，身體任何部位最普遍的紋身圖案之一。瑪妮老早就已經數不清自己紋過多少玫瑰，除非是專研部落刺青或黑白刺青的藝術家，否則每一個刺青師應該都紋過不少。不過手背刺青大概就稍微罕見了，她不認識有那樣玫瑰的人，她鬆了一口氣。

那麼，她有沒有可能從網路找出一個手背有玫瑰刺青的男子呢？她必須試一試。丹．卡特運氣很好，但兇手下一個目標恐怕沒有這樣的機會。兇手沒有得到丹的佩特拉．達涅利刺青，會改以她另一個設計為目標？還是繼續尋找尚未蒐集到的下一個藝術家的作品呢？她不禁瑟瑟發抖，手臂爆出一層雞皮疙瘩。

清晨四點被找去郡立醫院之後，瑪妮就一直在床上輾轉反側到七點，抵抗往往在下半夜會偷偷靠近且越來越強烈的恐懼。直覺總是教她不安，她打盹時，想像自己回到黑洞洞的牢房，牆壁逐漸迫近，天花板如同懸吊在頭上的秤砣，嚇得她猝然坐起身來。她閉起眼，同樣事情又發生。

好不容易，她終於睡著了，睡得又深又沉，卻一點也不安寧。她在中午醒來，覺得緊張疲憊，幸好這天是週日，不用工作。但她腦海中有一雙紋著玫瑰刺青、拿著一把刀的雙手，促使她還是前往工作室。這男人正在傷害她所認識的人，必須採取行動阻止他。

蘇利文和麥凱似乎沒有進展，鑑定證據不足，他們沒有任何可疑的目標，但這條新情報可能扭轉局勢。她想不起來哪個當地人的手上有玫瑰，所以兇手也許是從外地來的，在藝術展期間殺害伊凡．阿姆斯壯，幾天後又殺了傑姆．沃爾許。她用一塊狗餅乾，讓胡椒在桌底安靜下來，然後打開筆電。筆電開機後，她立刻在谷歌圖片搜尋中輸入「布萊頓刺青藝術展，2017」。兇手可能去了嗎？非常有可能。如果他去了，被拍到的機率相當高——網路上有成千上萬的照片，如果某個人——她——花時間一張一張檢查，搞不好他們可以揪出那個王八蛋。

她立刻發電子郵件給提耶希、查理和諾亞，請他們一塊檢查，不過現在是週日午餐時間，他們不是仍舊宿醉賴在床上，就是待在讓他們宿醉的酒吧裡。不要緊。她開始往下滾動螢幕，瀏覽每一張照片，注意手和玫瑰。刺青師工作時，都會戴上黑色乳膠手套，不過客人的手通常是露出來的，而藝術家沒工作時，也會把手套脫掉。她想知道兇手到底是不是刺青藝術家，或者只是一個收藏者。

「天啊，胡椒，瞧瞧我在這裡找到誰。」

聽到自己的名字，小狗哼了一聲。看到一張刺青師的照片，瑪妮分心了一下，她去年跟這人約會幾次，後來沒有結果。不過他是個好人，她還是把他當朋友。

「這張是我，正在替史蒂夫刺青。」

胡椒沒興趣，瑪妮卻花了一分鐘思索這張照片。攤子前有一排消費者，旁觀她一層一層替虎背上色，會不會其中一個就是她正在找的男人呢？兇手有沒有停在她的攤位前看過她工作呢？她的脊背掠過一股寒意，她檢查照片中看得見的手，並沒有找到玫瑰。儘管如此，她還是覺得怔忡不安，踢掉一隻鞋子，把腳擱在胡椒的肩上尋求安慰。

下午過去了，她長時間盯看螢幕，眼睛漸漸疲憊起來。她停了幾次去煮咖啡，也趁著遛胡椒時休息了十分鐘，抽了根菸。她看到許多刺了青的手，但還沒有看到玫瑰，也許這只是白費力氣，也許刺青賊根本沒有去藝術展。如果有的話，她要過濾超過七千名與會的民眾，而且他被拍到照片的機會非常低，更確切地說，他雙手入鏡的機會非常渺茫。

她從沒看過這麼多紋了刺青的手，不過大部分的手部刺青是延伸整條手臂的花臂刺青，不然就是龍飛鳳舞刺在關節上的文字——愛、恨、正、邪、孤狼、如果、但願。

整日都是陰天，暮色提早降下。瑪妮打開桌上的經典萬向燈，仍舊專心檢查在會場拍到的每張照片。胡椒在夢中發出嘆息，瑪妮覺得那聲音不但很好聽，而且令人安心。她開始覺得累了，檢查速度慢了，注意力也渙散了，有時同一張照片必須檢查兩次。也許再看一個小時就好，她明天早上再繼續找……

胡椒從桌底衝出，胸口發出低沉的咆哮。牠奔向工作室的店面，一路汪汪叫著。瑪妮在門口追上牠，牠竟全身格格發抖。一陣恐慌席捲全身，瑪妮的呼吸急促起來。

「嘿，胡椒，怎麼了？聽到什麼聲音嗎？」

窗外的街道空空蕩蕩，正在下雨，水滴布滿了玻璃，匯流成一條條的小溪，在玻璃窗上賽跑。她四處張望，尋找小狗這個行徑的理由。那裡！對面第三棟建築的門口有動靜，有個黑色身影沒入暗影中。她目不轉睛看著那個地方，直到眼前浮現黑點。但除此之外，她沒看到任何東西。那是一間商家的店門，店已經打烊了，店內沒有燈光，門口也沒有動靜。

她是真的看到了什麼？或那只是她的想像？她這一陣子都緊張兮兮——這整件事讓她動不動就要受驚。

她說：「沒事，小寶貝。」她把注意力轉回到胡椒身上。「大概只是有一隻海鷗飛下來找垃圾。」

瑪妮回到桌前，胡椒卻留在原處，打著哆嗦，守著工作室大門。瑪妮坐下後，依舊聽得到牠的低吼。胡椒不大靈光，應該用不著理會牠的胡思亂想，但她現在變得浮躁不安，鍵盤上的雙手開始發抖。從發現死屍以來，她在這個案子上越捲越深，這可不太明智吧？手錶顯示快七點半，再找半個小時，她就要回家了。

就在她的三十分鐘即將用完之際，她看到了，有一隻正在讓人紋身的前臂，由於藝術家的手擋到了，她無法辨識出他正在紋什麼。但那不是重點，那不是吸引她注意力的東西。她停止往下滾動畫面只有一個原因：正在被紋身的那人，手背上有暗紅色的刺青，瑪妮仔細研究那個圖案，想看清楚是不是一朵玫瑰。她點了點游標，將照片放大。

這個刺青也許符合丹．卡特的描述，但她目不轉睛盯著它，想辨識出它是什麼。她知道那根本不是一朵玫瑰。

絕對不是玫瑰。

33 法蘭西斯

布雷蕭週日晚間現身局裡，何止是有一點不尋常，這根本證明他非常擔心是否能夠破案。他想在及時逮捕時順便沾沾光，也無疑清楚這案子萬一成了懸案，危害最嚴重的就是他這個總督察的官位。羅利勉強對法蘭西斯吐露，最近經常有人纏擾他，要他帶人回局裡，找出對他們不利的證據。

「而不是找出證據，導出結論，然後再去抓人，」法蘭西斯說，「他是把他受訓時學到的都忘光光啦？」

「問題是，到目前為止，我們找到的證據也沒有提供什麼頭緒，」羅利嘆著氣說，「兇器類型是有點眉目，但線索一條也沒有。」

在重案調查室，他們不安地休戰停火，喝茶分析這二十四小時來發生的事件——這時，布雷蕭大搖大擺走進來，看到這一幕露出驚訝的表情：一個是他新指派的負責警官，一個是他不久前撤除這個案子指揮權的警官，兩人竟像兄弟一樣。

「蘇利文，你在這裡做什麼？這個案子跟你無關了。」

羅利站起身迎接總督察的怒目，好正眼看著他的眼睛。

「是我找他來的，他目前沒有任務，我想我可以借助他既有的知識，分析昨天深夜發生的事。沒理由讓一個可以效力的警官無所事事。」

幸好這似乎提醒了布雷蕭他週日晚間到局裡做什麼。「麥凱，我要知道案子的最新進展，五分鐘內到我辦公室。」

他走了以後，羅利又坐下來，把他那杯茶喝光。

「蘇利文，我希望你回來繼續參與這個案子。」

法蘭西斯聳聳肩膀，「這你就必須說服布雷蕭。」

羅利覷起眼睛。「不對，是**我們**必須說服他。」

＊ ＊ ＊

法蘭西斯敲敲布雷蕭的辦公室門，然後走了進去。他的心狂跳著，亢奮的心情令他煩躁不已。羅利隨後跟著進去。

布雷蕭在看一份報告，沒有抬起頭。

「坐下，羅利。」他說。

法蘭西斯咳了幾下，這幾聲讓布雷蕭注意到羅利不是一個人來。

「你來這裡做什麼——我是叫羅利來報告案情最新情況，沒叫你也來吧？」

「你必須讓我回來負責。」

羅利勃然大怒，猛然轉過頭去。「搞什麼鬼……？我不是那個意思。」

「我是隊上的高階警官，案子應該由我來負責。」法蘭西斯轉頭看著羅利。「你希望我回來繼續參與這個案子？那麼你是要替我做事，明白嗎？」

布雷蕭想插嘴，但法蘭西斯不給他機會，繼續往下說。

「昨夜，我們運氣好，應該是說運氣無敵好。一對情侶在酒吧關門後回家，路上妨礙到正在動手的刺青賊。當然，他是溜走了，但留給我們一個紀念品、兩個目擊證人。不要讓他們的證詞浪費了。」

「不用你的協助，羅利也可以處理那些線索。」

「這次遇襲的受害人，是一個名叫丹．卡特的男子，他有全甲紋身，刺青師叫佩特拉，在義大利工作，也是薩奇美術館展覽的參展刺青師——這幾乎已經證明那個推論：兇手正在蒐集特定一群藝術家的刺青作品，就是你和羅利都不大信的那個推論。現在該承認我是對的了吧。」

布雷蕭瞇起眼睛，目光在兩個人的臉上來回掃動。「好吧，蘇利文，你還查出了什麼？」

「攻擊者已經用刀勾勒出刺青的輪廓，我們相信是一把短刃刀。然後，他換了刀具，開始剝卡特的肩膀皮膚。他用的刀子，跟用在伊凡．阿姆斯壯身上的刀子，款式當然非常相近，但是我們無法確認是否究竟就是一模一樣的刀子。刀子割出的輪廓顯示，如果沒有被打斷的話，他打算把全甲紋身分成兩塊取走——前面一塊，後面一塊。」

「全甲紋身？」

「一種日式刺青，延伸到整個身軀和四肢。」

「天啊。」

「卡特先生無法告訴我們太多，因為他是從背後遭受攻擊，接著就失去了意識。不過，他在清醒的片刻，確實記住了一件事：兇手戴著白色乳膠手套，卡特看到手套底下——那個男人雙手手背都有刺青，暗紅色，非常可能是玫瑰。」

「所以，你掌握了一個可能指認出他的特徵。」

「在我的建議下，麥凱派霍林斯和希欽斯搜索照片，希望找出有相似刺青的人。明天他們會去查訪本市所有刺青館，問問有沒有人記得做過符合卡特描述的刺青。長官，我有信心可以找出一些線索。」

「蘇利文，是羅利可以找出一些線索。那對情侶呢？他們說了什麼？」

「他們躲進老巷區的窄路找尋私密空間，其實並沒有留意巷子裡面的情況，但兇手大概覺得他們是威脅，就匆匆忙忙從他們身邊逃走了。同一時間，他們聽到遠遠傳來呻吟，男的走去查看，他們根本是救了卡特一命。」

「攻擊者呢？他們看到了什麼？」

「沒什麼，他帶著一個大袋子——袋子差點把女的撞倒——頭上的棒球帽拉得很低，遮住了五官。他比男人高，應該超過一百八十公分。他們沒聽到他的聲音，而且太暗了，無法分辨頭髮或眼睛顏色。」法蘭西斯聳了聳肩膀。「真的能讓我們有所進展的，應該是卡特所提供的線索。」

布雷蕭在桌上將兩手指尖相碰，「所以，你認為我應該讓你復職？沒有你，羅利也幹得很好，你剛才說的都改不了這一點。

「羅利，你準備交出指揮棒嗎？」布雷蕭十分乾脆地說。

「不，長官，」羅利說，「畢竟我是比較有經驗的警官。」

「艱難的決定。」布雷蕭說。

分明是很難決定哪一個決定可以助他升官，而非最有可能偵破命案。法蘭西斯對他很鄙夷。

布雷蕭走到窗前看著外頭，背對兩位警官。

「羅利負責。蘇利文，你這週接下來都休假吧，我週一會派給你新的任務。」他連注視他們的眼睛都辦不到。

「長官，謝謝，」羅利說，「你作了正確的選擇。」

馬屁精。

法蘭西斯無話可說。

「現在我們知道兇手的目標是誰的作品，應該可以誘使他現身。」羅利說。

「你的意思是設下圈套，」法蘭西斯說，「用潛在的被害者當誘餌。」

「閉嘴，蘇利文。」

「但這是一個非常不道德的做法。」

布雷蕭氣呼呼瞪著他，法蘭西斯不知道自己是不是說得太過火了，照這樣下去，他是永遠也回不到這個案子。

「所以你認為我們應該只要仰賴直覺，而這個直覺是以卡特對一隻模糊的手的模糊記憶為基礎？」布雷蕭冷笑幾聲。

「太荒謬了。」羅利說。

法蘭西斯感覺口袋又傳出熟悉的震動——有一通未接來電。

「那是我們到目前為止最有價值的線索。」他說。

「麥凱，去做你認為對的事，然後向我回報。」

「遵命，長官。」

法蘭西斯口袋裡的手機又震動了。

「我相信，蘿絲勘察完攻擊現場後，會出現許多鑑定證據，留意那些證據。」

「遵命，長官。」羅利說。

「好，麥凱，我給你和你的小隊整整二十四小時時間，去給我找出什麼確鑿的證據來。警佐，別搞砸了，我不會給人第二次機會。」

「長官，我不會搞砸。」

「蘇利文，我派你去辦另一個案子前，不想在這裡再看到你的臉。」

他們走出辦公室，羅利悶不吭聲，立刻快步往樓梯走去。法蘭西斯氣到不想跟他說話，留在後頭從口袋掏出手機，結果手機拿在手中時又震動了——有人急著要找他說話。有簡訊，全是瑪妮．穆林斯傳來的。他打開最後一封，一張照片填滿整個手機螢幕。是一隻手，一隻有刺青的手。

刺的不是玫瑰。

深紅色，毛糙的黑色線條，黑色的輪廓。

法蘭西斯盯著照片，看了好幾秒才看懂。是一顆人的心臟，完完全全按照生理結構設計，幾乎像是還在跳動一樣，而且流淌著黑色的血。

這會是兇手的手嗎？

34 瑪妮

瑪妮到警局後，安琪．博頓陪同她走去重案調查室。上樓時，女警幾乎不跟她說話，瑪妮清楚感覺到她非常瞧不起自己。無所謂，這種事她已經習以為常——有人就是會討厭有刺青的人。

羅利．麥凱陪她走去一張空桌，她拿出筆電。

「法蘭西斯說，妳找到幾張可能是攻擊者的手部的照片。」他說。

瑪妮看看四下，「他不在？」

「他沒跟妳說嗎？」

「什麼？」

「他違背上頭的命令，召開記者會，所以現在不負責這案子了。」

「我看到了，本來就該這樣做，怎麼可以因為這樣就要他離開這個案子呢？」

「沒錯，但媒體大肆渲染，聽說這些現在是『刺青賊』命案，上面氣炸了。」他話鋒突然一轉。「給我看看照片。」

瑪妮找了找檔案，打開她的圖片庫。

羅利目不轉睛看著螢幕上放大的人心刺青照，瑪妮看著他，她剛才盯著照片看了一個小時——沒必要再看了。

「以前有沒有見過類似的？」羅利一面說，一面將重心挪到另一隻腳。
「當然，人類心臟很常見，大多刺在胸口，但通常會刺青的地方，我都看過心臟刺青，只是不記得看過類似這個刺在手背上。」
「妳認為這就是丹・卡特隔著攻擊者手套看到的嗎？」
瑪妮聳聳肩。「也許，但也不表示沒有另外一百個人手背上有玫瑰或心臟刺青。」
「這個作品妳覺得眼熟嗎？」
「完全沒有印象，不過我用電子郵件把照片寄給提耶希、查理和諾亞，看看他們對這個有沒有任何看法。其實，我們從刺青師那裡得到線索的機會會更大，照片是在藝術展拍的——所以人數立刻縮減到與會的刺青師。」
「有多少？」
「大約三百五十。」
「太棒了。」
「不過將近一半是女性。」
羅利回頭看照片。她是對的——刺青師的雙手又大又結實，壯碩的前臂從黑色手套延伸出來，照片沒有拍到他的臉，但可以看到他身上的T恤——一件鐵娘子樂團巡迴T恤，由於舊了，黑底褪成了深灰色。
「安琪、東尼，過來看看這個。」
兩位探員走到瑪妮坐著的地方，從她身後探頭看著螢幕，希欽斯發出一聲低沉的長哨。
「哇賽。」他說。

「安琪，拿張記憶卡來好嗎？然後看看能不能在藝術展的刺青師中找出像這傢伙的人。」

「沒問題，老大。」安琪說完就轉身回去自己的辦公桌，沒多久又轉回來，也沒問瑪妮可不可以，就把記憶卡從她的筆電旁邊插進去。

「請下載照片。」她說。

瑪妮不喜歡她的語氣。

「這跟大海撈針一樣。」希欽斯說。

「那就把它撈出來。」羅利轉頭面向瑪妮。「穆林斯女士，謝謝妳帶這些照片過來，有其他需要，我們會聯絡妳。」

安琪把下載好的記憶卡從筆電抽出，瑪妮知道他們要她走了。好，他們不再需要法蘭西斯，他們不需要她。他不過是提醒民眾注意安危，就丟了這個案子，這樣似乎不大公平吧。但她不早料到警察就是這樣嗎？好，如果他們不再需要她的協助，她索性就不提供了，但他們最好在這個該死的瘋子再下手前抓住他。

＊＊＊

她到家時，亞歷克斯正在看足球。已經過了七點，但從亞歷克斯的打扮——黑色綁帶褲，印有雷鬼樂鼻祖巴布•馬利圖頭像的破洞T恤——她知道他打算出門。

「你要去哪裡？」她問。她拿了一杯酒和一包洋芋片，撲通坐在他旁邊的沙發上。

「麗芙的男朋友要去旅行，辦了一個歡送派對。」

「聽起來不錯。」

「我可以帶啤酒嗎？」

「我們家有嗎？」

亞歷克斯聳聳肩，但沒有足夠的興趣放下比賽去找出答案。

瑪妮喝著酒，並不關心足球球賽。她今天已經花太多時間待在螢幕前面，亞歷克斯一出門，她就可以跳進浴缸，在熱水中泡很久很久。她往後靠著軟墊，閉上眼睛。

「媽！」

她猛然坐直身體，葡萄酒灑到大腿和旁邊的軟墊。

「門鈴！」

「噢，那就去開門啊。」

亞歷克斯對她皺起眉頭，但還是奮力從沙發站起來。瑪妮用袖子輕輕擦拭灑出來的葡萄酒，希望在門口的不是提耶希。

「找妳的——那個警察，」亞歷克斯從門廳大聲說，「我出門囉，明天見。」

「你要在哪邊過夜？」

「或許吧。」亞歷克斯從門口把頭探進來。「就算我回家，妳也已經睡了。」

她站起來，趁著他轉身要走前，趕緊親了他的臉頰一下。法蘭西斯．蘇利文站在門廳——不知道為什麼，突然見到他，她覺得一時手足無措。亞歷克斯走了，門砰一聲關上，她示意他到客廳來。

「嗨，」她說，「進來吧。」

法蘭西斯走進客廳，胡椒興奮地喊了一聲，從爐邊跳過來使勁嗅聞法蘭西斯的褲管，法蘭西斯並不理睬牠。

「抱歉，這麼晚還來打擾，但羅利剛剛寄了這些給我，我認為妳會想看看。」所以那個小隊起碼還有一個人感謝她的付出，接著她想起他根本已經不再參與查案了。

「羅利告訴我你不負責這案子了。」

法蘭西斯把筆電放在茶几上。「以工作來說，沒錯，但在我的心中，仍舊是我的案子。」

「酒？」

他猶豫了一下，最後才回答：「最好不要。」

她無視他的回答，端了一杯給他，又把自己的杯子斟滿，才坐在他旁邊的沙發上。

「看看這些，」他說，「這是替我們認為可能是嫌疑犯的男人刺青的藝術家。」

瑪妮細看他用螢幕展示的照片，有幾張照片是一個肌肉發達的刺青師，他正在替不同的客人刺青。其中幾張照片中，他穿著褪色的T恤，前臂同樣結實，上面還有部落刺青。

「啊，沒錯，」瑪妮說，「這件T恤跟我找到照片中的T恤一模一樣，你們一下就找到他了。」

「羅利派出整組人馬去找，人力充足就有這個好處，他叫詹姆斯．戴蒙特，聽過他嗎？」

瑪妮搖了搖頭。她不知道這個名字，也不認得照片中的男子。「那麼，接下來怎麼做？」

「我們聯絡這個傢伙，查問他在會場替誰刺青，這麼一來，應該就可以找出我們的兇手。」

「也許吧，如果丹隔著手套看到的就是這個心臟刺青的話。」

「當然，如果不是的話，我們就回到起點。」

「他在哪裡工作？」瑪妮說。

「工作室在基爾福，有沒有興趣明天上午去那裡走一走？」

「我以為你不負責這案子了？」

「這不是布雷蕭贊成的調查方向，羅利會把焦點集中在布雷蕭想走的方向，這一兩天抽不出時間做這件事。」

「你是認真的？」

「我們可以搶先他一步，我還是決心要偵破這個案子，這可能是一條相當重要的線索。」

法蘭西斯・蘇利文想證明自己的能力。

「好，我跟你去，既然我可能認識一半因他受害的人，把這殺人犯抓起來關對我有利。」她喝了一小口酒，又想了一想。「這麼一來，花幾個小時檢查那些照片也值得了。」

「這是盡責警察的基本工作，千方百計，一遍又一遍檢查細節。」

「無趣。」

「但當你確認讓案情真相大白的唯一小細節時，那一切都值得了，也許是找到與兇手或被害人吻合的一根頭髮，也可能是發現了一個監視器畫面，揭露某人的不在場證明是謊言——不管是什麼，你都會士氣大振。」

「我明白，就像我刺非常精緻的紋身，數百片的菊花花瓣幾乎是一模一樣，但完成後，看著客戶第一次照鏡子檢查紋身，那種感覺很棒。」

「前提是他們要喜歡成果。」他半笑不笑地說。

他閃現的幽默教她吃了一驚，她認識他的時間不長，但這是他第一次最像是在消遣她的時候。

「你幹嘛老這麼嚴肅。」她自言自語。

「什麼？」他看上去真的很驚訝。

「你很嚴肅，這是我第一次聽到你說好笑的話，雖然也不是很好笑。」

「對啦。」但這次他帶著真正的笑容回答，一個瑪妮出乎意料居然會想再見到的笑容。

不是妳想要的發展。

瑪妮伸伸懶腰，看一眼手錶，已經過了半夜十二點，她需要一根菸。由於亞歷克斯的緣故，她不在屋裡抽菸。

「我去外面抽根菸，想動動腳嗎？」

「好。」

到了外頭院子，她點了菸，深深抽了一口，注意到法蘭西斯正看著她。

「要來一根嗎？」她把整包菸遞過去，當他朝菸伸出一隻手時，她驚訝得差點把菸弄掉了。

「畢業後就沒抽過了。」他一面說，一面慢條斯理抽出一根。

「你是說你真的抽過？」

「只抽過一根。」他苦笑著說。

「所以你現在並不想來一根。」

「妳抽那根菸的時候，臉上有某種表情，」他說，「滿足，放鬆，愉快。我想領會一下到底是什麼，就算是做研究吧。」

法蘭西斯．蘇利文吸一口他有生以來第二根菸時，顯然並沒有體驗到滿足和愉快。無法避免的劇咳開始後，他把菸往地上一丟，咳到腰直不起來，還一度咳得不能自已，覺得自己快要吐了。瑪妮也笑到停不下來。跟他們一塊出來休息的胡椒，突然開始汪汪吠叫，在小院子繞圈跑，好像見到一隻貓。

「不賴吧？」瑪妮說。她抽完自己的菸，把菸頭捻熄在院子邊緣一小缽土裡。

法蘭西斯一陣乾咳，想清除肺部的煙霧。

「不要讓我再抽菸，絕對不要。」他的嗓音又粗又啞。

「不會了，浪費了一根這麼好的香菸。」

她站在他的前方，不假思索將他額頭上的髮絡往後撥開，當她的手在他的太陽穴流連時，兩人四目相對。

妳在做什麼？

他似乎朝她傾靠過來，瑪妮感覺一陣興奮像野火在全身燎燒開來。她想吻他，他看起來也好像想吻她，好像他就要吻她了。但胡椒冷不防發出尖銳的怒吼，兩人頓時返回現實。

「小子，怎麼了？」瑪妮說。

「妳的狗在嫉妒？」

瑪妮搖搖頭，好歹法蘭西斯承認剛剛發生的事。

「通常不會，我想不是，應該是什麼嚇到牠了，牠晚上稍早的時候就怪怪的。」

法蘭西斯看了一下小小的後院。「籬笆後面是什麼？」

「一條小後巷，可以通到馬路。」

「我什麼都沒看到，也許牠看到狐狸還是貓咪。」

魔咒打破了，他們回到屋內。瑪妮想請法蘭西斯喝咖啡，但他婉拒了。

「我最好走了，明天一早來接妳，我們去找詹姆斯．戴蒙特。」

看著他從前門離去，吻他的強烈衝動又來了，但瑪妮克制住自己。

究竟是怎麼了？

他離去後，瑪妮花了比平常更長的時間才睡著。不是因為她平日交替出現的深夜恐慌，而是她無法停止想像親吻法蘭西斯．蘇利文會是什麼感覺？親下去後會有什麼發展？

她告訴自己，這不代表任何意義，但有個畫面在腦海中揮之不去：他蓬亂的頭髮垂到額前，將它拂到一旁是多麼自然的動作。

XI

我不能呼吸了。

爸爸的聲音在腦海中響起，罵我把事情搞得一團糟，說了一遍又一遍。我老是把事情搞得一塌糊塗，我老是出錯。收藏大師現在也說了同樣的話，用爸爸的聲音說。這是不可能發生的，這是不能發生的。

我呼吸困難。

加工步驟，我必須專注在加工步驟上，以免失去了理智。在能夠思考以前，在能夠思考接下來必須怎麼做以前，我會一直把專注力放在加工步驟上。

加工步驟。

但是每一件事都毀了，每一件事都搞砸了。

我拾起一把乾淨的刀，快速在前臂劃下一刀，血液噴濺在蜘蛛網般的疤痕上。這是讓自己冷靜下來的唯一方法，痛楚讓我平靜下來，憤怒也將隨之消散。

我替自己包紮繃帶，然後準備繼續工作。

手上這張是紋著蜘蛛網的頭皮。在這個階段，它滑溜溜的，有點彈性。我在板子上移動它，一吋一吋檢查，我的手指在表皮上滑動，我非常喜愛指尖摸到它的感覺，柔軟濕潤，又有彈性。我應該要戴上手套──它剛從一桶表面活性劑中拿出來，上頭附著的毛髮脂肪溶解了部分，硫化鈉和氫氧化鈉的濃烈氣味遮蔽了它本身的惡臭。之後，我將會為不戴手套這件事付出代價，我的雙手會又紅又腫，皮膚乾燥龜裂。但我罪有應得。

今晚的任務是清潔皮膚，拔除所有殘留的毛髮，清除所有油脂，讓皮膚可以開始加工。大量毛髮已經脫落，但浸灰過程結束後，總會有些許細毛堅持留在表皮，所以我會進行「淨面」——用鈍刀刮除細毛。這是一個需要技巧的工作，很容易擦破或割破皮膚，搞不好就毀了整件作品。專注是關鍵，我不能讓精神有一秒鐘的恍惚，這就是我發現加工過程這麼療癒的原因。沒有其他念頭侵入，因此會給我時間冷靜下來。

我想沉迷在加工過程中，但我的心不肯安定下來。

我聽得到那女人的尖叫，一聲接著一聲。「他死了，」她不停大叫，「他死了。」但他那時還沒死，根本還沒死。警察和救護車趕來時，我躲在那條路上不遠的門口偷看，見到他們把他抬出來，他的臉上罩著氧氣面罩，救護人員的工作服上有血。他沒死，對我這可能是好事，也可能是壞事。

可惡！可惡！可惡！

根本不該發生那種事，我實在瞧不起那對男女，難耐情慾，加上酒精作祟，就在大馬路上準備跟畜生一樣幹起來。齷齪死了。

不會吧！皮膚上那是一個小擦傷嗎？我必須專心，否則會毀了這個工作。

我不能告訴收藏大師發生了什麼事，還不能告訴他。我知道，我遲早必須要說，也知道報紙會報導刺青賊的新攻擊失敗了。媒體開始這樣稱呼我，刺青賊，整座城市活在對我的刀子的恐懼之中。但我就快要完成了，只要再做幾個名單上的名字，留下我的印記，滿足收藏大師的心願，我就會再次湮沒無聞。

總地來說，丹．卡特仍舊活著也好，我應該可以肯定他沒有任何有用的資訊提供給警察。他一出院，我就會對他第二度下手。

他的名字還在我的名單上。

35 瑪妮

沒多久，她就明白法蘭西斯．蘇利文為什麼邀她一同前往——她有車。隔天上午，他步行到她家，說他的車子是警隊的，這趟出遊不合規定，開他的車等於違規。

「還好我沒把車借給亞歷克斯，對吧？」她從流理臺抓起鑰匙說。

法蘭西斯似乎不欣賞她的左駕雪鐵龍老爺車，也不欣賞她蹩腳的駕駛技術。但不管怎樣，他是教人討厭的乘客，都還未離開學院大街，瑪妮就注意到他緊抓著座椅邊緣，手指都抓到發青了。這輛車引擎嘈雜，懸吊系統避震功能幾乎不存在，但它是瑪妮和提耶希搬回英國時帶回來的。開這輛車穿過綠樹成蔭的鄉間道路，提耶希隨著電臺音樂唱歌，後座放著野餐要用的東西——這是她唯一快樂的法國記憶，她要把車開到無法再開才罷休。

「這車都快散了，」法蘭西斯說，「妳確定它是安全的？」

瑪妮說：「百分百安全。」她含笑改變了話題，「昨晚很棒，對吧？」

法蘭西斯馬上扭頭看著她。

「找刺青藝術家啊，記得嗎？」**他以為她在指那個差點成真的吻嗎？**

法蘭西斯盯著窗外，但她看到他的臉頰發燙了。

開到基爾福時，外頭正下著大雨。十分鐘後，他們找到刺青館，看到店外畫著禁止停車的雙黃線，瑪妮不大高興。

她準備違規停車，法蘭西斯卻說：「我們去找停車場。」

「你是警察，為了調查命案，停在雙黃線一定沒問題吧。」

法蘭西斯掃了她一眼。「不行，當警察不表示可以任意違法。」

「如果是某些時段可以停的單黃線呢？」

「如果是緊急情況，我可能會停，但現在不是緊急情況，瑪妮。」

「我認為是，有個殺人犯逍遙法外。」

法蘭西斯沒理會她，指著一座停車塔的入口。瑪妮沒好氣地把車停放在停車格，要是他不是那麼死腦筋，他們就不必冒雨走十分鐘。她打過交道的大多數警察，根本二話不說就在雙黃線上停車。

他們發現刺青館還沒開門，瑪妮更加氣惱。他們悶悶不樂站在雨中，從窗戶往裡面窺探。裡頭看起來不錯，所有刺青工具井然有序，排列整齊。瑪妮完全不信任雜亂無章的工作室，一個雜亂無章的刺青師，對衛生可能也很馬虎。

法蘭西斯砰砰砰敲打玻璃門，又按幾下門邊的門鈴。

「打電話試試。」瑪妮說。玻璃門上有一組電話號碼。

他撥電話時，店鋪左側有一道門打開，一個男人的腦袋從門縫探出，顯然剛剛才起床。扶著門的那隻手刺著波西尼亞條紋。

「朋友，還沒開門，下午再來吧。」他講話有澳洲腔。
「你是詹姆斯．戴蒙特嗎？」瑪妮說。
「我是。」
「我是瑪妮．穆林斯。」她朝著他走去。
他把門縫稍微拉大，露出只穿著T恤和四角內褲的身影，他的手腳刺滿了黑色紋身。
「我知道妳的作品──很棒，嗨。」
「這位是法蘭西斯．蘇利文督察。」
法蘭西斯往前走了一步。
「我在調查布萊頓最近發生的命案。」他說。
戴蒙特睜圓了眼睛，「刺青賊？」
「沒錯，可以進去跟你聊幾句嗎？」
「聽好，老兄，我跟那些一點關係也沒有。」
「你沒有嫌疑，」瑪妮立刻說，「我們只是想問你一張在藝術展上拍的照片，我們想要確認某人的身分。」
戴蒙特大聲舒了一口氣。「沒問題，讓我穿好衣服，我們在工作室談。」
兩分鐘後，他再度出現在門口，穿上了牛仔褲和乾淨T恤。他們尾隨他走進去，瑪妮環顧一下四周，戴蒙特的專長並不難猜──走進店裡，好像走進一九五〇年代的波里尼西亞風酒吧，可以看到籐製家具和太平洋島嶼壁飾，波西尼亞面具由上往下瞪視他們，工作室一頭展示著俗豔的部落設計。
他們把照片拿給他看，他看著照片沉思了幾分鐘。

瑪妮瞧著法蘭西斯，沒想到他會興味盎然東張西望工作室的布置，懷疑他是不是開始明白了。也許再多一點的時間，她能夠說服他也來紋個刺青，如果他真的願意，不知道他會選擇什麼圖案。

「欸，這個我記得，其實人還有點怪。」

「怎麼說？」法蘭西斯說。

「很煩躁的樣子，我刺青時，一點都不想跟我說話。」

「你刺了什麼？」瑪妮說。

「我從來沒見過的符號，他畫在紙上帶來，我不知道那符號有什麼意思。」

「有沒有紀錄呢？」

詹姆斯搖搖頭。「藝術展時，不會登記沒預約的散客，反正就是刺好了收現金。」

「所以沒有名字？」法蘭西斯說。

戴蒙特想了一想。「薩，叫薩．柯比還是寇比吧，說是住在迪奇林路的郊區，一個農舍……」他聳聳肩膀，說話聲越來越小。

他們走回停車場路上，法蘭西斯興奮得不得了。

「真是好不容易，我們終於給自己找到一條像樣的線索。」

「你真的認為這可能是我們要找的人？」

「上帝才知道。」他抱歉地向天空看了一眼。「如果他從一開始就打算刺了青就走人，八成也不是他的真名，況且迪奇林路那麼長，他可能搬家了，也許根本不是我們在找的人——所以，就算找到他，他也可能提出強而有力的不在場證明，不過起碼案子有了進展，我們有事可做。」

他從口袋掏出手機。

「安琪，能不能幫我用名字查一個迪奇林路的地址……」

瑪妮打從背脊冒起寒意，遊戲正在進行，她絕對不會讓這個殺人犯再度攻擊刺青圈子的人。

36 瑪妮

迪奇林路從市中心往北延伸八英里，終點是迪奇林村。出市區後，道路變成陡坡，穿過南丘陵草原起伏的鄉村，沿途農田農舍取代了維多利亞式別墅。

從基爾福往回開的途中，安琪回電法蘭西斯。

「不要跟羅利提這件事，絕對不能讓人知道。」

瑪妮拉長耳朵，傾聽安琪在電話線另一頭說什麼，但聽不清楚。

「但妳查出了什麼嗎？很好，對，安琪，謝謝，我欠妳一個人情……好好，去喝一杯。」

「查到地址了嗎？」瑪妮問。

「查到了，妳最好送我回車站，我不能拖著一個老百姓去找嫌犯。」

「但沿著迪奇林路一直走就可以回到布萊頓。」

「瑪妮，這麼做有失專業，妳在場可能會汙染犯罪現場，況且，要是撞見了兇手……不行，這是不可以的，我不能讓妳陷入險境。」

「我會留在車上，但你不能浪費時間，萬一戴蒙特其實認識薩．柯比或寇比，打電話警告他呢？他可能會逃走。」

「是柯比，」法蘭西斯說，「安琪找到一個叫薩．柯比的人的地址。」

他靜默了片刻，在座位上扭過頭面向瑪妮，瑪妮斜眼看他。

「好吧，我們就開車路過那個農舍，察看那個地方的位置。如果那個地址看起來可能有人，我就打電話叫羅利帶人來支援，這樣我們可以逮捕他。但是，不管發生任何事，妳都要留在車上。」

「我會留在車上。」

當然，她一定會留在車上。

＊＊＊

他們從基爾福往回開，選了另一條會開到迪奇林村的路，迪奇林村和布萊頓之間的路叫迪奇林路，蜿蜿蜒蜒，穿過南丘陵草原上的農田和石楠荒野。

過了迪奇林村後，「門牌號碼是多少？」瑪妮問。

法蘭西斯笑了。「沒有門牌號碼，是一個農莊，我們要找的是石野農莊。」

他們朝陵地的第三高點迪奇林燈塔爬，房舍越來越稀疏，路曲曲折折沿著長滿樹木的斜坡往上延伸，最後來到了山丘頂，前方就是通往布萊頓的漫長下坡路。瑪妮看到道路兩側有若干遠離道路的農舍。

他們經過兩三幢似乎沒有名字的房子，但看來絕對沒有資格稱為農莊。下一間顯然是個農家，而且有招牌——高田農莊。

「到那裡停下來，」法蘭西斯說，「我去問問石野農莊在哪裡。」

有個老翁帶著條狗，從農莊另一頭走來，停下腳步看看他們想做什麼。

「你在找石野？往下開的第一家就是，那裡以前是湯姆．亞伯特的。」

「你認識薩．柯比嗎？」法蘭西斯問。

「不認識，從沒聽過這傢伙，不過湯姆走了以後，湯姆的孩子就把那裡租出去。我替他們家照顧田地，但這幾年他們那個農莊換了好幾個房客。再走兩百碼，從右邊小路轉進去，再走大概四分之一英里，你一定會看到的。」

他們遵從他的指示，小路的起點有個木牌子，上頭寫著「石野農莊」，油漆已經龜裂剝落，路牌就快要歪斜了。他們駛入石野農莊的院子，看一眼就知道這裡已經沒有經營了，倒塌的大門用東西撐開，雜草侵入院子水泥地面的裂縫。農莊院子一片荒煙蔓草，凌亂分布的附屬建築看起來都需要修葺，屋旁的停車位沒有車，沒有一扇窗戶是開著的。老實說，根本沒有有人居住的跡象。

法蘭西斯下車，瑪妮留在車上，把車窗搖下。農莊安安靜靜——濃密的灌木叢讓迪奇林路的車流噪音變得模糊，這裡是丘陵的背風面，幾乎沒有一絲的風聲。瑪妮的皮膚泛起一層雞皮疙瘩，彷彿有什麼不對勁的地方，她很清楚不能忽略這種感覺，所以安於被禁足在車上。有一滴雨落在擋風玻璃上，接下來，天空像是被打開了似的。

隔著嘎吱嘎吱擺動的雨刷，她望著法蘭西斯大步跨過水泥院子，走向農舍的前廊遮棚。他扯了一下鍛鐵門鈴的拉索，瑪妮聽見遠遠傳來一聲噹。這整個地方讓她想起老影集《冷舒農莊》。

屋裡無人，反正就是沒人來應門。法蘭西斯不把雨當一回事，走回車子，站在瑪妮打開的車窗旁，拿出了手機。

「羅利？我在石野農莊，燈塔附近靠布萊頓這頭。」他聽了一下電話。「沒有，沒什麼好提的，但我想你應該派弟兄過來。有更多發現，我再打給你。」

他大步穿過院子，朝著三棟幾乎廢棄的附屬建築走去。瑪妮望著他，恐懼緩緩滲入了微血管。

他走入第一棟建物，那是一棟斜頂波狀鐵皮小屋，旁邊還有一棟大得許多的穀倉。他消失在視線之外，瑪妮覺得越來越緊張，在車裡四處尋找可以權充武器的東西——萬一有這個必要。後座什麼也沒有，但她想起行李廂有扳手。

她下車去拿扳手，法蘭西斯又冒出來，給她一個疑惑的眼神。

「這個地方讓人毛毛的。」她邊說邊打開行李廂。

「留在車上，」他說，「這裡什麼都沒有，我一下就好。」

瑪妮拿起扳手，回駕駛座坐好，把沉甸甸的金屬工具橫放在腿上，覺得安心了。

法蘭西斯繞著大穀倉，一面尋找入口，一面用力嗅著空氣。

「有個東西，這裡有個什麼很臭。」他對她大聲說。

瑪妮把頭探出窗外，用力呼吸。雨水肯定沖淡了農莊的味道，但空氣中仍舊有個強烈的味道卡在她的喉嚥。

「這裡是農莊啊。」她說。

他朝車子走了幾步，「但這裡沒有家畜家禽。」

「死掉的動物？」

「有可能，不過是別的東西，某種化學藥劑。」

他在穀倉的側面消失，但幾乎頓時又冒出來。

「穀倉的門上鎖，新的、閃閃發亮的掛鎖。」

「你需要搜索票吧？」瑪妮說。

他的語調暗示他不想等，但他奉公守法的那一面贏了。他用了十分鐘工夫，在電話中向布雷蕭解釋他在這裡做什麼，說服他申請搜索票。

羅利帶著兩三個員警趕來後，他吩咐羅利開始控管四周的人車進出。法蘭西斯下車跟他說話，瑪妮從打開的車窗聽。

「媽的，她在這裡做什麼？」羅利見到她坐在老爺車的駕駛座就問。

「我查出柯比的名字和地址時，她跟我在一起，」法蘭西斯說，「我不想浪費時間先送她回布萊頓，她會留在車上。」

「老天爺都要哭了，」羅利說，「治安守則第一條——犯罪現場不能有老百姓，你要是讓她汙染現場，我們可能破不了案。」

法蘭西斯無動於衷。「她現在是專家證人，而且，我說過了，她會留在車上。」

專家證人？真倒楣！

這不是瑪妮第一次後悔那一刻撞見伊凡·阿姆斯壯的屍體，更別說後來打電話報警了。

又過了一個小時，希欽斯才會將搜索票送來。兩個警察之間的緊張氣氛高漲，羅利坐在老爺車嘎吱作響的後座，他剛才被迫在外頭冒雨抽菸，一肚子怨氣把氣氛給弄僵了。

希欽斯被交代帶斷線鉗來，法蘭西斯和羅利接下工具，三人繞過穀倉消失了，瑪妮又被獨自留在車上。只是這一回，她受夠了。她打開駕駛座的門，希望鉸鏈不要嘎嘎作響。扳手仍舊緊握在手，她偷偷摸摸走到穀倉，躲在牆角後面探頭察看。在她偷窺時，羅利三兩下解決了掛鎖，在一陣低沉的嘶聲中，門開啟了。法蘭西斯率先走進去，其餘兩個跟在後頭。

瑪妮忘了她的禁令，快步跟上去，當她趕上時，剛好聽到羅利震驚得倒抽一口氣。當法蘭西斯又出現在門口時，瑪妮在他的眼底看到了恐懼。

「瑪妮，回車上去。」一看見她，法蘭西斯就開口說，語氣帶有恐懼。

瑪妮繼續靠近他，羅利在他的身旁出現，明白瑪妮的意圖後，跨出一步張開雙臂。

「這裡是犯罪現場。」他擋著她的去路說。

她必須瞧一瞧他們發現了什麼。她想從門口看看他們身後的景象，但如牆般的沖天臭氣讓她非常受不了。

是死亡的味道。

死亡的味道，還有某樣更可怕的東西的味道。

37 法蘭西斯

離開犯罪現場時，法蘭西斯從來沒有過這種如釋重負的心情。他們開門時那股嗆人的惡臭，已經向他透露許多內幕——他立刻將羅利一把往後拉開。三分鐘後，穿戴好應該穿戴的白色蒐證衣、鞋套和口罩後，他們盡可能地作好心理準備。

他們走到打開的穀倉門，法蘭西斯吸了一口氣試試看。他在口罩內側抹上薄荷膏，濃烈的氣味刺痛了眼睛，每一口呼吸都帶有薄荷的嗆涼。同樣抹了薄荷膏的羅利不停咳嗽，淚水沿著臉頰滑落，滲濕了口罩上緣。

「好，幹活吧。」法蘭西斯說。

到了門口，他卻猶豫了。對於他們即將發現的東西，他覺得害怕，又覺得難以抗拒。羅利從後面挨上來，他只好冒險一試。

門的右側恰好有個開關，他用戴著手套的手把燈打開，懸吊在天花板托梁上的日光燈管，頓時以扎眼的白光照亮整間屋子。一眼就看得出來，儘管外頭沒有整理，屋內已經翻新了。

法蘭西斯環顧巨大的空間，首先攫住他吸引力的，是穀倉左牆旁一排五十公升容量的白色塑膠桶。接下來，他注意到牆上貼滿放大的紋身照片。**這裡究竟在搞什麼？**他簡直不敢走過平滑的水泥地面，朝另一頭的大桶子前進。當他走近後，發現到每個桶子都裝滿了液體，這就是惡臭的源頭了。他幾乎無法呼吸，不用瞧就知道裡頭裝了什麼。

「天啊，」跟著他進來的羅利說，「我知道是什麼，去年帶麗姿和孩子去摩洛哥的馬拉喀什，被帶去參觀那裡知名的製革工廠，就跟這裡一樣臭。」

「有人在製作皮革？」法蘭西斯說。

他很想很想直奔大門，以最快速度離開這個鬼地方，但他竭力克制住這個衝動。

他不但沒走，還徐徐往前移動，強迫自己看一眼第一個巨桶裡面。在深色液體的表面下方，他看到蒼白的形影漂浮著，宛如汙染河水中的垂死魚兒。其中一張緩緩翻轉，露出另一面上頭的黑色刺青線條。一道苦水直衝上喉，他不得不撇開視線。

明白一切後——為什麼兇手要取走刺青，他之後拿刺青做什麼——他說：「他在製作人皮。」

羅利站在他旁邊，「天啊，媽的。」

法蘭西斯咬著牙，逐一檢查其餘的大桶。裡頭裝著不同的液體，但不是每個都有大片的人皮，難以分辨哪個大桶是臭氣的肇端，或者這股臭氣其實是種種濃重氣味的結合。鑑識科會將所有液體送去做化學分析，但這些化學藥劑究竟是什麼並不重要，罪狀已經昭然若揭。

厭惡感湧上心頭，法蘭西斯轉過身去。對面的牆邊有張工作檯，堆滿瓶子與不知名藥品罐，還有布滿深色汙漬的木板，刀架，裝著各式各樣手術工具的盒子，一紙箱的乳膠手套，一排關於標本剝製的書籍。工作檯一頭放著松鼠標本，另一頭是石製大水槽。法蘭西斯很不願去猜想什麼從排水管被沖走。

「老大？」

「嗯？」

羅利在工作檯另一頭，「這個你非得看一看不可。」

他指著一個淺盤，法蘭西斯走了過去。

有些東西是不可能永遠不會被人發現，這種東西法蘭西斯見多了，但從沒有見過這樣的東西。玻璃淺盤中有個皺巴巴的東西，上頭蓋著保鮮膜，以免它失去水分變乾。是一張球狀的人皮，看起來就像洩氣的氣球。雖然人皮泛白膨脹，但上面絕對是蜘蛛網刺青。

羅利用筆尾推推淺盤，刺青像果凍一樣顫動起來。

「我們逮到他了，是不是，老大？」

法蘭西斯搖搖頭，「他不在這裡。」

羅利拿出電話。「希欽斯，鑑識科來了後，我要你們徹底搜查農莊，把屋子翻過來找，每一寸都不要放過。我們必須檢查排水管，找一找糞坑，找一找挖掘還是埋葬的痕跡，查出這人究竟在哪裡……」要講電話，他必須拉下口罩，所以他掩著嘴呼吸。「對，可以報加班，約翰街能撥出多少人，統統都到這裡，立刻就來。」

羅利開始喜歡這個做老大負責指揮的任務。

他掛斷電話後，兩人目不轉睛看著牆上的刺青圖案。這些照片有伊凡・阿姆斯壯、吉賽兒・康奈利和傑姆・沃爾許的刺青，有丹・卡特的全甲紋身照片，還有一張薩奇美術館展覽的大海報。其中有些照片上的刺青法蘭西斯並不認得。

「未來受害者或是我們還沒發現的屍體？」羅利說。

「我們必須叫瑪妮進來。」

「絕對不行，她進來會汙染犯罪現場。」

「她以專家證人身分進來就沒問題。」

「不行。」

「別這樣，羅利，她說中了死者之間的關聯，可以提供我們這些刺青的關鍵資訊，這些資訊可能最後可以拯救一條性命。我去叫她來。」

羅利拉長了臉，但沒有阻止他。

五分鐘後，瑪妮站在他的身旁，端詳釘在牆上的照片。她口罩上方的臉色煞白，儘管明白他們就在兇手的工作坊，她仍舊保持冷靜。

羅利到外頭打電話，法蘭西斯只能猜測他正在跟誰說話。

「這些看來都是參展藝術家的刺青作品，」瑪妮說，「我們的推論是對的。」

「妳的推論。」法蘭西斯說。

瑪妮聳聳肩膀。

「那我們以前沒看過的這些呢？」他繼續說。

「一定是他未來的目標，如果我們可以找出他們，就可以保護他們。」

瑪妮順著這排照片往下走。

「認得任何人嗎？」他問。

「我可以大膽猜測藝術家——畢竟我們從展覽知道有誰，但這些照片裡的人……」她莫可奈何地聳聳肩。

羅利又回來加入他們。

「哦？妳可以告訴我們什麼嗎？」他的語氣近乎挑釁，瑪妮不理睬他，繼續看著圖片。

「這裡的刺青比藝術家多，」法蘭西斯說，「他似乎讓自己有選擇的餘地。」

「我猜想，有的比較容易跟蹤發現。」瑪妮說。她正看著一個女人的花腿紋身，照片剪裁過，身體沒有露出。「這個一定是岩男的，這是他專精的日本神話。」

「這個呢？」法蘭西斯指著一個男子的背部說，黑灰色的紋身刻劃了墮落天使路西法。

瑪妮看了一眼，然後移開目光。

「對不起，」她說，「戴這個口罩，我不能呼吸。」她像是站不穩的樣子。

「這個真是美。」羅利一回來就說。

瑪妮和法蘭西斯朝他的方向轉過去。他指著一張女人背部刺青照片，日式風格，一對橘紅色的池中錦鯉，一名跪地的藝妓，淚珠從臉龐落到池水中。左上角有一彎楓樹枝，別具一格的楓葉在整幅畫面飄落開來。

「又是岩男的？」法蘭西斯大膽推測。

「法蘭克，我覺得快昏倒了。」

他只來得及接住她。

XII

我有預感，在迪奇林路時，那預感一路纏著我。我相信這些直覺——對於干擾我平衡狀態的東西，我非常敏感，最近的事件傷害了我的心靈，我必須承認那一點。東街的事讓我亂了方寸，我需要跟我的人皮獨處，自我禁足。

我無法擺脫不對勁的感覺。

因為確實不對勁。有輛車從我家巷子開出，我立刻起了疑心。一輛銀色三菱，除了我自己的車子以外，曾經走過那條小路的，就只有郵車。當車子迎面經過時，我慢下了車速。

我認得司機，是出現在伊凡．阿姆斯壯喪禮中的條子之一。我也認識乘客，是瑪妮．穆林斯。他們究竟到我家做什麼？

我直接開車經過農莊，繼續朝燈塔方向前進。我的雙手顫抖，我需要吃顆藥，所以我把車停到燈塔的停車場。

關掉引擎，呼吸。

我趴下去，把頭靠在喇叭上，遮掩再也無法壓抑的怒吼。

舒暢一點後，我從置物抽屜拿出雙目望遠鏡，再從背包抽出一把刀。穿過田野，走十五分鐘，就到了農莊的邊界。從山丘頂的田地，我可以眺望院子。車子變多了，有幾輛是警車，有幾輛沒有記號。一輛小貨車。還有人，我家擠滿了人，進進出出，有的從穀倉走出來。

我感覺心裡有什麼被撕扯下來，甚至無法開始思考怎麼告訴收藏大師。對我做出這種事的人就在那裡，那個紅髮警察，就站在中央，發號施令，聽取信息，好像一隻網中央的蜘蛛。我知道他，我知道他要什麼，但他不會得手的。我不會那麼容易被逮到，我的工作那麼重要，不容一個那樣的小人物來打斷。

我的血液高唱著復仇之歌。

38 羅利

他膽子可真大！蘇利文一副好像又是他在指揮的樣子。支援趕來後，應該立刻從現場把他趕走的。他，**以及**瑪妮．穆林斯。他沒趕走他就算了，還放穆林斯進入犯罪現場，結果她居然昏倒了。之後，他少了霍林斯這個人手幾小時，因為有人得開車送她回家。真是搞砸了。讓蘇利文和穆林斯拿到帶他們查出戴蒙特和石野農莊的線索，則是另一個大錯誤。羅利現在一點也不懷疑，薩．柯比就是他們要找的男人，他們已經破了案，穀倉裡的證據足夠讓他被關一輩子。不管如何，他一定要把這次的大發現歸功於自己——以及布雷蕭。

蘿絲．路易斯來了，把車停在院子入口，法蘭西斯和羅利走出去迎接她。院子現在也算犯罪現場，等一會將擠滿刑事鑑識科的年輕男女。他們帶蘿絲走進穀倉，不發一語，等著她看清了曝光的滔天惡行。蘿絲手下的鑑識科組員緩緩繞了穀倉一圈，拍下許許多多巨桶和工作檯的照片。

蘿絲終於示意她準備說話時，法蘭西斯說：「他在這裡處理皮革，對吧？」

「處理的步驟比一般人想像得多，」蘿絲說，「大部分步驟需要使用許多不同的化學藥劑浸泡皮膚——去除脂肪毛髮，中和酸鹼值，清洗之前的化學藥劑，穩定皮膚裡的蛋白質……」

「所有步驟要花多久時間？」法蘭西斯問。

「要看化學藥劑以及加工的皮革的品質，從幾個小時到好幾天都有可能。」

「人皮和獸皮的處理過程是一樣的？」

羅利露出痛苦的表情，這整個主題讓他覺得很不舒服。

「當然，就處理過程來說，人皮和獸皮沒有差別，我看你們得拿豬皮用類似的方式處理一次。」

「這裡有多少刺青？」羅利問。說什麼都行，只要能改變話題就好。

「確認有傑姆．沃爾許的頭皮，但沒看見吉賽兒的手臂，也沒有伊凡的刺青，」法蘭西斯說，「不過搜尋絕對還沒結束。」

一名刑事鑑識人員過來，對蘿絲招了招手。

「失陪一下。」她一說完就迅速閃身跟他走了。

「你下一步怎麼做？」法蘭西斯問羅利。

「必須找出柯比的下落，拘捕他。要有足夠的證據才能申請拘捕令，我已經請局裡對他發布全境通緝，博頓正在設法找一張他的照片發布。」

這下子蘇利文可懂了一個經驗豐富的警察是怎麼辦事了。

「你認為他打算再下手嗎？」蘿絲一面說，一面朝他們走回來。

法蘭西斯看了看牆上的照片。「看樣子他的目標絕對是薩奇美術館藝術家的作品，不過他一旦知道我們來過，更有可能會銷聲匿跡。在此同時，你必須查出這些照片裡每一個人的身分，保護他們。」他看著羅利。「也許叫霍林斯聯絡每一個捲入的刺青藝術家，看看他們能不能告訴我們這些是誰的照片。」

又想發號施令了。

「早吩咐希欽斯去辦了。」羅利暗自提醒自己，要盡快吩咐希欽斯。「你進去屋子裡了沒？」他又說。

法蘭西斯搖搖頭，「還沒。」

農舍到處是刑事鑑識人員，拍照的拍照，提取指紋的提取指紋。法蘭西斯和羅利走進門廳時，一名白衣警佐走上來。

「到目前為止，沒有任何明顯與犯罪有關的東西，」他說，「但肯定是有人住，廚房留下的早餐可能是今天早上吃剩的。到目前為止找到的文件資料，都與一個叫薩·柯比的人有關，看來水電什麼是他付的，銀行對帳單也是寄到這裡。」

「謝謝你，警官，有沒有日記或行事曆？」

刑事鑑識人員搖了搖頭，回頭繼續忙他的工作。

「真想知道他在哪裡，」法蘭西斯說，「我們錯過了他，看來運氣很背。」

「我想你是要說運氣很好吧，」羅利說，「別忘了，你跟瑪妮單獨到這裡，一個後援也沒有，這是非常不負責任的行為，他可能是拿著刀子來開門的。」

「唉，他現在不會回家了，都搞成這樣了。」

「長官，長官！」一個制服警察從前門衝入。

「什麼事?」羅利問。

「在一塊田的遙遠盡頭,我們注意到一個男人,看樣子好像在觀察這個屋子。」

「快。」法蘭西斯說著就直接朝著門口走去。「可能是他。」

「不大可能。」羅利說。不過,他不會錯過這場追逐。

一名黑衣員警帶他們走出房子,斜斜穿過院子,伸手指向朝燈塔方向傾斜的農田。一名黑衣高大男子立刻從藏身處跳出來,笨手笨腳往上攀爬逃離。

「白癡,」法蘭西斯咕噥,「這下可好了,他知道我們看到他了。」

他朝著男人的方向拔腿就追,沿著一片犁好的田地的外圍往上爬。羅利跟了上去,但他比法蘭西斯大十五歲,還多了快二十公斤,所以不期待可以緊跟在後。他非常不喜歡往山上跑,跑了十五公尺後,他感覺胸口開始縮緊。

法蘭西斯拉開兩人之間的距離,可惜也沒有追上他們的目標。他跑到田地最高的角落,羅利看到他正設法穿過灌木樹籬,但沒有籬笆門,也沒有過籬梯——過籬梯在另一頭的角落——法蘭西斯試了幾次,但都沒有順利爬過障礙,這時觀察他們的男人已經消失到山頂的另一側。

「可惡!」法蘭西斯拿出手機。羅利終於趕上他,他大發脾氣說:「他媽的,上面完全沒有訊號。」

羅利彎下腰,雙手撐在膝蓋上,粗聲地喘著大氣。

「看來你需要做體適能測驗。」法蘭西斯不耐地說,接著又繼續往山下走。

羅利在原地停了一會,一面等著呼吸恢復正常,一面暗自咒罵。灌木樹籬底部,有一件閃閃發光的東西。

「等一下。」

法蘭西斯轉回頭，羅利已經跨過了樹籬底的淺溝，把手伸了進去。他的手指抓到冰冷的金屬，是一件銳利的東西。

「好痛！」

他把手收回，看著手上的東西。是一把刀，刀刃非常鋒利，他的食指只是碰了一下，中間的關節就被劃破了，鮮血滴落到刀把上。

「幹得好啊。」法蘭西斯說。

「謝啦。」羅利說。

法蘭西斯從鑑識防護衣口袋抽出一個證物袋遞過去，羅利輕輕把刀放進袋子裡。

「媽的，我不是在誇你，你剛才汙染了可能是我們找到最重要的證據。」

39 法蘭西斯

加油站的花束誠意不足，但法蘭西斯又不想兩手空空出現。他帶瑪妮到恐怖的犯罪現場，現在還要破壞她的夜晚，請她看一看照片。他決定還是送伏特加吧，她有次提過自己最喜歡的品牌，他走迪奇林路回市區時，可以順路在亞斯達超市買一瓶。

鑑識科剛收工下班，但早上會再去一趟。他派人通宵看守，以防薩．柯比決定返回農莊。他在車上和蘿絲通話，她已經回到沉靜無波的驗屍宮殿，檢驗傑姆．沃爾許鞣製到一半的刺青，以及他們從好幾桶化學藥劑中撈出的幾張刺青人皮。她已經將組織樣本送去做ＤＮＡ分析，但兩人心中早確信他們找到的就是傑姆．沃爾許的頭皮。他們也發現想必就是他少了皮的腦袋——皮綻肉開，一片殷紅，一雙圓瞪的眼睛——就在冰箱中。

「有任何發現，隨時通知我。」跟蘿絲說完，他掛了電話，停在距瑪妮家幾公尺遠的路邊停車格。

下午大部分時間，羅利跟布雷蕭斷斷續續通話，根據法蘭西斯的推斷，總督察聽來確實滿意案情的進展。

「他覺得很可惜，說你進去以前，沒有先等那王八蛋回家。」羅利一臉訕笑向他報告。

「我們靠近屋子時，哪有辦法知道他在不在。」法蘭西斯回答。

放馬後炮，很像布雷蕭的作風。

他按下瑪妮家的門鈴，無人回應，但他看到樓上有燈光，就撥打她的號碼。

「喂？」

「我在妳家門口。」

「房子是我的，而且我在洗澡。督察，請你走開。」

「瑪妮，如果不是為了重要的事，我不會來。我可以等。」

十分鐘後，她打開門帶他進去。她裹著一件織錦厚袍，濕淋淋的頭髮紮成馬尾，身上散發著沐浴油的甜香。

「對不起。」他一面說，一面跟著她走進廚房。「我今天不該帶妳進那個穀倉。」

她拚命搖頭。「沒事，問題不是你給我看的東西，而是臉上的口罩，我有幽閉恐懼症，沒辦法呼吸。」

「我帶了這個送妳。」他拿出謝罪禮，她的眼神一亮。

「好，你完全得到原諒了。我本來想請你喝葡萄酒，但經過今天的遭遇，也許幾口烈酒比較適合。」

法蘭西斯通常盡量不喝烈酒，但經過如此漫長的一日——況且此時絕對要遷就瑪妮的心意，因為他又要開口請求她的協助了。

「當然，有何不可？」

瑪妮揚起一邊的眉毛，從碗櫃取出兩只玻璃杯。「來吧。」

他們走去客廳，法蘭西斯看了看四周，比起她的工作室，這裡更像一個有蒐集零碎東西癖好者的窩——舒適愜意的起居空間，擺設看似從印度拉賈斯坦邦、加德滿都和秘魯印加古道進口。他陷入寬沙發上的中亞圖騰靠墊堆裡。

瑪妮點燃一根焚香，把兩只玻璃杯斟滿。法蘭西斯注意到她斟酒時微微顫抖，也許農莊那一幕對她的衝擊比她願意承認還要大。她拿一杯給他。

「沒摻水？」法蘭西斯說，簡直控制不了身體的顫動。

「沒摻水，但你不必一口氣就乾了。」

他也沒打算這麼做。他試探地啜了一小口，以為喉後會有難受的灼燒感，但沒料到口感這麼醇厚。瑪妮嚐了一小口，這瓶酒合她的胃口，她露出放心的表情。

「法蘭克．蘇利文，我會帶壞你哦。」

「我想，要帶壞我，一杯伏特加還不夠。」

她冷不防嚴肅起來。

「說說你們在石野農莊發現了什麼。」她說。

他把他們在穀倉的發現與從農舍找到的證據告訴她，他描述到許多大桶裝有恐怖東西時，瑪妮臉色變得煞白，當她給自己再倒一杯時，他也察覺到她的手在發抖。

「薩．柯比好像觀察我們辦案，一個員警瞄到農莊上頭的田地裡有個男人。」

「也許只是個農夫吧？」

「用雙筒望遠鏡在籬笆後頭偷看？」

「好吧，不是農夫。」

「我們去追他，他跑掉了，不過掉了一把刀。」

「你看你們可以查出它跟命案的關聯？」

法蘭西斯搖頭。「那把刀不可能被採納為證據，因為那個白癡警佐把它撿起來，結果被割了一刀，他的血流到刀上去了。」

「羅利？他沒事吧？」

「這麼說吧，比起他的尷尬，那個刀傷算不了什麼。」

法蘭西斯把他那杯一飲而盡，這回的確有燒喉的感覺，但他還滿享受這樣的感覺。

「我又需要妳的幫忙。」

瑪妮替他又倒了一杯。「我知道，」她說，「那些照片——他還沒得手的刺青。」

法蘭西斯從公事包拿出筆電，打開放在他們前方的茶几上。他拍下釘在刺青賊穀倉牆上的每張照片，現在希望瑪妮告訴他哪些她認得出來。

「可以試試，但機會不大，」她說，「就算是創作它們的藝術家，也未必保留客人詳細的聯絡資料。」

「說得很有道理，」法蘭西斯說，「但我們必須盡我們所能找出來，才能提供這些人保護。除非把薩．柯比關起來，否則我們只能夠假設他們有危險。」

「你們準備怎麼抓他？」

「羅利剛展開大搜索，帶了一個專案小組，看看能不能查出他的車子。很難知道他躲在哪裡，所以找出可能的受害者也是同樣重要，說來很遺憾，他們其中一人可能會帶我們找到他。」

在接下來的一個小時，瑪妮細細鑽研照片，但認不出任何一個人。「把照片用電子郵件傳給我，我給大家看看，」她說，「一定有人知道他們是誰。」

法蘭西斯闔上筆電，乾了杯子裡的酒。「我該告辭了。」

「我們用過早餐後，你有沒有吃過東西？」

「沒有。」在此之前，他根本沒有注意到這件事，現在想到了食物，他的肚子反而餓得超難受。

「義大利麵？」

看來穆林斯家裡吃義大利麵是少不了葡萄酒，法蘭西斯竭力婉拒，瑪妮卻不同意。

「妳兒子呢？」法蘭西斯一面問，一面嘬著嘴吸麵條。

「去朋友家過夜。」

「所以他不想繼承家業？」

「他連刺青都沒有。」瑪妮笑著說。

「他再大一點，一定會覺悟的。」法蘭西斯挖苦。

「說說你的家庭吧。」

從哪講起呢？

「我有一個母親，一個姊姊。」

「她們住在布萊頓？」

「她們都有多發性硬化症，我母親在沙爾汀的療養院，我姊姊住在霍弗的庇護福利住宅，也就是說她可以保持獨立，但知道需要時旁邊就有人可協助。」

瑪妮點頭。「至少很近，你去探望她們很方便。」

「我應該常去，但我沒有。」

「你父親呢？」

「早走了。」

「真遺憾。」瑪妮說著又替他倒了酒。

法蘭西斯傷心地搖頭。「不是死了，他在姊姊確診後離開了我們，那時我們都只有十幾歲，看來他無法面對必須照顧兩個病人的事實。」儘管已經過了那麼多年，法蘭西斯仍舊必須努力不流露出悲痛的語氣。

「給你留下沉重的負擔？」

「她們不是負擔，」法蘭西斯氣沖沖地回答，「我會永遠在她們身邊，她們是我這麼賣力工作的理由，我要確保她們得到可以得到的最好照顧，那需要花錢。」

「抱歉，我不是有意觸及你的傷心事，到目前為止，你都一帆風順，不是嗎？年紀輕輕就幹上督察。」

這是很難回答的問題。

「這個嘛，約翰街很多人認為我的能力不足以升職，現在我被迫退出第一個案子，所以我在警界的發展可能就只有這樣了，我不會用一帆風順四個字。」

「但你今天獲得重大的突破，布雷蕭一定會注意到。」

「查出兇手，羈押兇手，這是兩件不同的事。他正在躲避追緝，搞不好就這麼銷聲匿跡，或者也可能自我了斷。我們必須將他帶上法庭，做不到就是失敗。而要是順利偵破案件，布雷蕭和羅利會千方百計搶下功勞。」

他沒有跟人談過他的家人或工作，從來沒有，那麼現在怎麼會跟人說？會跟瑪妮．穆林斯說呢？倦意如潮水般撲面而來。

「抱歉，說這種事，妳覺得無聊吧。」

「聊別人的生活永遠不會無聊，」瑪妮說，「如果我那樣想，我就不能做刺青藝術師。」

「妳替人刺青時，大家會告訴妳故事嗎？」

「總是如此，對有些人來說，這簡直是一種治療。」

「妳在獄中有沒有替人刺過青？」

看來這個問題教她吃了一驚。

「對不起，不該打探妳的私事。」

「不會，沒關係。」說完她搖了搖頭。「我在獄中沒有替人刺過青，我的狀況不適合。我適應不了裡面，其他女人把我當賤民，我是捅了一個法國男人的英國婊子——沒有人費心去問為什麼，或是出了什麼事，她們自己就有了定論。」

「妳在裡面多久？」

「沒多久——幾週而已，我當時懷了雙胞胎，快生了。」

法蘭西斯非常驚愕。「妳快生雙胞胎，他們還讓妳入監服刑？」

「法官不是一個特別有同情心的人。」

「妳知道妳懷了雙胞胎嗎？」她曾經說過她失去了一個孩子，但得知是雙胞胎中的一個，法蘭西斯很震驚。

她點點頭。「我在淋浴區遭受攻擊，一個寶寶流掉了，他們把我移到醫院，戒護到生產為止。亞歷克斯出生時，刑期已經服了大半，有個法官釋放了我。」她陷入沉默片刻。「很難熬的一段日子。」

「我也替妳覺得難過。」法蘭西斯又說。

談話就這樣斷了，法蘭西斯動了動腦筋，想改變話題，又不想顯得做作。瑪妮玩弄著紙巾。

「妳有沒有……？」

「你知不知道……？」

兩人同時開口，接著又打住了。

「妳先說吧。」法蘭西斯說。

瑪妮搖頭，「不，你先說。」

但法蘭西斯已經忘了本來想說的話。

「聽著，我最好走了，謝謝妳招待的食物和葡萄酒。」

他站起身，準備拿起空盤，結果絆到了茶几的一角，腳步微微晃了一晃。

「啊！」瑪妮伸出一隻手拉他，兩人於是面對面站著。

法蘭西斯露出難受的表情，「我想我有點茫了。」

「法蘭克，我想你是喝醉了。」

「不要叫我法蘭克。」他端詳面前的那張臉，頭一次明白自己是多麼喜歡這張臉蛋。「抱歉，我通常不喝酒，所以也不大會喝。」

「沒關係，」她說，「但你不能開車，我看你最好留下來。」

法蘭西斯覺得這似乎是好主意，一個超棒的主意，所以他最好給她一個吻。

於是，他吻了她，她回吻了他。對法蘭西斯，這彷彿是某件事的起點。某件美好的事。

XIII

以前爸爸經常對我生氣，我就恨他對我生氣。小時候，是為了功課，等我大一點，是為了我作的決定。我開始到家族公司幫他工作，什麼都做不好。「你訂單送錯了。」「你皮革用錯了。」「你那袋子選的顏色真醜。」這種事越常發生，我孺慕之情就越來越變成另一種感情，一種嚴苛苦澀的感情，到最後就只剩下這樣的感情。

現在，大收藏家對我生氣，我不得不把發生的事告訴他，起先在電話上從他的聲音中聽到失望，接著是另一種更加嚴厲的語氣。我可以想像他的不悅，他的嗤笑。我想消失，或是讓時光倒流。當然面對收藏大師是不同的，他有權對我生氣，我犯了無法原諒的錯誤，現在傑姆．沃爾許白死了一條命，他珍貴的頭皮只是一個有編號的證據，而非一件美麗的藝術品。

法蘭西斯．蘇利文，那個應該指責的警察的名字。我在電視上看到他的記者會，也見到他擅自侵入我的地盤，汙染我唯一感到安全的地方，後來還跑上坡來追我。他毀了我一切的努力。

他會後悔的，我一定會教他後悔的。

他的車子停在瑪妮．穆林斯的家門口，這一幕引發了我的怒火，她跟警察到石野做什麼？他現在為什麼會跟她在一起？

我要坐等著到他離開為止。

但樓下的燈熄滅後，他還是沒有離開，我聽到笑聲從打開的窗戶傳出來。她的笑聲。

我可以等。

樓上的燈都滅了。

我必須等，我別無選擇。但我的怒火火光燦爛，很快我就得行動了。

40 法蘭西斯

法蘭西斯拉起棉被把臉蓋住，他的床怎麼聞起來不一樣，香香的？依然躲在棉被中，他張開眼睛，身上只有一條四角內褲。這不是他的床，他不認得這個被單。有樣東西咚一聲撞上床尾，然後攀爬上棉被。法蘭西斯趕緊坐起來，發現自己與胡椒面對面。小狗興奮地汪汪叫，開始舔舐他的臉頰。

一切都回想起來了，伏特加，義大利麵，葡萄酒。親吻瑪妮。

他怎麼會認為喝伏特加是好主意呢？

他推開胡椒，看了一眼手錶，該死，他現在應該在辦公室了，得先回家換身衣服。胡椒重新發動攻勢，頭痛遷移到後腦勺。

他發出呻吟，又躺下來。葡萄酒加伏特加？他不是不曾宿醉，他當然有過經驗，但今天可不是宿醉的好日子，甚至整週都不是宿醉的好時機。

「你醒了，法蘭克？」

他張開眼睛，看見瑪妮從連著臥房的浴室飄然而入。她一絲不掛朝著床走來，好像有意爬回床上。昨晚有幾個地方似乎一片空白，但如果他們之間還發生過其他的事，他記得嗎？他只想得到那個纏綿的長吻，其他都想不起來。

瑪妮在床尾坐下看著他，他努力把目光轉向他處，就是別去瞧她的胸部。不幸，他失敗了。她的胸部好美，引發棉被底下一陣激動。他張開口要說話，還沒想到要說什麼，門鈴就響起了。

「這個時間？」瑪妮說。她起身朝臥室門走去，門上掛著幾件袍子。

法蘭西斯無法將視線從她身上移開，不是因為她赤裸著身體，儘管那顯然已是充分的理由。也不是因為他想看一看她要去哪裡，那也已是非常清楚的事。而是因為，當她轉身背對他，他第一次看到她的背部紋身。沒錯，他是知道她的背部紋身出自岩男之手，但他從來沒想過要求看一看，況且她身上的紋身也不關他的事。

但這一個跟他有關。

他立刻就認出來了，他的心臟停止跳動。他見過這個刺青，就在兇手的穀倉中。

瑪妮．穆林斯是目標。

瑪妮．穆林斯在兇手的名單上。

瑪妮背上的紋身正是刺青賊釘在牆上的其中一張照片——橘金錦鯉在藍色和綠色的池水曲折游動，哭泣的藝妓一襲緋紅色和服，腰間繫著黑色寬腰帶。只是，這幅刺青有生命，它隨著瑪妮穿過房間迂迴優游，比起他見過的平面影像壯麗許多。

兇手仍舊在逃，他想把這幅紋身從瑪妮的背上取下。

「瑪妮……」

「不管門口的是誰，先讓我去應付一下，然後我來煮咖啡一起喝。」

法蘭西斯竭力保持冷靜。

她披上前一晚穿的那件織錦袍子，法蘭西斯接著聽見樓梯嘎吱嘎吱響——她下樓了。

法蘭西斯恢復了鎮定，看了看臥室四周，發現自己的衣服縐巴巴堆在窗戶附近。他不理會頭痛得快要裂開，把腳從床移到地上，小心翼翼站起來。他覺得天旋地轉，做了幾下深呼吸，房間才停止轉動。可以走動後，他走到衣服堆前，從長褲口袋挖出了手機。

他連輸三次密碼，到了第三次才正確登入。他找出昨日在石野拍的照片，沒錯，他是對的，剛才在瑪妮背部看到的人體刺青，就在兇手的名單上。難怪她從刺青賊的牆上看到照片就暈了過去，他怎麼會白癡到沒察覺呢？她又究竟怎麼不肯告訴他？想到瑪妮面臨險境，一股焦慮襲上心頭。

他打電話給羅利。她需要全天候的保護，從現在直到他們把兇手關起來為止。沒人接電話。

大腦今天運作緩慢，他一個箭步衝出房間，急著想記起樓梯在哪裡。胡椒開始汪汪大叫，朝著他衝來，在他雙腿之間鑽來鑽去，害得他每一步都危機重重。

「瑪妮！瑪妮，等一下！不要去開門。」

他三步併作兩步地往樓下跑，胡椒跟著滾了下樓。

「可能是兇手……」

但他太慢了，瑪妮的手已經碰到門閂，他還沒說出「兇手」二字，她已經把門打開了。

提耶希．穆林斯抓著一袋可頌、兩杯外帶咖啡立在門階上。他打量著他們兩人，注意到法蘭西斯竟只穿著內褲，於是直視著瑪妮的眼睛。

「Qu'est-ce qu'il fait ici, lui（他在這裡做什麼）？」
胡椒站在法蘭西斯前方，胸膛發出隆隆的低吼。

41 瑪妮

瑪妮的目光在兩個男人臉上來回掃著。法蘭西斯一副見鬼的模樣，氣喘吁吁，搖搖晃晃靠著門廳牆壁，他到底是怎麼了？提耶希面露殺氣，但法蘭西斯一定不怕他。誰都還沒開口，亞歷克斯就從他父親身邊擠進門廳，胡椒朝他奔去，一面喘氣，一面搖尾巴。

「嗨，媽。」他邊說邊往她臉頰親了一下。

老天，未成年的兒子，大步穿過前夫與昨夜才在妳床上過夜的男人之間的僵局，還有比這更尷尬的嗎？她想說：「我沒跟他上床噢。」但這句話顯得不倫不類。

「嗨，寶貝，」她抱著他說，「在外面過夜開心嗎？」

不然，她還能說什麼？

亞歷克斯退後一步，難以置信地看著她。接著，他來回看著提耶希和法蘭西斯，目光最後回到瑪妮的身上。

「媽？」只是一個字，他就提出所有她不想回答的問題。

沒有人吭聲，氣氛尷尬，比尷尬還要尷尬。

亞歷克斯的表情一下憤怒，一下迷惑。「來，胡椒，我們快離開這裡。」

他把一個鼓鼓囊囊的背包扔在門廳地上，從父親手裡接過了咖啡和可頌，流著口水的胡椒跟著他往廚房的方向移動。

提耶希繃著臉看著法蘭西斯，掛著瑪妮再熟悉不過的表情：眉毛低垂，嘴唇咬住，以免出口就是連珠炮的法語粗話。法蘭西斯一步步慢慢退回門廳較暗的深處，但她看到他的臉頰像在燃燒。

提耶希挺直了身體，讓自己能夠低頭看著法蘭西斯。

「你是這樣保護我老婆不受刺青賊的傷害？在她的床上？這就是你所謂的貼身保護嗎？」

終於，他嘗到自己種下的惡果。

「前妻，」瑪妮說，「也就是說，我跟誰上床，干你他媽的屁事。」

但話一說出口，她就後悔了。她深知提耶希的性情，他生性好妒，即使兩人已經離婚，他仍舊堅持一個論點：身為天主教徒，他永遠是她的丈夫——在對他有利的情況時。

她幾乎聽見他咬牙切齒的聲音。

「妳也有一個兒子要顧慮。」

但是，當他從她身邊擠進門廳時，那就做得太過分了。

「提耶希！」

他在法蘭西斯面前擺好架式，拳頭已經握起來。法蘭西斯只穿著內褲，明顯處於心理劣勢，更別說從身高體重來說，他也處於生理劣勢。

「我建議你立刻離開我的房子，不然我把你一腳踢出去。」提耶希說。

「這才不是你的房子。」瑪妮氣急敗壞地說。

她拉扯提耶希的肩膀，但提耶希一甩就把她甩開，好像她是一件煩人的小事。

法蘭西斯舉起手臂，擺出防衛姿態，好像拳擊規則海報上的年輕人。瑪妮知道，這絕對不會是一場公平的搏鬥，提耶希總是使詐，而且跟她一樣痛恨警察。

「快住手。」她大吼一聲。

「你不住在這間房子，我以警察身分，要求你離開。」法蘭西斯用嚴厲的口吻說。

老天啊，這樣絕對不會有用的。

提耶希的拳頭一揮，擦過法蘭西斯的鼻側，劃過他的顴骨。接著，法蘭西斯的頭叩一聲敲到客廳的門框，身體往下一滑坐了下來。他雙手摀著鼻子，不停地喘氣，鮮血從他的指間流淌下來，瑪妮一臉驚恐地看著。

「帥啊，提耶希，你剛剛襲警，到頭來又要回警局囉。」

提耶希用另一隻手撫摸發疼的指關節，只肯放下架子用他臭名昭著的哼哼聲回應。他就是這種人，這提醒了瑪妮他們之間永遠行不通的原因。

「亞歷克斯，」瑪妮大聲說，「可以撕幾張廚房紙巾來嗎？」

她在法蘭西斯旁邊跪下，輕輕把他的雙手從鼻子拿開。血流不止，鼻子一側已經開始腫起來。

她說：「我想應該沒斷。」她從亞歷克斯手中接過一把面紙，亞歷克斯以最快速度又從走廊溜走。她把面紙交給法蘭西斯止血。「你不會逮捕他吧？」

「不會，如果他立刻給我出去。」由於鮮血和鼻涕，法蘭西斯的聲音含糊不清。

「好好享用妳的早餐吧。」提耶希說完轉身就要走。

「等一下，有一件事我必須跟你說。」

提耶希沒理她，繼續往門口走去。

「提耶希，你在兇手的名單上！」

她歇斯底里的語氣讓提耶希頓時停下腳步。
「妳到底在說什麼？」
法蘭西斯注視著她，驚愕得瞪圓了雙眼。
「刺青賊，提耶希，你是他其中一個目標。」

＊　＊　＊

他們並肩坐在沙發上，法蘭西斯仍舊抹著鼻血，提耶希在灌下瑪妮擺在他面前的威士忌之前，錯愕得說不出話來。
亞歷克斯默默用托盤端了咖啡進來，故意把杯子端給爸媽，法蘭西斯那杯就直接嘩啦啦丟到桌上。氣氛非常冷。
瑪妮坐立不安，撕爛了幾張面紙，等待兩個男人整理思緒。
法蘭西斯率早恢復正常。
「好，讓我直接說吧，妳在兇手的牆壁上，看到一張妳身上刺青的照片，還有一張照片是提耶希的刺青？」
瑪妮咬著唇點頭。
「哪一個是提耶希的？」
「墮落天使路西法。」
「所以，你們兩個都是目標，那才是妳昏倒的原因，對吧？」
「對。」

「但妳不想跟我提這件事？就算我昨晚後來讓妳看照片，妳也不想提？」這番話說得很乾脆，但沒有漏掉潛在的憤怒。「我不敢相信妳瞞著這件事，有一個非常殘暴、非常熟練的兇手逍遙法外——而且，他在追著妳。」

瑪妮痛苦得心都揪了起來。**她為什麼沒告訴他呢？因為她不想對自己承認這個事實？因為她以為可以保證自己的安全？**

提耶希發出沉重的呻吟，雙手開始打顫。

「瑪妮，妳知道時，為什麼不立刻告訴我？妳為什麼沒跟我說？」

「我……」瑪妮不知該說什麼。

「我們兩人都可能在睡夢中被殺死。」

她真的搞砸了。

「該死，瑪妮，昨晚我來之前，妳只有一個人，」法蘭西斯繼續說，「如果在門口的不是我，是兇手，那怎麼辦？」

「我不會開門的，我知道是你，因為你打了電話。」

「我無法面對這件事。」提耶希一面說，一面往廚房走去。

「留下來，」法蘭西斯立刻說，「我需要跟你們兩個談一談，從專業的立場來說，你們需要保護。瑪妮，我去穿衣服，妳煮個咖啡吧。」

該死的男人。他們都以為可以接手掌權，這是她的家，他沒有權力發號施令。她需要解解尼古丁的癮，所以點了根香菸，走到後門外頭站著抽。

「告訴我，跟他是怎麼回事？」提耶希問。他尾隨她出去，倚在門框上。

「不干你的事。」她一面說，一面吐著煙圈。「你只需要知道，你在兇手的攻擊名單上，所以請務必當心。」

「謝謝妳的關心，妳人真體貼。」他已經從震驚中恢復了過來，現在只是在生她的氣。

「你是亞歷克斯的爸爸，如果你出了事，我不想見到他受到傷害。」

法蘭西斯回到樓下時，提耶希已經離開了，他無法分辨自己是鬆了一口氣，還是覺得生氣。瑪妮給他們兩個倒了新鮮的咖啡。

「把他住所和工作地方的地址給我──事情結束前，我保證有人會留意他。」

「謝謝。」瑪妮說完後歪著頭。「我也是相同的待遇嗎？警察會跟著我？」

「當然。」

她皺起了眉頭。「我有胡椒，我不需要保鑣。」

「妳沒有選擇的餘地。」

「會是你嗎？」

「不會，我必須辦案，不能跟著證人到處跑。」

「那麼不是個人貼身保護囉？」

捉弄他真是太簡單了，他一張臉脹得通紅。

「欸，昨晚究竟發生了什麼事？」

「啊，法蘭克，你不記得了？」

「我記得親了妳。」他的模樣像是吸吮了一顆檸檬。

真的嗎？有那麼糟糕嗎？

「你不用擔心，沒有其他事發生，你後來就昏迷了。而且，不管你相不相信，我沒有跟失去知覺的警察上床的習慣。事實上，我是沒有跟任何警察上床的習慣。」

法蘭克盯著雙腳，臉頰又發燙了。「抱歉。」

「不用抱歉，我相信你一定鬆了一口氣，當提耶希以為我們睡在一塊，我看得出你驚慌得不得了。」她一口氣把咖啡喝完，既然他擺明了對這件事懊悔，她就決心保持沉著冷靜。「好，我知道你有很多事要辦，不如就離開吧？替我選一個又強壯又高大的保鑣？」

真可惜，他們不會重複練習，因為耳邊有法蘭西斯．蘇利文酒後輕柔的鼾聲，這是瑪妮幾個月來睡得最香的一晚。

他收拾他的東西，沒有再說一句話就走了。門在他身後關上，瑪妮立刻用力捶打牆壁。

「去你的，法蘭西斯．蘇利文！」

42 羅利

羅利幾乎整晚都在迪奇林路的警方路障攔阻車輛，倒也不是抱著逮到兇手的希望，而是希望看看有沒有人發現什麼怪事，同時提醒當地居民提高警覺。到了下半夜，車流逐漸減少，他回到局裡重新檢查從監視器畫面找到的發現，替布雷蕭草擬要發布給媒體的聲明。蘇利文寫新聞稿比他拿手，但過了午夜後就沒有蘇利文的消息了。最後，他設法悄悄溜回家，快速沖了個澡，瞇了一會，但現在又回來了——更堅定要找出薩．柯比。

他在不知道第幾次察看手機時，發現開車來的路上錯過法蘭西斯的來電，沒有語音留言，沒有簡訊。他回撥電話，結果還沒有人接起，重案調查室的門就打開了。

「掛掉，羅利，我在這裡。」

是法蘭西斯．蘇利文，但羅利從未見過他這副德行。他頭髮蓬亂，西裝看起來穿著就上床睡了，鼻子不但腫，還歪向一旁。他從房間另一頭走來，羅利看出兩個模模糊糊的黑眼圈開始發展了。

「天啊，你怎麼了，別告訴我你找到他了？」

法蘭西斯坐進椅子裡。

「可以喝幾口咖啡嗎？」他的聲音聽起來有點含糊。

「你在宿醉。」

法蘭西斯往前一倒，雙手捧著頭。

「還跟人打了一架。」

督察發出呻吟，羅利忍不住，噗哧笑了出聲。「對方模樣慘不慘？是誰？」

「提耶希．穆林斯。」

提耶希．穆林斯為什麼一拳往法蘭西斯鼻梁打下去，羅利只能想到一個理由，他從沒想過蘇利文喜歡跟女人廝混。

「我去弄咖啡來。」

他從福利社回來時，法蘭西斯顯然已經恢復自制，他把西裝外套掛在椅背上，頭髮濕淋淋的，襯衫前襟潑到了水。在這段期間，霍林斯已經來了，正坐在他的辦公桌前，目不轉睛盯著法蘭西斯。

羅利放下端來的兩杯咖啡，從外套口袋掏出梳子拿給法蘭西斯。

「謝了。」

「霍林斯，把嘴巴閉上，快去做事。」

「是的，警佐。」

羅利向法蘭西斯簡單描述晚間的行動。

「好，第一要務是貼身保護瑪妮．穆林斯，她在刺青賊的攻擊名單上。」法蘭西斯指著釘在案情分析板上相關刺青照片。「噢，如果還撥得出人力，提耶希．穆林斯也在名單上。」

「我會安排，」羅利說，「嗯……你要指控穆林斯襲警嗎？」

當然，他正在探聽他們之間怎麼了。

「不要。」

羅利揚起眉毛。

「這件事我不討論。」

蘇利文將注意力轉到一個卷宗上時，重案室的門又打開了，這回停在門口的是布雷蕭。

「麻煩你告訴我你好歹知道柯比的下落。」他不屑地上下打量法蘭西斯。「你到底在這裡幹什麼？」

羅利站出來。「我找他來幫忙這個案子，」他說，「這個案子需要所有可以動用的人力。」

布雷蕭勃然大怒。

「長官，其實是他發現柯比身分以及他就住在石野農莊的，我需要他回來參與這個案子。」

羅利個人並不喜歡蘇利文，但開始承認老大真是他媽的聰明，而且知道自己在做什麼。況且，法蘭西斯開記者會時，他偷偷跑去告密，這件事他一直過意不去。

「所以你現在是在說什麼？蘇利文把你的工作做得比你更好？」

「不是。」羅利說話的表情好像他自己也很驚訝。「但他的確可以提供協助。」

蘇利文張大了嘴巴，又突然把嘴閉上。

在他辦公桌前偷聽的霍林斯，打翻了一杯咖啡，布雷蕭分心了一下，但又轉回頭看著羅利。

「麥凱，我沒料到你會這樣。」總督察說。他看著法蘭西斯，「好吧，雖然我很不樂意這麼做，但你回來參與這案子吧。」

「什麼身分？」法蘭西斯說。

「你是這個小隊的資深高級警官，所以顯然由你來負責，我必須把事情都說得清清楚楚的嗎？」

「不用，長官。謝謝你，長官。」

「在你破案之前，先不要謝我，接下來怎麼進行？」

「我們會繼續查問迪奇林路上的駕駛，弟兄們會二十四小時監控全市道路監視器。我們已經公布伊凡．阿姆斯壯遇害當晚的影片，有個頭戴帽兜的人，我們相當肯定是兇手。從柯比穀倉發現的目標照片中，有幾張已經確定身分——提耶希．穆林斯和瑪妮．穆林斯——我們派員貼身保護他們，博頓正在盡力查證其他照片上的目標身分。」

「登記在他名下的車輛呢？」

「他名下沒有車子，」羅利說，「他明明有車——但車子沒有向交通管理局登記，我們沒查到任何保險資料。我們正在檢查在石野找到的輪胎痕跡，不過那也不會提供什麼能夠縮小搜尋範圍的資訊。」

「可惡！他現在可能已經逃到天涯海角了。」

法蘭西斯沒有吭聲。

「好，蘇利文，你是回來負責了沒錯，但從現在起，你每件事都要徵詢我的意見，你指揮經驗稍嫌不足。」

「是的，長官。」法蘭西斯用冷淡的聲音說，「你有想法？」

「我們必須採取主動——我們應該引誘兇手出來。」

羅利立刻明白他的打算。

「長官，你建議我們怎麼做？」法蘭西斯說。

「這還用說嗎？我們知道他接下來想要殺害的幾個人的身分，我們可以用瑪妮・穆林斯當餌，吊他胃口。」

法蘭西斯瞪大眼睛。「長官，我不認為我們應該那樣做。」

「你不認為？」布雷蕭的語氣充滿了諷刺。

「不，長官，這樣會讓老百姓的生命處於危險之中，瑪妮會有生命危險，那不是我當警察的原因。」

「蘇利文，別傻了，我們會保護她，她完全不會有危險。」

「抱歉，長官，依我看這不是一個選項。」

布雷蕭臉色一沉。「這件事我不讓你選擇，這是我最後的決定。」

「那麼，長官，你只好再一次讓我離開這個案子，我不會故意把瑪妮．穆林斯放在連環殺手必經的路上。」

羅利正要補充說明也可以用提耶希來當餌，但手機打斷了他，是希欽斯打來的。

「我們早上在電視上徵求目擊證人，有民眾回應了……」

「等等，我把你的來電開成擴音。」

「有人報警說看到可能是薩．柯比的人——據說看起來跟我們公布的監視器畫面裡的人很像。」

「在哪裡？」法蘭西斯厲聲問。

「船塢。」

「我們馬上到。」

XIV

我的刀子，我的刀子！屠刀。

我知道掉在哪裡，但不能回去撿。我再也不能回去石野，他們一定等著伺機逮我。就算可以回去，我也找不到刀了，刀子已經給他們拿去了。鑑定科人員跟螞蟻一樣，爬過我的世界每一個角落，破壞批評我的工作。批評我。

他們一定會很佩服，他們都去死吧。

我還有刀，我當然有。但那一把很特別，是我最愛的一把，是收藏大師去日本時帶回來給我的。找到替代的刀具需要幾個月的時間，但我首先需要一個棲身的地方。收藏大師在船塢有條小船，只是一個船艙，還有一個睡袋。它能給我呼吸的空間，給我幾天的時間，只要他沒有發現我在使用這艘船。儘管這樣我才能繼續執行他所派的任務，我想他知道了會不高興。他仍舊非常希望我完成他這部分的收藏，也暗示他想繼續他下一個計畫，他野心很大——這就是我最欣賞他的地方之一。他曾經告訴我一件事，一個他小時候的故事。他當學生時蒐集王牌冒險遊戲卡，當然，他的收藏最豐富，但他少了一張分數特別高的罕見卡片。後來，他最好的朋友拿到了，他非常生氣。那週，放學回家路上，他把朋友倒吊在橋梁扶欄外側，在一條大河上方三、四十公尺高的地方，只抓著朋友一隻腳踝，直到朋友答應讓出卡片才罷休。收藏大師要什麼，一定就會拿到什麼。我有多怕他，就有多崇拜他。當我跟他說話時，我一定要非常小心，不要洩漏我藏身的地方。還有，最重要的是，我必須替他完成我的任務。

我會在暗影中來去，我會再度殺人，很快很快，我的指頭渴望動手。

43 法蘭西斯

法蘭西斯和羅利把車停在船塢警衛室外時，天色開始暗了下來。一個穿制服的警衛站在門口，他們下車後，他就走出來介紹自己。

「警察嗎？」他說。

法蘭西斯點頭。

「我是艾倫．查普曼，電話是我打的。」

法蘭西斯繞過車子，走到人行步道那側。「告訴我們你在哪裡見到他，還有你為什麼認為是刺青賊。」

「我帶你們去看。」艾倫說。

他們沿著海濱人行步道，走過一排又一排的碼頭，警衛一五一十對他們說了。

「我在電視上看到你們徵求目擊證人，也看到監視器畫面。我一向特別留意這種事，因為我們的船塢人來人往，可不是我特別認為你們要找的人會在這裡。」

他向左轉去，離開海濱人行步道，帶他們走上一條兩層的寬闊碼頭。主要結構兩側延伸出一條接一條狹窄的木製通道，通道旁停滿了大大小小的船隻。上層中央有一排漆成白色和黃色的鋼質浪板雙層建築。

「這些是什麼？」羅利問。

「浴室、廁所、自助洗衣店。」查普曼回答。

「你看到什麼？在哪裡看到？」法蘭西斯說。

「就在這裡，」他指著其中一條較窄的通道說，「很肯定就是這條通道，因為我記得盡頭那條大船，它永遠停泊在那裡。我在這裡，回頭看著岸邊，結果看到一個人影，深色衣服，連帽上衣，帽子拉起來，快速走過碼頭。」

「不過是什麼讓你懷疑他？」

「是他走路的樣子，他走路時身體有點搖搖擺擺，讓我想起新聞中的監視器畫面，衣服也跟你們公布的描述很像。他左右張望了幾次，像是害怕有人在跟蹤他，或者他不想讓人看見。」

「他上了其中一條船嗎？」法蘭西斯說。

查普曼聳了聳肩膀。「我轉頭看了別的地方，另一邊有一艘船要停進位子，戰戰兢兢怕停不好。我再回頭看這邊時，男人已經不見了，可能走進其中一艘船，也可能回到岸上。」

羅利搓搓下巴。「我還是無法確定你為什麼認為可能是我們在找的兇手，連帽上衣很普遍。」

「我幹警衛也幹很多年了，要有人做事心神不寧，我看一眼就知道。我回到辦公室後，查了一下你們公布的監視器畫面，就是你們在新街指出的模糊人影。我說過了，那人走路的樣子很像，衣服很像，而且就給人那種感覺。聽著，我可能完全搞錯了，但還是值得查一查。」

他們走到狹隘的碼頭盡頭又折返，所有的船都安安靜靜，沒有船主在船上的跡象。

「謝謝你通知我們。」法蘭西斯說完轉頭面向羅利。「叫弟兄過來——讓他們檢查這個碼頭和左右兩個碼頭的每一艘船，看看有沒有人符合描述。」

他們走回警衛室。

「能夠提供目前停在這裡全部船隻的主人名字與地址給我們嗎？」法蘭西斯對查普曼說。

「當然沒問題。」

「你的碼頭都設有監視器？」

「沒有，沒有拍到每一個碼頭，船塢入口有一個，人行步道有幾個，停車場還有一些。」

「我們可以看看嗎？」

＊＊＊

檢查監視器錄影用去幾個小時的工夫，霍林斯與希欽斯合力也查訪船主、查看船隻，結果一無所獲。

法蘭西斯並不懷疑查普曼的話，其實他相信查普曼看到了他所聲稱看到的景象，只是現在沒有穿連帽上衣的可疑人物的影子，無法從他所目擊的景象得出任何結論。法蘭西斯載羅利回約翰街，接著掉頭循原路開回去，想確認保護小組的車停在瑪妮的家門外。他到了那裡，很開心見到有輛車在值班。他與兩個員警快速交談幾句，他們沒有任何意外狀況要報告。他朝自己的車子往回走時，瑪妮家的門打開了。

「法蘭克？」

他朝她走去。

當他站上她家三級門階中最底階時，瑪妮開門見山地說：「我看到你跟他們說話，請叫他們走開，我到哪裡，他們就跟到哪裡，這有礙我的心理健康。」

「真的嗎？他們是來保護妳的性命，我還以為他們讓妳覺得比較安心。」他漫不經心把一隻腳跨上第二級門階，想知道她會不會邀他進門。

「我可以照顧自己。」

「我打賭伊凡・阿姆斯壯也是那樣想，他身高不只一百八十公分。」

瑪妮嘆了一口氣。「我請他們不要打擾我，他們不肯走。」

「他們跟我說了，但他們聽從的是我的指令，不是妳的。」

「所以我沒有發言權？」

「沒有。」他往後退到人行道上。

瑪妮滿臉憤怒。

「等到他們阻止一個打算取走妳背上美麗紋身的兇手時，妳可能會感激我吧。目前，我們不知道他在哪裡，我們搜遍了布萊頓和南部沿岸，有個傢伙認為他在碼頭看到他，又有一個人一個小時後打電話說他在肖漢姆。在我把他關到監獄以前，妳必須有人保護。」

「我養狗，而且我學過防身術。」

「胡椒無法阻擋一個持刀的男人，幾堂防身術大概也沒什麼用。」

瑪妮盯著他，緊抿著嘴唇。她想關上門，但又改變了心意。「我去學防身術，是因為我有危險，而不是無腦跟隨什麼健身風潮。我上的是一個從以色列軍隊退伍的人開的課，他們的防身術叫Krav maga。」

「哇，真不簡單。」

「我別無選擇，有一個男人對我構成非常嚴重的威脅。」

「妳因為刺傷他吃上官司的那一個？」

她點點頭，臉色蒼白，表情緊繃。

「發生了什麼事？」他溫和地問。

她搖搖頭，「沒什麼，就一個男人對我產生迷戀。」

「他現在人在哪裡？」

「他因為一件完全不相干的事坐牢。」

「他是誰？」

「提耶希的雙胞胎哥哥，他強暴我，我捅了他。」她的眼神堅定無情。「現在請叫你的狗走開。」

44 瑪妮

一個無臉男懷裡抱著路克——她失去的寶寶。他的另一隻手拿著一把長彎刀，刀子閃爍著刺眼的光芒。他們在奔跑，有時是瑪妮追趕他們，有時是他們從她的後面追上來。亞歷克斯從遠方招手呼喚她，但不管她怎麼沒命地跑，亞歷克斯似乎都沒有變近。

醒來時，她渾身是汗，走到房間另一頭打開窗戶。警車停在樓下的馬路上，她看到司機坐在車上啜飲紙杯裡的咖啡。

咖啡可以調整心情。她看了一眼床頭櫃上的收音機鬧鐘，她半小時內要到工作室。她這一整天都約了客人，她得賺點錢。咖啡，還有沖澡。

四十分鐘後，她敲敲警車車窗。

一臉不悅的員警搖下車窗，她說：「不如送我去工作室吧，反正你也要過去，而且我快遲到了。」

他說：「快上車。」但臉上沒有笑容。

她不能怪他，在小汽車裡連續坐上八個小時，看著他人過著他們的生活，這是一種怎樣的生活方式呢？

第一個預約的客人已經在門口等她了。除非有人爽約，否則今天沒有喘息的機會。又開始工作了，感覺真是棒，這幾週好像脫了節似的，跟警方打交道害她必須跟幾個熟客重約時間。但願他們能趕緊逮到那個王八蛋，生活可以恢復正常。平穩，安靜，無風無波，她就喜歡這樣的日子。

她下午約了史蒂夫，要完成她在藝術展開始刺的老虎紋身。這個刺青完成後將是一個出色的作品——深紅色的菊花叢襯托著一頭橘老虎，血從虎牙虎爪滴下。

史蒂夫來早了，她清理乾淨，收下前一個客人的錢後，他已經等了二十分鐘。他迫不及待爬上按摩床。

「妳想妳今天可以完成嗎？」他問。

「或許吧。」瑪妮聳著肩回答，仔細檢查到目前為止的成果。「還需要四、五個鐘頭，就看你想不想把它做完。」

在刺的頭一個小時，瑪妮實在覺得厭煩，史蒂夫對她說明他的公司業務，某種瑪妮沒什麼機會認識、也絕對毫無興趣的先進程式科技。他一張嘴說個不停，幾乎沒有停下來喘過一口氣，而且好像幾乎都在誇他的公司比競爭對手厲害很多很多。她沉浸在藝術中，思緒變得清明，前幾日的壓力開始消失。

「那麼，妳的世界有什麼事發生呢，瑪妮？亞歷克斯好不好？」史蒂夫開口，侵入了她的思想。她期望他看不出來她從頭到尾都沒有注意聽。

「他很好，剛通過高考，所以生活將是一場漫長的歡樂聚會。」

「美好的時光，歷歷在目啊。他以後想做什麼？」

「但願能念大學——地理。」

「地理？讀地理出路不廣，妳應該叫他來跟我聊聊寫程式。」

瑪妮說：「好啊。」她想專心刺青。

「那妳呢？那個刺青賊殺手有什麼最新消息？」

她的手微微晃了一下，史蒂夫露出痛苦的表情。在同一時間，她聽到信箱蓋子動了一下，胡椒衝到工作室門口汪汪大叫。

「等我一下，史蒂夫，我不去拯救信件，胡椒會把它吃了。」

「沒問題。」

她不是真的關心信件，但這是一個不跟他討論謀殺案的好藉口。

只有一封信，胡椒把信在地上翻來推去，努力想要抓住它。

「放開，胡椒，不是你的。」她一面說，一面蹲下身撿起來。

是法國郵戳。她不得不抓住工作室櫃檯才能站穩，當她認出地址的筆跡時，恐懼令她頭皮發麻，胸口緊繃。

保羅又來了一封信。

她無法讀信，她幾乎不敢去碰信封，但她看了一眼郵戳，是從馬賽寄來的。她知道保羅在那裡坐牢。她好奇他怎麼把信偷偷弄出監獄，又是誰替他寄信，八成是個不老實的獄卒吧。她覺得透不過氣，但是強迫自己慢慢數數兒，調整呼吸節奏。她把信正面朝下放在櫃檯，閉上眼睛。

他想幹嘛？他為什麼不能不要來煩她？

她覺得頭暈，又張開眼睛，凝視地板上一個黑點。

「妳外面沒事吧？」

該死！她忘了史蒂夫的事。「沒事，馬上就來。」

她走進工作室，把信亂塞到袋子。一大杯冷水有用，評估她到目前為止的工作也有用。

「聽我說，史蒂夫，我想我們今天沒辦法完成，對不起，但我很累，真的不想做那麼久。我替你在這兩週約個時間，好嗎？」

史蒂夫面露難色。「瑪妮，妳是說真的嗎？」他低頭看著手臂。「只差一點了，能不能今天完成？我願意額外付妳錢。」

「跟錢無關，而是我在疲累的時候繼續工作，你不會得到我最好的作品。」累，**而且**緊張。還有，她需要食物——她的血糖越來越低。

「那就休息一下，喝杯咖啡，我們一鼓作氣把它完成，我真的很希望完成。」

「為什麼？」

「我想給一個人看。」

這點瑪妮可以理解，來紋身的人永遠都希望盡快完成。她筋疲力竭，但很不願意讓客人帶著失望離開。

「好，你也想喝咖啡嗎？」

她一點也不想喝，但咖啡會提高她的忍耐力。

「好，謝謝，瑪妮，妳真會刺，超像老手哦。」

XV

她有警察保護，警察就坐在她工作室外頭的車上，這麼一來，我更容易知道她人在哪裡。昨天夜晚，他們在她家的外面。她和朋友喝酒後，他們以步行的速度尾隨她回家。稍早的時候，她去學校操場接兒子時，他們也低調跟蹤她。不過，坦白講，沒有他們時時刻刻的存在，日子比較輕鬆。

我剛收到收藏大師的許可信號，他打電話說他希望繼續收割。他正設法盡快找到新的地方，讓我安放製革的工具設備。他比上次我跟他說話時冷靜許多——只講正事，不再斥責。現在，我們要取下更多的刺青，取代警方拿走的那些人皮，所以我有了一份新名單，名單的頭一個就是瑪妮．穆林斯——原本收藏大師要我延後對她下刀，但現在把這件事訂為第一要務。不得不說，就我們的經驗，如果她的刺青的照片有任何參考價值的話，她的刺青絕對是一件絕美的傑作。

他們在石野找到她的照片，派保鑣給她絕對是必要的預防措施。石野。但警察在工作室外頭，她在工作室裡頭。他們在離店面大約十公尺的位置，留意一道上鎖的門。我觀察他們，同時決定要怎麼處理他們，是繞過他們？還是先殺了再說？

這一切要根據報賞來權衡風險。收藏大師給瑪妮．穆林斯的背部刺青開了一個很高的價格，但這件事與錢無關，我讓他失望了，警方在追查我，我們完工的日期必須往後延。我一定要向他證明，我仍然勝任這個任務，我仍然值得這項委託。

夜深了，穆林斯還在工作室工作。從這排店家後方的巷子走進去，我就可以看著她。她正在畫圖，設計供客人選擇的新刺青。她獨自一人在後面，她的保鑣則坐在前面抽菸喝咖啡。

事情發生時，他們完全不會知道。再過幾個小時，他們就無聊了，想打瞌睡了。這個小姐如果工作再久一點，今晚就是時候了。

不知道她會怎樣死命掙扎，不知道她會流出多少鮮血。

45 瑪妮

為了完成史蒂夫的紋身，瑪妮忙了一整天，最後只想回家泡個熱水澡。但她知道一定輾轉難眠，她心緒不寧，心中那股磨人的焦慮怎樣也不肯離開。因此，回家三兩下替亞歷克斯弄好晚餐後，她反而又回來工作室畫圖，這是讓她找到迫切需要的心靈平靜的唯一辦法。況且，事情也該出現轉折了。

有一個小時的時間，她想把注意力集中在眼前的畫上，不去注意悄悄爬入工作室角落的黑暗。她背對著窗戶，獨坐在一小束燈光下。她穿著一件綁帶露背上衣，露出紋身的上半部，從後巷走過的人都能看到。入夜後空氣微涼，但她是故意這麼穿的。

法蘭西斯·蘇利文沒有立場告訴她什麼可以做、什麼不可以做，她覺得自己必須盡力將兇手吸引出來。過去，她有太多太多次成了被害人——梳妝臺那些保羅寄來但沒打開的信提醒她這一點。如今，她要掌控局面，她不要讓保羅恫嚇她，她不要讓刺青賊恫嚇她，就讓那混蛋東西來找她好了，她一定正面迎戰。

但萬一是她認識的某個人呢？有一件事觸動她心房某個角落，她非常想找出刺青賊的身分，但同樣也恐懼刺青賊身分水落石出後所帶來的真相。

畫畫吧。她心不在焉，她需要專心。一個新客人請她以她母親最喜歡的花卉設計日式花臂，接受委託時，最重要的永遠是詮釋客人的心願，而非以自己的想法自由創作。她畫了一朵開得美盛的瑰麗牡丹，在腦海中想像以深粉色與洋紅色墨水雕刺，邊緣再以零落的翠綠葉子烘襯。她在頂部加了一行蝴蝶，底部藏了一隻從花瓣底下往外看的小青蛙。當她抬頭看時鐘時，已經過了一個小時。

但她的思緒轉回到案子上，然後又轉到法國來的信，鉛筆開始顫抖，她覺得自己非常脆弱。

她把牡丹放到一旁，開始在一張乾淨的紙上畫起來。如果難以專心，好歹可以讓拿著鉛筆的手自由發揮，她先在紙上畫了一系列流暢的曲線，然後微瞇著眼睛，仔細瞧瞧線條有什麼暗示。

刀子一揮，劃破了紋著刺青的皮膚，一波赤潮尾隨而至。

她睜大眼睛，把目光從紙上移開。

胡椒在寫字檯下呼哧呼哧地噴氣，她俯下身撓撓牠的耳朵。不會有事的，沒有人在外面的黑暗中盯著裡面。

她旋轉桌上的紙張，看出宛如浮世繪大師葛飾北齋風格的捲浪構圖，於是又拿起鉛筆，開始更加認真地畫圖，這一次成功平息了攪動內心的焦慮。一分一秒過去，桌側那疊畫紙也越疊越高。後來，她給自己打了一針胰島素，接著需要抽根菸，就把胡椒帶到外頭。回來後，她煮了一杯新鮮咖啡放在一旁，繼續畫之前放棄的花卉設計稿。快半夜一點了，胡椒嗚嗚吵著要回家，但她畫得正起勁。

突然，後門方向傳來一聲巨響，讓人腎上腺素突然大量分泌。她的心一揪，頸背寒毛都豎了起來。

「哈囉？」她喊了一聲，把椅子往後推，戰戰兢兢站了起來。胡椒發出低吼，從躲藏的地方慌裡慌張跑出來。一人一狗停在原地，目不轉睛盯著工作室的後面。這時，後門突然打開了，一個黑衣人朝他們撲過來，瑪妮看到一抹銀光越靠越近，身體每一個部位都收縮繃緊了。

她無法呼吸，無法思考，一切都變成了慢動作。

攻擊者左手拿刀，右手捏著一團布，搶匪帽遮住了他的臉龐。瑪妮不假思索，移動腳步，擺出防禦姿態。**快速、簡單、連續打擊。**她舉高手臂準備抵禦男人，口訣同時閃過腦海。

胡椒率先交手。牠為了保護主人，躍身跳起，一路狂吠，最後咬住了男人的腿。趁男人震驚之際，瑪妮往他另一隻腿踢下去，想踢得他站不住腳，可惜距離不夠近，無法使出所需的勁頭。男人快速將刀往下一插，刺進了胡椒的背部，就在肩胛骨的中間。小狗痛得大叫一聲，鬆口放開了男人的腿，男人要把刀抽出來時，小狗轉頭看另一個方向，結果刀子一動，劃出一道更長的弧線，鮮血從胡椒的背部白毛中噴出。牠咚一聲倒到地上，撞得肺部的空氣都被擠出來了。

「可惡！」瑪妮發出尖叫。

男子持刀撲來，瑪妮感覺刀子擦到手臂，於是轉身閃躲，往後退了一步。她在腦海中挖掘記憶，回想學過的自衛技巧。

她知道現在該怎麼做。她使勁猛擊男人持刀的手臂，讓他暫時失去焦點，接著又踢上一腳。但是男人快速往後退開，伸長拿著布團的手，接著把刀扔開，往側面一轉，將瑪妮拉了過去，以手臂勾住她的脖子。瑪妮看到布塊朝臉龐逼近，雖然捏成了一團，仍舊足以遮掩她的口鼻。她掙扎抵擋他的手臂，但他比自己強壯有力，而且幾乎高她一顆頭。

當你需要他們的時候，那些該死的警察究竟在哪裡？

石油的刺鼻味衝入鼻孔，布蓋上了臉，瑪妮知道要是吸氣的話，那就是她最後一個有意識的呼吸了。她大概能閉氣一分半鐘，但如果掙扎的話，可能更短。她放鬆身體，把身體重量往男人身上壓，稍微用力推擠。男人不得不後退了幾小步，瑪妮感覺出他的腳與自己的腳的相對位置，往他的右腳足弓狠狠地踩下去。

他哇哇大叫，在那短暫瞬間，瑪妮把他的手臂從脖子上拉開，轉身面向他，兩人開始扭打起來。瑪妮仍舊聞到臉上殘餘的乙醚，那味道助長了她的怒火。她不會讓這種事發生，她膝蓋一提，用力撞上他的鼠蹊處，但他沒有鬆開抓住她上臂的手。

胡椒發出哼聲想移動，瑪妮一聽朝牠的方向看過去。小狗旁邊的地板上有一攤血，在昏暗的光線下，血看起來是黑色的。趁著她分心之際，男人往她的腿踢下去，她於是癱倒到地上。隨即他跨騎壓在她的身上，一手拿著沾了乙醚的布，開始往下移動。「為什麼？」她喘著氣問，在他的壓迫下掙扎。「你為什麼要拿走它們？」

男人戴著搶匪帽，但仍舊垂頭將臉別到一旁，好像要對瑪妮掩藏他的五官。

「你這個變態的混蛋！」憤怒讓她有了奮起抵抗的力量。她在他身子底下死命掙扎，頭快速左右移動閃避乙醚。她不要讓這種事發生在自己身上，她不要死在這裡，她不要現在死。但男人掌控了情況，往她的腦袋側面用力打了一拳，房間頓時開始旋轉。從模糊的視線，她看到拿著布團往下朝她移動的那隻手。「不……不……」

她扯開嗓子放聲尖叫，她的話變成了淒厲刺耳的叫嚷。

她的腦子掙扎要找出路，但手臂在那人底下動彈不得。她可以踢腿，但踢不中他。她在那人身子底下扭動，只是一點用處也沒有。

搶匪帽有兩個眼孔，嘴部是一條裂縫。男人咧著嘴笑，身子往下靠近，低頭看著她。他從她的恐懼中得到樂趣——她從他的眼中看到了滿足，也看到了笑意。她在殘酷懦弱的臉龐見過這個表情。

她不要讓這成為她看到的最後一樣東西。

她深深吸一口氣，讓胸口鼓脹起來，當布貼上臉時，她緊閉著嘴。接著，她鼓起體內殘餘的所有力氣，把頭向前一仰，額頭往對方的鼻子狠狠敲下去。啪的一聲，男人的頭猛然往後退。這一撞令她痛得要命，但一陣尖銳高昂的痛苦尖叫聲傳來，她知道男人比她更痛。男人用雙手去摸鼻子，布塊便從她的臉上掉落，她又能呼吸了。她感覺男人身體的重心移動了，趁他分心之際，從他身子下方抽出手臂，再往側面一個翻身，男人失去了平衡，她順勢將他推開。

儘管一個難以抵擋的衝動要她趕緊爬起來逃跑，她知道這是她應該做的最後一件事。只消幾秒時間，他就能拿下她。所以，她沒逃，反而是連跌帶爬壓到他的身上，抓住他的手臂，用力將他按在地上。

兩人都大口喘著粗氣，瑪妮明白，當他呼吸平復後，他會更奮力逃走，所以必須趕緊讓他失去反抗能力。她一把從他的後腦勺抓住搶匪帽，用力把他的臉往地板撞，木頭地板讓他的哀號變得模糊。她重複同樣動作，接著又補了三下。

但她才不在乎，她現在處於生存模式，那人的痛算什麼。

他掙扎速度慢了下來，但沒有完全停止。瑪妮快速看了一眼四周，急著想知道接下來該怎麼做。桌底有樣東西閃閃發光，是他的刀。她放慢呼吸，讓心跳平靜下來。她不知道能不能在搆到刀子同時，仍舊施加足夠的力量把男人壓制在原地。

接下來呢？拿刀刺他？

店門前傳來一陣騷動，兩個貼身保護警察撞開前門，火速抓住男人，攙扶瑪妮從他身上站起來。一個警察給男人戴上手銬時，瑪妮衝向動也不動躺在自己血泊之中的胡椒。

「不，不，拜託……行行好，胡椒，請你活著。」

她輕輕將牠拉到身邊，托起牠的頭，牠的胸膛隨著不規律的淺快呼吸起伏。

「找獸醫來，拜託，拜託！」她對著一個警察大叫。

「立刻就去叫，親愛的。」

她的攻擊者已經傷不了人了，警察才打電話叫支援。

瑪妮閉上眼，她無法承受失去胡椒。她用顫抖的手臂抱著牠，心臟一陣狂跳，呼吸十分急促，因為她仍舊激動不已。幾分鐘內，店裡擠滿了警察。

「瑪妮？」是法蘭西斯的聲音。「究竟發生了什麼事？妳的手臂在流血。」

「我沒事。」她虛弱地回答，也沒費心去查看傷口。「真的是他嗎？你抓到刺青賊了嗎？」

一個制服警察拉攻擊者站起來，法蘭西斯與他面對面站著，那男人比法蘭西斯高壯許多——身高遠遠超過一百八十公分。

「薩．柯比？」

男子一語不發，法蘭西斯伸手一抓，從頂端把頭套扯下。接著，他驚愕地倒抽一口氣。

全部的人都倒抽了一口氣。

刺青賊是女人。

46 法蘭西斯

薩．柯比，**薩曼莎**，刺青賊。**女性。**法蘭西斯難以置信，從瑪妮首次發現伊凡．阿姆斯壯的屍體，他自始至終不曾有一秒鐘時間猜想兇手不是男人。為什麼不會是呢？很好回答——這幾起兇殺案需要體力，死屍沉重無比。而且，兇手力氣比受害人大，砍下手腳，剝下皮膚，再將他們丟棄。如果有人說謀殺可能是女性犯下的，聽到的人鐵定只是一笑置之。

當然，看到了薩．柯比的體型，他現在可以理解了。她高大壯碩，骨架又大，當然極可能具備完成這樣艱困工作的力氣——但一個女人具備這種必要的敵意？女子連環殺手十分罕見，記錄在案的女兇手大多是下毒，不然就是謀害嬰兒或老人。他想不起遇過像薩．柯比這樣攻擊謀害男子的女子殺人犯。

另外，瑪妮．穆林斯故意做了他要求她別做的事，光是這一點就讓法蘭西斯氣到要跳腳。她怎麼可以不知會他一聲，就讓自己處於險境中呢？她究竟怎麼會想到要那樣做？不負責任到難以置信的地步，法蘭西斯必須克制衝動，才沒有抓著她的肩頭用力搖晃她。

「萬一她得手了呢？」在扯下面罩後的混亂時刻，他對瑪妮破口大罵。「這裡可能就成了兇案現場，我可能正在低頭看著妳的屍體，妳少了一層皮的背。」

事後，法蘭西斯覺得驚恐，因為自己對所發生事情的反應，因為自己放進這麼多的感情。想起瑪妮是刺青賊的下一個動手目標，他就覺得受不了。謝天謝地，還好貼身保護小組聽到她的呼救。他們趕到時，瑪妮是位居上風沒錯，但那場搏鬥的贏家很容易就能換人。

法蘭西斯走去布雷蕭的辦公室時，依舊惶惶不安。前一晚他們逮到的女人是刺青賊，這一點他沒有疑問，她持刀闖入瑪妮的工作室，而且就在後門外頭，他們發現一只工具袋，裡頭有成套的刀具、塑膠布和密封袋。工具袋的側袋內有一包藥丸貼著處方貼紙——開給薩．柯比的乙型阻斷劑。他們脫下她的乳膠手套，手背上兩個淌血心臟刺青露出來，讓他們確認她與丹．卡特的攻擊事件有關。蘿絲．路易斯也正在大顯身手，尋找從袋子得出的鑑定證據、農莊與之前犯罪現場之間的關聯。

法蘭西斯敲敲布雷蕭的門，接著走了進去。

他還沒穿過門，布雷蕭就問：「麥凱人呢？」

「跟在後面就到，他只是想確認所有羈押文件都沒問題。」

布雷蕭讚許地點點頭。

「幹得好，蘇利文，我就相信你終究一定會逮到兇手。看吧，我說得沒錯吧，利用其中一個目標當誘餌吸引兇手出來。幹得好。」

「長官，謝謝。」法蘭西斯從牙縫中擠出一句禮貌回答，在布雷蕭辦公桌另一側找了張椅子坐下。「不過，其實應該歸功於瑪妮．穆林斯，我們只是及時趕到收拾殘局，她如果事先跟我討論，我絕對不會支持這個計謀。」

布雷蕭一聽，挑了挑眉毛，但法蘭西斯不會告訴他，他對瑪妮多麼生氣。

「但是，你確定這女的就是兇手？我覺得很可疑，如果你認為她是兇手，你不覺得她可能有幫兇嗎？」

「目前證據強力顯示她就是我們在找的人，」法蘭西斯說，「法醫今天稍晚會確認是不是。」

「有共犯嗎？有沒有可能的人？」

「我們還沒有發現任何顯示有共犯參與的線索。」

「但一個女人獨自行動？這幾起命案需要很好的體力。」

「長官，她是一個力量很大的女人，又高又壯，肌肉強健，我猜她做過很多重量訓練。」

「嗯……」布雷蕭似乎不信。「伊凡遇害那晚的監視畫面，或是那次中止的攻擊事件的目擊者證詞，都沒有暗示是女人。」

「就像我剛才說的，她體格像男人，監視器畫面也模糊不清，至於目擊者證詞──他們料想是男人，大腦就自行補充了空白。」法蘭西斯聳聳肩膀。「我百分之百肯定就是她，長官。」

他說話時，羅利恰好走進來，對兩人點個頭，就坐在剩下的空椅上。

「一切沒問題？」布雷蕭說。

「絕不會有差錯，」羅利說，「他們替她把臉清潔乾淨之後，就立刻押她去了偵訊室。」

「她需要看醫生嗎？」

「值班醫師已經替她檢查了，鼻子斷了，但他們目前顯然只能先冰敷，過幾天消腫後，才能更徹底評估傷勢。她吃了止痛藥。」

「好，我們最好下去了。蘇利文，你負責問話。羅利，你列席旁聽。我會在一旁看著，只是要確定你不會搞砸。這個案子我們一定要讓她定罪，如果你做任何事影響到……」他越說越小聲，他們很清楚他會怎麼做，不需要詳加解釋。

法蘭西斯站起來，羅利尾隨他走出去。

法蘭西斯說：「總督察認為她可能有共犯。」他們三步併作兩步走下樓。

「我不這麼認為。」羅利說。

「我也是，她看起來很強壯，我想她一個人就能搬動那些屍體。」

＊＊＊

他們到偵訊室時，薩．柯比已經在裡面，銬在一起的雙手拿著冰敷袋貼在鼻子上。她灰色的短髮凌亂不堪，血跡斑斑的衣服換成寬鬆的灰色運動裝。她雙腿岔開，坐姿就跟男人一樣。她用嘴巴粗聲呼吸。

「我們可以把手銬拿掉嗎？」法蘭西斯問門口的值班員警。

員警進來解開手銬。法蘭西斯注意到，儘管這麼做是為了她的舒適，柯比也不大願意跟他配合。她揉揉手腕，一對淌著眼油的紅眼瞪著法蘭西斯和羅利，紫色瘀傷已經從眼底擴散開來。

羅利打開錄音機，描述時間、日期與在場的人名。他宣讀柯比的權益時，柯比無動於衷看著他。

「妳能證實妳就是薩或薩曼莎·柯比嗎？」法蘭西斯說。

聽到有人對自己說話，柯比改盯著他們後方的天花板角落。法蘭西斯重複問題，但料想是得不到答案。

他說：「柯比小姐。」她冷笑了一下。「我們正在調查妳今天天亮前對瑪妮·穆林斯的攻擊，我們也正在調查這幾週布萊頓發生的幾起命案和一起謀殺未遂案。如果妳配合訊問，對妳自己絕對有所幫助。」

她瘀傷的嘴角浮現一抹假笑，但看起來更像是一個猙獰的表情，不過這是她頭一次承認他們也在房間裡。

「能不能說明在以下日期時間妳人在哪裡？五月二十八日週日半夜十二點到清晨五點？週二——」

「結束之前還不會結束。」她打斷他的話，聲音嘶啞，又洪亮又刺耳。

法蘭西斯看著她的手指，注意到深色的尼古丁汙漬。「可以說明這句話是什麼意思嗎？」

她沒有回答，卻順著他的目光往下望著自己的雙手。她又揉了揉手腕——她的手腕粗大，手銬一定銬得很緊——然後繼續望著天花板。

「妳是說謀殺還不會結束？」法蘭西斯說，「我們在穀倉發現照片，知道妳還有其他目標，但妳現在殺不了他們了，對吧？」

「結束之前還不會結束，結束之前還不會結束。」

法蘭西斯用拇指食指揉揉眼睛。

羅利翻開他們前方桌上的卷宗，給她看伊凡．阿姆斯壯的照片，就是他的父母交給他們的那張：他展示他新刺的紋身。

「認得這個男人嗎？」他問。

柯比根本沒瞧上照片一眼，「結束之前還不會結束。」

羅利瞥了法蘭西斯一眼。

有人敲門，值班員警進來。

「方便說句話嗎？」

到了外頭走廊，員警向法蘭西斯介紹一個衣著光鮮的男人，他拎著昂貴公事包，頭快要禿了，炯炯有神的黑眼迅速打量法蘭西斯，順便評估自己的情勢。

「這位是艾爾菲克先生。」員警說。

法蘭西斯挑起眉毛，「嗯？」

「我是代表柯比小姐的律師，」男人說，「我想見一見我的當事人，確認她完全沒有受到虐待，我知道她在拘捕過程中受了傷。」

法蘭西斯對他露出鄙視的眼神。「不是在拘捕過程中，你的當事人——如果她告訴你實情的話——是在攻擊穆林斯女士的過程中受傷的，幸好穆林斯女士有自衛能力，抓住了柯比小姐。」

「那是你對事情的說法，我相信我的當事人有不同解釋。」他大搖大擺從法蘭西斯身邊走進偵訊室。

但她根本懶得告訴我們。

羅利又按下錄音機。

「上午三點五十分，訊問繼續，現在加上……」

「喬治．艾爾菲克，被告律師。」律師說。他很清楚程序。

法蘭西斯發現，柯比雖然嘴唇破了、鼻子斷了，現在卻看起來得意無比。

「我繼續問話，」法蘭西斯說，「柯比小姐，妳是否認識或是曾經遇見傑姆．沃爾許？」

「還不會結束。」

艾爾菲克朝他的當事人湊過去，對她耳語了幾句，她聳聳肩膀，艾爾菲克則是用力點頭。

「無可奉告。」她說。

還不會結束就這麼換成了**無可奉告**。法蘭西斯也清楚，繼續問也沒用，有律師在場，他們從薩．柯比口中問不出任何有用的線索。

這倒也不要緊，鑑定證據已經足夠，況且他們現在知道要尋找什麼——一個格外高大的女人——他有把握，他們能從出事夜晚與地點的監視器影像中找出她。

「暫停訊問。」他說。羅利關掉錄音機。

羅利站起來，目不轉睛看著柯比，柯比全副注意力都擺在自己的雙手上。

「我知道我在哪裡見過妳，」他說，「妳去了伊凡．阿姆斯壯的喪禮，對不對？」

那是當然的。法蘭西斯心底一直為了某件事感到操煩，就是這件事，他見過她，羅利說中了——就是在伊凡．阿姆斯壯的喪禮上。在教堂時，他們坐在最後一排，她就是坐在他們旁邊那個高大女人。

喬治．艾爾菲克站起身。「在你們問她更多問題以前，我想要求讓我的當事人做全套精神鑑定，」他說，「她的狀況很有可能不適合受審。」

這不是一個令人意外的策略，但房門突然打開，布雷蕭氣勢洶洶走進來。「艾爾菲克先生，如果再有一分鐘我覺得你在妨礙我的下屬執行公務，我會對你提出控告。」

「我想是沒有這個必要，」艾爾菲克說，「任何一個法官都會明白，評估是為了我當事人最大利益。晚安。」

他一句話也沒對當事人說就走了，柯比似乎也不在乎他的去留。但是，當警官將她戴上手銬，要押她回監獄時，她卻開始大笑。而且，就在大笑時，她終於看著法蘭西斯的眼睛。

「我改變心意了。」

「哪件事？」

「你想不想知道我是誰？」

XVI

就是這男人絆倒了我。此刻，我注視他的臉龐，感覺必須跟他建立聯繫。我會殺他，在未來某個時刻，但首先他必須知道我是誰。過去有太多人誤解我、低估我，這一次這個人不會，我會讓他認識我，就像我受到爸爸的關注時，甚至更早還擁有爸爸的關愛時，我就應該要讓爸爸認識我。

我陡然改變心意，警察一臉震驚，但是他當然絕對是不可能理解的。

我們又在偵訊室坐下，只有他和我。

「那麼來吧，」他說，「告訴我妳是誰吧。」

我來告訴他我的故事，判斷他對我的話的反應，那些反應會讓我認識他。要了解你的敵人——隆恩總是這樣說。

「你想知道是什麼造就了今天的我？」

他點點頭。我在他的眼中看到勝利的喜悅，他以為他將聽到一份招供，但我想法庭是不會接受的——這件事艾爾菲克先生會處理好。

「我的家族一直從事皮革製作，柯比皮貨，我曾曾祖父在一百年前成立的，公司應該傳給我，結果卻落到弟弟馬紹爾的手中，我爸爸的心肝寶貝。蘇利文督察，你有兄弟姊妹嗎？」

他略一點頭，他沒那麼笨，知道不要被捲進去，但也想讓訊息繼續流出來。這就是我們要玩的遊戲。

「講講你哥哥還是弟弟吧。」我說。
「姊姊，我有一個姊姊。」
「督察，你愛她嗎？」
我說這句話的語氣讓他臉上閃過一抹厭惡。
「跟我講講妳弟弟吧。」他說。我不能拒絕。
「馬紹爾偷走我與生俱來的權利，他根本不該出生，他剝奪我繼承家族企業的權利，然後毀了公司。他把製造過程每一步驟機械化，收購廉價的生皮，製造粗糙的皮革，想盡辦法就為了賺錢，最後工廠不得不廉讓出去。」
「妳怎麼辦？」
「我被趕出了家門。」
光是說出這件事，我就覺得非常沮喪。
「你的父親是你的榜樣嗎？」我問。
他的臉上掠過一陣痛苦的表情，我就需要這個回答而已。
「妳離開家以後呢？」他問。
「到隆恩．道爾帝那裡當學徒，他在普瑞斯頓開標本剝製店，就在公園旁邊，你知道那裡嗎？」
「我記得那家店。」他的回答精簡且從容。
「我在那裡當隆恩的助理，當了好幾年，他在很多方面就像是我的父親，他給我一個家、一份工作，還有很多其他的東西。」
「妳成了標本剝製師？」

「他教了我所需要知道的一切，說我們是這一行最頂尖的並不為過。」我現在覺得無聊了。「告訴我，你為什麼恨你父親？」

「我沒有。」

他在說謊，我笑了。

「你知道這事還不會結束。」

47 瑪妮

「瑪妮？」提耶希喊她名字的發音跟別人都不一樣，聽到他的聲音，她感到既困惑又安心，她張開了眼睛。

她躺在醫院病床上，房間還有一張床，就在她的正對面，床是空的。陽光從尺寸不合的淺色窗簾射入，她眨眨眼睛，調整眼睛的焦距。床的兩側都坐著人，提耶希和亞歷克斯在一側，法蘭西斯在另一側。這時，她意識到病房裡的氣氛非常緊張。

記憶全湧上心頭。刺青賊闖入工作室，掙扎，拉下面罩，一個憤怒的女人，手背上有血淋淋的心臟刺青。瑪妮倒抽了一口氣。

「我永遠不會原諒妳讓自己陷入這麼大的危險。」提耶希說。

她沒理會這句話，他的反應太過誇張。

「胡椒在哪裡？」

提耶希把椅子拉向前，執起她的手。「牠沒事，但妳做事太魯莽。」他用大拇指輕輕撫摸她的手背，多麼熟悉的動作。

「牠在哪裡？」

「Merde（**媽的**）。狗不重要，妳差點死了，我好害怕，chérie（**親愛的**）。」

「提耶希，讓我靜一靜吧，你看到了，我活得好好的。」瑪妮惱怒地看著他，從他的手中抽回自己的手。

提耶希滿臉失落，想要再握住她的手，但她把手收回到被單底下不給他碰。

亞歷克斯瞪大眼睛，焦慮地看著她。「媽，妳怎麼會做那種事？妳應該告訴我們的。」

「說了你們就一定會阻止我。」

「一點也沒錯，我們一定會阻止妳。」他說。

「謝謝，我不用你來罵我。」她不耐地說。「我是病人，別忘了。」但他的關心讓她心頭暖暖的，內疚也不只有一絲絲。

法蘭西斯咳了幾聲。「瑪妮，我需要找個時間跟妳錄口供，當妳覺得可以做的時候。」

「不可以！你害她陷入這種麻煩，現在給我離她遠一點，她需要休息，我都不知道你到這裡是要幹嘛。」提耶希站起身，姿態流露出威脅的意味。

法蘭西斯隔著病床，皺眉望著他。「她是一起多重謀殺案的重要證人。」

「是你的錯，你害她陷入危險。」

「他沒有，」瑪妮說，「他不知道我在做什麼。」

提耶希不屑地哼了一聲，坐回椅子，又想握住她的手。

「我什麼時候可以回家？」她問。

「由醫師決定，」法蘭西斯說，「妳可能有輕微的腦震盪。」

瑪妮低頭看自己的左手臂，上頭包紮著繃帶。「那這個呢？」

「縫了九針，妳的手臂會留疤。」提耶希說。

「真討厭！」她轉向法蘭西斯，「你什麼時候想錄口供？」

「妳可以的話，隨時都可以。」

「我很好，如果能夠喝幾口咖啡，現在就可以。」

「Non（不行），妳需要休息，真是胡來。」提耶希說。

「提耶希，我可以決定我想不想做，你別管。」

提耶希冷不防站起來。「好吧，我知道哪裡不歡迎我，走吧，亞歷克斯。」

「你晚一點會再來嗎？」

提耶希氣呼呼看著她，但還是點了點頭。「他走了以後通知我。」

他走到門口時，又轉回頭面向房間。「督察，可以借一步說話嗎？」

法蘭西斯站起來，尾隨他們走出去。

瑪妮頭痛欲裂，兩個男人為她打架是她最不需要的一件事，況且她對兩個都沒有特別興趣。**是嗎？**她忽然覺得好累好累，閉上眼睛，刻意放鬆下顎的緊繃肌肉。現在，她安全了，兇手收押，這裡沒有什麼能使她害怕。

門打開又關上。

「瑪妮？」一個女子的聲音。

她張開眼睛，看到安琪．博頓遞了一個杯子給她。「法蘭西斯告訴我妳想喝咖啡。」

她倚著枕頭撐起身體。「謝謝，他在哪裡？」

「我相信他準備好就會進來看妳。」她說。那個表面友好的笑意並沒有擴散到她的眼底。

門又打開，法蘭西斯回來了。

「謝謝，安琪。」他說。

「不客氣，還有什麼需要，再跟我說吧。」現在，她無疑露出了傻笑，瑪妮恍然大悟，哦，安琪喜歡他。

「瑪妮，還好吧？需要止痛藥嗎？」

「我很好，提耶希想幹嘛？」

「只是威脅我，如果我再讓妳陷入危險，我會遭受嚴重的人身傷害。」

瑪妮哼了一聲，「別理他，他只會動嘴皮子而已。」

「他很擔心妳，他的擔心是對的，妳的行為跟白癡無異。」

瑪妮靠著枕頭撐起上半身。「我這樣做讓刺青賊被逮捕了，不是嗎？」

「也差點害自己沒命。」

「知道嗎？與其對我生氣，不如好好感謝我完成你的工作。」

法蘭西斯生氣了，但沒有說話，看起來像是全身都僵硬了。

「去你的，」她說，「我好累，我想你該走了。還有，不要再來了。」

XVII

他們帶我離開布萊頓，像沙丁魚一樣擠在討厭的警車中，從頭到尾扣著手銬。那個蹩腳的律師，他應該阻止這件事的。荒郊野外，臭氣熏天的監獄，媽的，快把我弄出去。收藏大師一定要把我弄出去。我的胸口好緊，我不能呼吸了。

誰敢碰我一下，我就要他好看，管他是獄卒還是囚犯都一樣。

這一切必須結束。把我弄出去。

他在哪裡？他說他會保護我，他的律師告訴我，他們會處理事情，把我弄出去。我不能留在這裡，我會活不下去。

收藏大師不會讓我失望，他不會的。

都是瑪妮．穆林斯的錯。我的指頭渴望刀子，我想在她美麗的刺青上狠狠劃開幾刀，把她的背部撕成碎片，用鈍刀將她的肌膚切絲，讓她感受到刀子，在她溫熱的鮮血流滿我雙手時，聆聽她尖聲吶喊。

我要享受處理她的樂趣，我要把她切成碎片。還有那個紅髮警察，我會解決他們兩個。

結束之前還不會結束。

收藏大師在哪裡？他在哪裡？他怎麼沒來？

48 瑪妮

醫師年輕英俊，害得瑪妮很想知道，她是否到了所有公職人員開始看起來全比她年輕的年齡。但當醫師用明亮的小燈照她的眼睛，宣布希望她留院觀察到隔日上午，她對醫師的好感全沒了。

「你是說真的嗎？」她說，「我感覺很好。」

「頭痛嗎？」

「除了那以外。」

醫師慢慢解開她手臂上的繃帶。看到一道長長的傷口，瑪妮不禁皺起眉頭。黑色縫針密密匝匝，間隔整齊，縫得皮膚都皺縮起來。傷口橫向切過她手臂刺青的下部，劃開纏繞在手臂上的復仇天使的翅膀，這是提耶希的作品，是他最早替她刺的紋身之一——看著它，戀愛的記憶回來了，她懷疑自己對任何事會不會再有相同強烈的感覺。不過，隨著那些追憶，保羅那些無法擺脫的記憶也回來了——三角形裡險惡的第三邊——那一切帶來的長長暗影也回來了。

醫師深吸一口氣。「有點紅腫，我不喜歡。」他摸摸傷口兩側。「燙燙的，我看是發炎了——但我們已經讓妳吃抗生素，所以在接下來二十四個小時就會消下來。我叫護士來幫妳重新包紮，明天早上我再來看妳。」

「怎樣都無法說服你改變心意嗎？」

「穆林斯女士，這是為了妳好，妳受到驚嚇，所以我們也希望監測妳的血糖值一段時間，請包容我們。」

他走了以後，瑪妮看著傷口，動了動手腕，痛快速沿著手臂傳開。看來好幾個地方傷得很深，幸好傷到的是左手，不是右手。

有個護士進來包紮傷口，瑪妮耐著性子等她離開。執行她的計畫的時候到了。

她小心翼翼起身，覺得房間在旋轉，每走一步，腦子裡就像有電鑽在鑽一樣。有一面打開的門，她看到裡面是浴室，就試探地朝那個方向移動。好不容易終於走到了，她感激地抓住門框。進去後，她靠著洗臉盆撐住身體，過了幾分鐘才用冷水潑臉。鏡子裡的她蒼白疲倦，也許老了十歲，頭髮亂七八糟，前一天的妝把臉頰弄得汙跡斑斑。

她不想待在這裡，兇手已經關起來了，她需要回家洗個澡，睡在自己的床鋪上，只有這樣，她才會開始覺得好點了。她回到病房，看看四下尋找她的衣物。衣服亂堆在床邊的椅子上，上衣和牛仔褲都濺到了血，但她不在乎，穿著它們，比背部敞開的短病袍舒服。她的袋子在床邊的小櫃裡，床頭櫃上有一罐止痛藥，是開給她的，所以她把藥扔到袋子裡，把拉鍊拉好。

她離開醫院時，隨時以為會有人高呼她的名字，但沒有人上來查問她。既然刺青賊已經關起來了，警方也取消了保護行動，沒有人有任何理由看守她。到了樓下大廳，她考慮要不要打電話叫提耶希來接她，不過他大概又會設法說服她多住一晚。大門外有計程車招呼站，她檢查了一下錢包，還有錢，就加入排隊行列。她幾分鐘就能回到家，進屋後把前門關緊鎖好，世界其他人都去死也無所謂。

不過，一坐上計程車，她就全身打了一個冷顫。她明白自己並不願回到一個空屋子，亞歷克斯在提耶希那裡，而胡椒還在獸醫那邊。

「能不能改到園丁街？麻煩？」

「沒問題。」司機說。

她想到工作室畫畫圖。只有畫畫，她才能釐清她正在經歷的情緒波動——攻擊事件，在石野農莊所見的景象，胡椒，法蘭西斯．蘇利文，提耶希，如幽靈般無所不在的保羅……這與她的過去毫無瓜葛，但有一股揮之不去的焦慮，讓這些事在她感受到威脅時總要浮出表面。

司機放她在工作室外下車。她知道來這裡是一個錯誤，一打開門就知道了，她必須從門上撕下犯罪現場封鎖線——她甚至不能肯定自己可不可以進去。前一晚的事件浮上心頭，印入眼簾的是出事的一切證據——胡椒的血漬，翻倒的按摩床，桌子凌亂不堪，每張平面上都有指紋粉的黑色髒汙。

但是，這是她的地方，她不會讓發生的事逼她在角落畏縮。

她懶洋洋地開始清理，用海綿擦拭地面上胡椒的血，盡量別聞它的臭味。她用健全的那隻手臂用力一抬，讓按摩床站起來，再擦去任何看得到的黑色指紋粉粉層。她情不自禁哭了起來，胡椒的勇氣實在太感人了。她也覺得自豪，她受過攻擊，但這一次她沒有被打垮，運用她要自己學會的技能，設法救了自己一命。也許還多救了幾個人，因為刺青賊現在被關起來了。警察想把責任推到錯誤的人身上，而她卻採取必要行動，捍衛她生活圈子裡的人。

清掃花了幾個小時，整理乾淨後，她覺得頭又開始抽痛了，絕對不可能專心畫圖。管它是不是空蕩蕩的房子，她準備回家爬上床。

手機響起，這通電話來得正是時候。

「喂？」

「瑪妮，妳到底在哪裡？」是提耶希。

「工作室。」

「我在醫院，他們跟我說妳自己跑出去了。」

「對，那裡我一分鐘也不能多待。」

提耶希哼了一聲，「白癡。」

「你打電話給我，只是想羞辱我嗎？」

「我去接妳，我送妳回家。」

「謝謝。」

他並非總是那麼壞。

她拎起袋子，帶走幾樣繪畫工具，檢查後門是否鎖好。某個人——她猜是聽從法蘭西斯的吩咐——弄了個臨時掛鎖，修補薩．柯比把門踢開時造成的破壞。不急，這週再找個時間徹底修理。

她從前門走出去，站在人行道等提耶希來。天色越來越暗，附近店家和咖啡館大多都關門了。在園丁街的中段，一雙腿套著紅白色條紋長襪，從喜劇俱樂部的招牌伸出來——這雙腿總會令她露出笑容。和提耶希剛分手時，她必須離開灰紋身，所以很快就買了這間刺青工作室，現在她無法想像她會想去其他地方工作。

她留意提耶希那輛老舊的捷豹，無論如何，她可以舒舒服服坐車回家。

車頭燈沿著街道駛來，但又開了過去。不是捷豹，只是一輛白色小貨車，所以她繼續張望。在新鮮空氣中，她的頭痛稍微好了一些，真想洗一個暖呼呼的泡泡浴。她臉上露出了笑容，她為自己感到得意，對未來感到滿意。她對自己證實一件事，她永遠不會再忘記這件事——她不是被害人。

我再也不會是任何人的被害人。

忽然，後腦勺一陣劇痛，她踉踉蹌蹌往前走了幾步，一隻手臂抓住她，某個東西按在她的嘴上。她喘了一口氣，世界就變成黑色了。

49 法蘭西斯

宗教儀式未如法蘭西斯所希望那樣給予安慰，這是他第一次如此近距離面對如此邪惡的人，當然，逮捕殺人犯是他工作焦點，從他一開始擔任探員就是。但這一次不同，對手與他個人牽扯更深，因為他負責這個案子，而且他從未見過如此墮落的惡行。他在石野農莊看到的一切，他問完話後薩．柯比對他閃現的笑容——都令人覺得卑鄙下流。

進了聖凱瑟琳教堂，一如往常，他的心較為平靜，但那晚的禱告或讀經都無法進入他耳朵，完全無法緩和心中的痛楚。就連威廉神父洪亮的嗓音，也提供不了安撫。他的問題永遠是同一個，這樣的邪惡怎麼能夠存在？一個人類千年萬載提出的問題，但上帝永遠選擇不回答的問題。

他的思緒飄到姊姊身上，又飄到母親身上。當他工作忙得沒空探望母親時，母親從來不會拿這件事來說他，但姊姊相當清楚表現出她的感受。當然，他感到愧疚——他對她們兩個所做的，連應有的一半都還不到。就在來教堂不久前，他帶蘿蘋去探望母親，結果不大愉快。他的母親幾乎全盲，離不開輪椅，在他們陪伴她的期間，幾乎都在落淚。她想知道他們有沒有父親的消息，當然沒有，他離開了好幾年，但仍舊是母親心中最在乎的人，旁人看了都覺得心痛。

蘿蘋罵他探望次數太少，但每一次他離開母親，留下她獨自在自己的世界，關在孤獨的房間，他就覺得難受極了。這天下午也不例外。對於四壁以外的世界，母親的興趣已經減弱，蘿蘋用暴怒掩飾對這個未來的恐懼。當他親吻母親道別時，淚水沾濕了母親的臉頰，未來對她毫無意義。

他垂下目光低下頭，威廉神父正在朗誦最後的祈禱文，《哥林多後書》第十三章。跪地的法蘭西斯挪動重心，遺憾儀式這麼快就結束了。

當為數不多的信徒魚貫離開後，他坐回椅子，凝視十字架後方畫著的天使。由於琴師不在晚禱彈奏管風琴，教堂一片寂靜，只有腳步拖曳的聲音。他俯身把頭靠在雙手上，為蘿蘋和母親祈禱，也乞求他做好工作所需的力量，請求寬恕他為困惑和幻滅所苦的時刻。威廉神父沿著過道走回祭壇路上，快速捏了他的肩膀一下。

現在不是手機該響的時候，所以它鐵定就一定要響。威廉神父迅速轉頭，臉上凝著一層無言的責備。法蘭西斯立刻關掉手機，但在關之前，他先瞄了一眼號碼。提耶希·穆林斯，打來再一次威脅他嗎？他把手機放回口袋，再度垂首默默禱告。

半個小時後，他走出教堂，外頭天色陰暗，比先前冷得許多。聖凱瑟琳教堂坐落在坡頂，教堂院子朝戴克路傾斜，戴克路過去就是北街。法蘭西斯覺得不再那麼焦慮，就沿著老舊的磚砌小路遛達，低頭穿過底端的石拱門，走到了威克姆街。他循著小徑，走到父親那幢宏偉維多利亞式哥德建築的門口，他一直很喜歡這棟房子，但他小時候很少在這裡。灰白相間的油漆，雉堞造型的屋檐，在他年幼的眼中，這裡簡直就是城堡。十多年前，父親讓房子空了下來，所以當他需要一個自己的地方時，搬進來住也是理所當然的——只是暫住一下。那是三年前的事，而他至今竟然還沒開始找其他的住處。

他從口袋掏出手機，把手機重新開機，正想著冰箱有什麼可以當晚餐，一封簡訊傳來。

瑪妮不見了——打給我。

是提耶希傳來的，而且是手機在教堂響起兩分鐘後傳來的。接著，又傳一則來。

打給我，事情很嚴重。

接著，又有兩則，措辭類似。法蘭西斯按下提耶希的電話號碼。

「謝天謝地。」通上電話後，提耶希說：「她自己出院了，來了工作室，我來接她，但她不在這裡。」

「那麼，也許她等你等煩了，用走的回去了。」法蘭西斯說，努力不流露出焦慮的口氣。

還不會結束……

「她不接電話，而且她也沒有等很久——我十分鐘就到了。我在街上走來走去，看不到她的影子。她還來不及回到家，而且都有人要來載妳了，幹嘛先走？」

「你想發生了什麼事？」

「我哪知道？」提耶希氣沖沖地說，「拜託，報案說她失蹤了。」

「你沒有把每一件事都告訴我，對吧？」提耶希的語音裡有個什麼，暗示他知道的比他洩漏的更多。

「我想這跟事情完全無關係，但你應該知道，我的雙胞胎哥哥這個時候大概會出獄，他們兩人不合。」

「你哥哥就是她刺傷的那個男人，對吧？」
「她跟你說過發生的事？」
「只說了一些，你是在說你哥哥可能到這裡來？來做什麼？」
「不……我不知道，我只是要確定她平安無事。」
「我去工作室找你。」
十分鐘後，法蘭西斯把車停在瑪妮園丁街的工作室外頭，也不管車子就停在黃線上。提耶希在工作室裡等他。
「門當時沒關嗎？」法蘭西斯匆忙走進來問。
提耶希搖頭，「我有鑰匙，有時會到這裡跟她一起工作。」
「有沒有她可能會去哪裡的任何跡象？」
「完全沒有。」
法蘭西斯逕直走到後面。「她在這裡一定待了一段時間——昨天搞得亂七八糟的地方都清理乾淨了。」
「她好像是五點左右離開醫院。」
法蘭西斯看手錶，快七點半。
「你最後一次跟她通話是什麼時候？」
「七點左右，我在醫院，她在這裡，但我還沒到，她就走了。」
這說不通，刺青賊在牢裡，瑪妮不應該再有危險。法蘭西斯想相信她只是決定不等提耶希了，如果是這樣的話，她為什麼不接電話呢？
「你哥哥保羅還在法國監獄？」

「對，就我所知是這樣。」

「但你不能肯定。」

「他如果出來了，我媽一定知道。」

提耶希立刻撥了一通電話，急急巴巴用法語說話。他掛掉電話時，表情放鬆下來。

「保羅還在坐牢，快假釋，但還沒出來。我媽只能告訴我這些。」

所以不是保羅。但確定這一點也沒什麼幫助，瑪妮仍舊下落不明。法蘭西斯感到害怕，有太多太多的可能。他又掏出手機。

「羅利，搜尋瑪妮．穆林斯的下落，從大約七點左右，從她位於園丁街的工作室失蹤。」他皺著眉聽了半晌電話。「對，我真的認為她可能有危險，快去辦就對了。」

還不會結束……

50 瑪妮

她敢張開眼睛嗎？她又回到醫院了嗎？她在一個冰冷堅硬的平面上。她躺在地上，她側躺著，一個從大腦瞬間傳到四肢的神經衝動告訴她，她不能動。恐慌，腎上腺素分泌激增。她試著用右手摸臉，但辦不到，右手固定在另一隻手的手腕，兩隻手都在背後，她被綁起來了。她試了一下，發現腳踝也束縛在一塊。

她大聲呼救，喉嚨卻只有發出粗嘎的聲音。

她張開眼睛，沒有任何不同——她的世界一片漆黑，她一定是被蒙上了眼睛。她用臉頰蹭蹭手臂上端，感覺有一塊布纏在頭上，但無法移動布塊從下面看出去。沒有一絲的光從蒙眼布底下溜進，她張開眼睛，眼睛貼著布，什麼也看不見。

比夢悸夜驚可怕一千倍。

她把雙眼閉得更緊。她覺得聽到嬰兒哭聲——路克，亞歷克斯出現在遠方，他正在遠離她，帶著路克，而她無力跟隨他們。她咬住臉頰肉，痛讓她猛然從幻影中抽離出來。

她豎耳傾聽。寂靜自己化作聲音，在黑暗中噓噓作聲，在她耳邊響著，彷彿一段在腦海不斷重複的音樂，隨著血管脈搏節奏跳動。唯一驅走它的方法，是屏氣凝神注意自己呼吸聲音。她必須移動，她翻身躺下，結果壓到手臂，所以又往另一側翻去。地板冰涼，貼靠在上頭的臀部和肩膀都好痛。

瑪妮雙腿朝身子曲起，改變重心，掙扎坐了起來。現在，她可以向前俯身，把頭擱在膝上。她做了幾下深呼吸，感覺舒服了點，腦筋也清楚一點。如果用屁股走路，也許可以找出門的位置。

這個念頭令她心頭一驚——她這麼快就把自己的處境當成正常狀態？**這裡究竟是哪裡？誰對她做出這種事？恐懼彷彿一陣冰針撒下，刺穿了她的皮膚。她的敵人不是黑暗或寂靜，是把她丟在這裡的人。**

只可能是一個人，保羅。

不，那是不可能的。

她又開始呼救，這一次聲音清晰響亮。她喊了一分鐘後，停下來傾聽，希望聽到有人來了。但如果是保羅來了呢？她好後悔發出聲響。

如果不是他，究竟還有誰會對她做出這種事，為什麼？好冷，好黑，她好需要水，她孤單一個人。過不了多久，她就需要胰島素和水，沒錯，胰島素比水更優先需要。而且，她很害怕，她太清楚他的能耐了。

在接下來的一個小時，她拖著身子移來移去，摸索她被囚禁的區域。這是一個大房間，她撞到許多不同家具，其中有一兩個是椅子，還有她無法分辨的。在一堵牆上，她摸到門框與門片。既然發現了門，她就奮力跪起來，用肩頭抵著門把使力，設法站了起來。接著，她轉過身，雙手摸索門把。她壓下門把，但不管用拉的或用推的，門都不會動。門是鎖著的。

她失望到了極點。接著，她忍不住，竟尿了出來。熱尿順著大腿流下，弄濕了牛仔褲，臊腥的尿味直撲鼻孔。

她跌坐回地板，開始哭了起來。

51 羅利

老大飛奔衝進重案調查室，平日就慘白的臉變得更慘白，由於一路跑上樓來，呼吸十分急促。

「沒發現？」他對羅利說。

羅利搖頭。「才剛發出尋人通報。」

「監視器？」

「剛開始檢查。」

「拜託，羅利，你和我一樣心知肚明，我們不馬上找到她的話，找到她的機會就會馬上消失。」

羅利豈止是知道這一點，比方說，他也知道，時間拖得越久，她出現時已沒命的機會就越高。就算他們從監視器畫面找到什麼，也只是讓他們知道她當時人在哪裡——不是她現在人在哪裡。老大已經這種狀態，這些事就不用說給他聽。

「安琪，」法蘭西斯說，「我跟提耶希．穆林斯要了這些電話號碼——朋友、家人，她可能會聯絡的人。查一下，看看有沒有誰知道她的下落。」

安琪把名單拿回自己的座位，開始打起電話來。

「小孩呢？」羅利說，「他可能知道什麼。」

「提耶希回公寓去問他，他會通知我們。」

「她姊姊什麼都不知道。」安琪一說完，就開始撥打名單上下一個號碼。

羅利用他的電腦螢幕播放園丁街的監視器畫面，法蘭西斯從他的肩後仔細查看影像。很可惜，由於角度關係，鏡頭恰好沒有拍到天外紋身的入口。

「該死——這對我們一點幫助也沒有。」

「還是看看吧，」仍舊冷靜的羅利說，「如果她是走路離開，我們會看到她沿著這條路走過來，如果她是往另一個方向，那麼轉彎走到北街時，會出現在其他的監視鏡頭。」

羅利開始播放影片。他從七點開始播放，那是提耶希從醫院打電話給瑪妮的時間。路上有幾個人走來走去，但大部分的商店和路邊咖啡館在那個時候已經打烊了。偶爾有車輛開過，這是一條狹窄的單行道，窄到無法停車，但起碼他們可以清楚看到人行道和出入門道。

法蘭西斯在他的後方行坐不安。

他們看了幾回，在行人中尋找瑪妮，卻找不到她步行的身影。羅利早料到了，監視畫面不會透露有用的線索。

「北街呢？可以上傳對準它和園丁街路口的影像嗎？」老大問。

他們花半個小時看了一遍新影像，拚命地想要看到她的身影。

「她就像平空消失一樣。」法蘭西斯說。

「有沒有可能是從後門離開？」

「不可能，門從外面用掛鎖鎖起來，她是從前門出去的。羅利，從頭放一遍，記下所有的車牌號碼。」

不過是幾個小時過去了，但感覺這幾個小時漫長無比。

法蘭西斯在重案調查室踱步，火爆地對弟兄提出問題，也跟提耶希通了電話。亞歷克斯一無所悉，提耶希打電話詢問的人也都沒有任何消息。

「羅利，說，有什麼發現。」

「還沒有，老大。頭三輛車子，我在資料庫裡查過了，都是本地的車子，沒有明顯的關聯。」

黃金救援時刻早過了，如果瑪妮遭到綁架，隨著流逝的每一分鐘，她存活的機會也就越來越渺茫。

「老大？」

「什麼事？」

「這個，」羅利指著一輛白色小貨車說，「原來是登記在一家租賃公司。」

「我們走吧。」

法蘭西斯帶頭往外走，差點跟一個走進來的制服員警撞個滿懷。

「蘇利文督察？」

「什麼事？」

「剛才有人把這個送到櫃檯。」他提起一個紅色大肩包。「酒吧關門後，有個男人在園丁街巷子找到，看起來是那個失蹤女人瑪妮．穆林斯的。」

法蘭西斯不需要這個訊息——他一眼就認出了袋子。

警官把袋子交給他，裡面響起手機鈴聲。法蘭西斯把袋子丟到最近的桌上，翻來覆去把手機找出來，螢幕顯示提耶希的名字，法蘭西斯按下通話鍵。

「瑪妮？不是，你是誰？」他驚慌的聲音傳來，有一瞬間還流露了期待。

「法蘭西斯，她的袋子剛被送來，在園丁街發現的。」

「Merde（**媽的**），Merde（**媽的**）！」

「找到一條線索，有輛租賃小貨車在她失蹤的大約時間開過那條路，租車公司辦公室在砲臺街，早上六點開門——我們到那裡會合。」

他正要掛電話，提耶希說：「等等。」

「什麼事？」

「她的藥在袋子裡嗎？」

「藥？」法蘭西斯拉著兩側打開袋子，瞧了瞧裡面。

「她有糖尿病，必須注射胰島素。」

「我不知道她有糖尿病。」

「你對她真的一點也不了解，對吧？」

在袋底，法蘭西斯看到一個裝著醫療用具的小透明袋，他把小袋子拿出來。「她要是沒打會怎麼樣？」

「她如果不控制血糖濃度，就算只是幾個小時，也可能會陷入昏迷。」

52 法蘭西斯

法蘭西斯開車，羅利打電話。「沒有人接，老大，他們還沒開門。」

「繼續打。」

距離不遠，路上無車，法蘭西斯踩下油門，打開警示燈。

「我想查一個資料，跟你們租以下這輛小貨車的人……」終於有人接起羅利的電話，他一口氣念出註冊號碼。「是警察，我們懷疑可能被用來犯罪。」他沉默下來，掛上電話時，還罵了一連串的髒話。「他媽的資料保護，說要看警察服務證，這傢伙顯然看太多犯罪影集了。」

「當然，他這樣做是對的，」法蘭西斯說，「但願看到服務證他會相信。」

他在老史坦大道上疾馳，開到圓環時該禮讓也沒禮讓。瑪妮的袋子——裡面有她的藥——從後座一側滑到另一側。一個開佛賀汽車的駕駛氣得直按喇叭，法蘭西斯開上國王大道，沿著水濱加速前進。

「霍林斯有沒有任何消息？」法蘭西斯打了電話，叫他去查問從監視器看到的其他車輛的車主，但他懷疑這樣做會有任何用處。

「沒有，老大，他十分鐘前才出門，路程比我們還遠。」

「可惡！我不禁去想……」
「什麼？」
「只會說回答**還不會結束**的那件事。」
「但柯比已經關起來了，我們也找不到任何暗示有共犯的線索，我不明白怎麼會有關係。」
法蘭西斯搖頭，「羅利，我有不好的感覺。」
攝政時期風格的白色豪華大飯店在窗外模模糊糊過去了，法蘭西斯一個急轉彎，向右拐進了砲臺街，煞車發出一陣尖銳聲。租車公司位於路的盡頭，法蘭西斯嘎吱一聲把車停下，將出租車輛的小型停車場擋去了半個出入口。他跳下車就往辦公室的大門衝，聽見裡面傳來口角的聲音。
「Putain（**幹**）！快告訴我，誰跟你租了一輛白色小貨車。」裡面的聲音絕對是提耶希。
「我不行說。」第二個聲音聽起來被勒住了。
法蘭西斯和羅利走進辦公室，一看就明白了原因。提耶希從兩側揪住一個年輕人的衣領，簡直要把他從齊胸高的櫃檯另一側拖過來。
羅利用力將他拉開，將他壓制在另一頭的牆壁上。年輕人側倚著櫃檯，氣喘如牛，名牌顯示他叫阿米特。
法蘭西斯拿出警察服務證給年輕人看。
「哇，動作超快的，我才剛打電話給你們。」阿米特喘著大氣說。
法蘭西斯和羅利交換了個眼神。「是我們打電話給你。」

「我剛才撥九九九求救，這傢伙一走進來就開始威脅我。」
「媽的，快把資料給我。」提耶希大聲說。
「先生，我真的不能把資料給你。」阿米特說。知道有兩個警察當靠山，他沒那麼害怕了。
「閉嘴，」羅利對提耶希說，「交給我們。」
法蘭西斯轉回頭看著阿米特。「我要知道誰租了這輛小貨車。」他把一張紙條遞上去，上頭寫著車輛登記的細節。「我們有理由相信，昨晚可能有人用它來進行綁架。」
阿米特目不轉睛看著紙條，看起來沒有把握應該怎麼辦才好。
法蘭西斯又亮了一下警察服務證。「是緊急事件，有個女人可能有生命危險。」
提耶希扭打了幾下，掙脫了羅利，走到櫃檯前，站在法蘭西斯的旁邊。「我**太太**可能有生命危險。」
「發生這種事，我當然覺得很難過，」阿米特說，「我只是遵守公司規定。」
法蘭西斯給提耶希一個警告的眼神。「沒關係，好了，麻煩把資料給我們吧。」
阿米特轉身面向電腦鍵入細節。「找到了，租給一間叫『演算學』的科技公司，他們租了幾週的時間。」
「有地址嗎？」羅利問。
辦公室外頭響起洪亮的警笛聲，幾秒後兩個制服警察衝入。
「好，怎麼回事？就是你報警的？」年紀較長的警察問阿米特，同時兇狠地瞪著法蘭西斯、提耶希和羅利。
法蘭西斯第三度掏出警察服務證，「蘇利文督察。」

「抱歉，長官，」警察說，「我們是接到電話才來這裡，說有恐嚇行為。」
「我們剛剛已經處理了，謝謝你們出勤執行任務，不過事情已經解決了。」
「是的，長官。」
兩個制服警察退出去。
阿米特把印出來的資料交給法蘭西斯，「公司的地址。」
法蘭西斯把地址念出來。「東普瑞斯頓金雀花大道，這究竟在哪裡？」
「東普瑞斯頓？小漢普頓再過去。」羅利說。
「快走吧。」提耶希嘟囔著說。
他們往門口移動，法蘭西斯說：「阿米特，謝謝你。」
「希望你們救出那位女士。」阿米特在他們後方大喊。
法蘭西斯回到駕駛座上，聽見後面的乘客門打開的聲音，轉頭一瞧，看到提耶希正要鑽進後座。「你在搞什麼名堂？」
「我也要去。」
「不行，絕對不行，這是警方的事。」
「我不會下車，快開吧。」
「人多好辦事，」羅利說，「誰知道我們在那裡會發現什麼？」
「我就是擔心這一點。」法蘭西斯一面說，一面發動車子。
「沿著海濱開，然後接A259，」羅利說，「開警示燈？」
「開警示燈，」法蘭西斯說，「還有，把安全帶繫上。」
他踩下油門，默默向上帝祈禱，向上帝懇求，他願做任何事換取瑪妮的平安。

53 瑪妮

她是睡著了？抑或者只是在某種神遊狀態中飄蕩呢？很難判斷，但也不重要。瑪妮現在甦醒了，硬邦邦的地板戳刺著她，厚毯似的冷空氣讓人難以移動。她發出惡臭，牛仔褲又緊又濕黏。她覺得噁心想吐，也覺得飢腸轆轆，但意識到危險的瞬間，就胃口盡失了。

她掙扎想要坐起身，結果馬上感到一陣暈眩，被縛住的雙眼前方金星亂舞。她的時間感和方位感失去仰仗的基石，無從得知自己在這裡多久了，甚至不知道現在是白天或是黑夜。但她需要食物和水，更迫切需要胰島素。

她深深吸了一口氣，扯開嗓子開始呼救，讓聲音盡量拉長。呼吸，重複，呼吸，重複——直到她又覺得頭暈必須躺下為止。

她的神志開始悄悄渙散，思緒失去控制。**她會不會像陷阱裡的老鼠開始啃嚙自己的手臂？她能不能吃自己的頭髮？咬自己的臉頰？**陷入昏迷的威脅誘惑著她，她竭力反抗著，但後來又記不起威脅是什麼，她為什麼要反抗。**昏迷一定比較輕鬆吧？**

突然，一個聲音響起，經過數個小時的寂靜後，那聲音宛如炮火爆裂聲般震耳，將她拖回到神志清醒的狀態。是開門聲，一盞燈亮起，她在蒙眼布的下緣看到一條蒼白的細線。

「幫幫我。」她啞著聲音說，腳步朝她走來。

「幫幫我，我需要水，我需要食物。」

她掙扎坐起來，肩上出現一隻手，她嚇了一跳。那隻手把她推回地板上。

「噓——」

她想把它反推回去，但沒有力氣。

接著，一條手臂托起她的頭，一只塑膠瓶的邊緣抵住她的唇。她心懷感激地喝下，涼涼的，涼涼的水。吞嚥會痛，但她太需要水了，幾乎感激到要哭了。她喝飽了，但瓶子仍舊緊貼著她的嘴，所以她又喝了幾口。

但這人怎麼不替她鬆綁？或是拿開蒙住她眼睛的布呢？

她扭頭避開水，然後聽見瓶子被放在地上。

「我有糖尿病，我需要吃東西，我需要打胰島素。」

支撐的那條手臂將她的背往下放到地板上，腳步逐漸走遠了。

誰的手臂？誰的腳步？感覺很奇怪，一個完全不知真實身分的人在照顧她，而且意圖不明。

會是保羅嗎？

「你為什麼不幫我鬆綁？你為什麼不幫幫我？」

門關上，到了門的另一側，腳步聲變模糊了。她覺得咽喉好痛，擔心會把剛喝下的水吐出。無論那人是誰，他是俘虜她的人，不是拯救她的人。她覺得頭暈眼花，天旋地轉，下方的地板傾斜，呼吸又開始急促了。

門又打開，腳步朝她走回來。男人——腳步聲讓她覺得是男人——拉她坐起來，一個軟軟的、甜甜的東西壓在她的嘴邊。她咬了一小口，甜甜圈？已經不新鮮了，但她三口兩口吃下，毫不在乎果醬沿著下巴淌下。十或十五分鐘後，葡萄糖才會進入血液，但是她如釋重負。

甜甜圈吃完後，男人就撇下她。她沉沉倒在牆邊，聽到那人在屋裡移動，卻無法猜出他正在做什麼。接下來會發生什麼呢？她從他手中逃離的機會有多大呢？她該不該嘗試與他建立關係，哀求他放了她呢？

「那個——謝謝你。」她一面說，一面繼續舔著嘴邊的糖粉。

他沒有回答。

「你是誰？你想對我做什麼？」

仍舊沒有回答。

「拜託，放我走吧，我沒有看到你的臉，我不知道你是誰，請別做出你會後悔的事。」她恨死了自己說話時蔓延到語氣中的恐懼。

一個她認得的聲音打破了寂靜，哐啷哐啷，那是刀片碰到磨刀石的聲音，規律而穩定的聲音。她頓時驚惶失措，喉嚨覺得一緊，石頭將金屬磨利，恐懼則在她的內心磨出了苦澀。

「拜託……」

「瑪妮，我不會後悔我要對妳做的任何一件事。」

一個慵懶緩慢的語調，很耳熟，男性。她聽過這個聲音，可是在哪裡聽過呢？不是保羅，不是法國腔。

「行行好，你可以把我鬆開，你已經得到樂趣了，但我想你現在最好放我走。」

刀子摩擦砥石的聲音絲毫沒有停頓。

「你想對我做什麼？」

磨刀聲停止，瑪妮屏住呼吸。

「我想對妳做什麼？我以為答案很明顯。」

那個聲音。

腳步朝她走來。

「既然妳不會活著離開這裡，這個其實也沒必要。」他從她臉上扯下眼罩，幾根頭髮跟著眼罩被扯斷，瑪妮不由自主抽了一口氣。

在黑暗中幾個小時後，她覺得光線非常扎眼，緊緊閉著眼睛，等待白色閃光消失。接著，她低垂著頭，緩緩張開眼睛望著地板，把模糊的目光集中在自己的雙腳小腿上，光滑的水泥朝她閃爍著光芒。她突然察覺自己穿著潮濕發臭的牛仔褲。

她往旁一看，見到另一雙腳，幾乎沒有穿過的新運動鞋，斜紋棉布長褲，在腳踝堆疊成波的過長褲管。她徐徐讓視線沿著男子身體向上移動——他有點X形腿，褲腰太緊，褲頭往下拉，肚腩從上方擠出來。他穿著一件黑色POLO衫，上面有一個她從未見過的公司標誌。他手臂上有刺青——一個她幾日前才完成的刺青。史蒂夫低頭衝著她笑，當他們四目相交時，她覺得渾身冷到了骨子底。

啊，我的老天！

「史——史蒂夫？」

史蒂夫？那個有老虎刺青的電腦科技宅？腎上腺素急速分泌，她的血糖也飆升了。

「美麗的瑪妮，完全屬於我了。」

他陡然轉身離開她，回到桌子前，她看到桌上有刀，還有一塊磨刀石。

恐懼令她感到口乾舌燥，腦中想不出任何話語。

出於本能，她先是想掙脫束縛，接著又停止掙扎。當她開始環顧房間，看清楚環境，就徹底打消了逃跑的念頭。任何類型的理性想法都不再是一個選項，恐懼控制了她。

房間是一個寬敞的長方形，比她蒙眼受困拖著腳步摸索時的想像還要大。這裡沒有窗子——這裡在地下室嗎？黑牆貼著某種高科技橡膠包層，她在錄音間見過，是隔音用的。一股寒意悄悄沿著血管蔓延開來。鋁管和網格組成的工業風天花板看起來恐怖極了，房間一頭短牆上有面白色銀幕，前方是幾張塌陷的深紅絲絨沙發。一個私人電影院。

但不只如此而已。在沙發的後方占據房間中心的，是七個光滑無比的水泥基座，它們排成一列，每座大約有四英尺高。瑪妮眨了眨眼睛，重新集中注意力，強迫自己一個一個看下去。膽汁從咽喉湧起，灼燒她的喉嚨。每個基座上，都有一個銀色粗孔網眼結構，在耀眼的光線下閃閃爍爍。框架做成人體部位的形狀——手臂，大腿，軀幹，頭。有一個比其餘的都要高，形狀像是整個人體。其中四個框架就只是框架，沒有其他東西，另外三個則似乎垂掛著一張張奶油色的軟皮。刺青皮革。

瑪妮明白自己究竟在看什麼後，竭力忍住嘔吐的衝動。

「皮革」是人皮，吉賽兒．康奈利有著複雜精細生物力學刺青的手臂，伊凡．阿姆斯壯那刺了波西尼亞圖紋的肩膀，一條她不認得的腿紋著一隻別致的水彩孔雀。人皮變成皮革，經過保存加工，然後擺放展示。

房間開始旋轉，她猛然往一旁倒下。

「啊，看得出來，妳正在欣賞我的收藏，令人讚嘆，對吧？」

「你……但這些是薩．柯比做的。」

「當然，不過是我委託的，她替我辦事。」

沒道理，她還是不明白。

「而妳，瑪妮．穆林斯，妳會是其中最美麗的一個。」

他朝她走來，她往後一退，貼著牆壁。他走到她的面前，俯下身子，整張臉朝著她的臉逼近。她在他的面前瑟縮抽噎，他則輕輕吻了她的唇。接著，他拿起一塊摺起來的布掩住她的口鼻，乙醚的刺鼻味卡在喉咽，她的世界回到了黑色。

54 羅利

緊急狀況下，在布萊頓市區飛車穿行，對羅利來說是家常便飯，他坐在車上才不會緊張。但那是法蘭西斯．蘇利文開車載他執行緊急任務之前。都還沒離開砲臺街，他們就遇上一輛打開車門的貨車，為了閃避從門後鑽出來的送貨司機，法蘭西斯陡然改變方向，讓人捏了一把冷汗。

後座的提耶希連忙扣上安全帶。

「老天，老大，你通過進階駕駛測驗吧？」

法蘭西斯蹙緊眉心，瞇起眼睛注意前方路況。他們緊接著追上一輛迷你巴士，法蘭西斯拉響警笛。

「衝，」提耶希說，「超過他！」

法蘭西斯再拉了一次警笛，迷你巴士駕駛才終於慢下車速，把車開上人行道。

「快走！」提耶希催促著。

法蘭西斯把油門一踩到底，他們疾馳穿過了霍弗，警示燈一閃一閃，左側是海，右側是剛剛甦醒的市鎮。

「羅利，打給霍林斯看看。」

羅利撥通電話，聽了半晌。霍林斯見到了監視器所拍到的第一輛車的車主。

「只是一個接送小孩的爸爸。」掛上電話後，羅利報告：「去接上完游泳課的女兒，說游泳教練能夠作證，證實他去接女兒。霍林斯認為不可能是他。」

「那第二個呢？」

「霍林斯正要去找他。」

前方有輛寶馬突然切入車道，法蘭西斯只好猛踩煞車，羅利的手機飛到腳底下，提耶希用法語輕聲咒罵。警笛再度響起，接著，他們超前了那輛車。

「你確定我們是去對的地方？」提耶希說。

「不確定，」法蘭西斯說，「完全不確定，不過這是我們手上最有價值的線索。」

「而且很合理，」羅利說，「要綁架一個人，小貨車比轎車合適，時間點也似乎正確。」

「Merde（**媽的**）！」

羅利不能分辨他是在評論老大的開車技術，還是他們靠直覺行動。但是無所謂，開到那個地址找到瑪妮才是重要的。

他們越過阿杜爾河，過橋之後，路變寬也變直了。車輛稀少，警示燈依舊閃爍不定，法蘭西斯全速馳騁。

「還有多遠？」他問羅利。

羅利用手機查看地圖。「四、五英里，但我們得從沃辛市區穿過去。」

濱海小鎮開始甦醒，展開新的一天。紅綠燈突然變多了，法蘭西斯熟練地駕著車，穿梭在一連串的障礙之中，車內本來就緊張的氣氛變得更緊張。

「Putain（**幹**）！」提耶希的粗話越講越大聲。「你在哪學開車的？」

擋風玻璃前的警示燈繼續閃啊閃，法蘭西斯斷斷續續拉響警笛，通知其他道路使用者他們來了。好不容易，他們終於好像走完了最混亂的交通路線，經過沃辛和戈林之後，路變成了一條雙向車道。

「在第三個圓環下去。」

轉彎後，他們往南走，再轉向海的方向。法蘭西斯再度加速，羅利留意到前方有紅燈閃爍，一陣叮咚叮咚的聲音傳來。

「平交道，老大。」

「我知道，我看到了。」

「快到了。」

「我知道。」

「我們過不去。」

法蘭西斯沒有回答，反而是繼續加速。

正前方的柵欄開始降下。

「法蘭克！快停車！」羅利的聲音充滿了恐慌，發白的關節緊抓著儀表板，他坐在椅子上，身子直往後退。

提耶希說：「不行，絕對過不去。」提耶希聽起來同樣是嚇壞了。「他媽的，我們過不去啦！」

柵欄已經降下，看來法蘭西斯想直接衝過去。

羅利不考慮後果，憑直覺行動，一把握住方向盤，朝自己的方向使勁轉動，另一隻手則抓起手煞車。法蘭西斯想抵抗他，但猝不及防。在震耳欲聾的尖銳聲中，車子失控旋轉，往一旁與車站停車場毗連的矮牆衝去。火車拉著響亮的笛聲急速通過，羅利放開方向盤，倒回座椅上，突然發現前方的安全氣囊打開了。

他看著法蘭西斯，法蘭西斯正手忙腳亂想把自己的安全氣囊移開。他無法把氣囊從方向盤扯下，便嘗試啟動熄火的引擎，結果引擎一點就著了，他立刻開始倒車。車子的警示燈仍舊閃爍，後方平交道的紅燈也仍舊閃爍，警鈴比之前更響亮。

羅利在座椅上轉頭。

「你沒事吧？」他問提耶希。

提耶希噼里啪啦罵了一串羅利聽不懂的粗話，但無論如何還活著，還有意識。他咬破了嘴角，鮮血直流。

在窄隘的空間，法蘭西斯熟練地前進，接著後退再轉彎，他們於是又面向正確的方向。警鈴停止，紅燈不再閃爍，柵欄升起，法蘭西斯踩下了油門。

「不要再叫我法蘭克。」

55 瑪妮

瑪妮有兩種感覺——痛和冷。她的手腕和肩膀感受到一陣接一陣的劇痛，似乎承受著她的全身重量。緊繃的束繩勒進手腕，她的手臂高舉過頭，以不自然的角度扭轉。她的雙手好像冰塊，幾乎失去知覺，左手前臂那道長長的傷口感到陣陣的刺痛。她的頭往後仰，沒有支撐，脖子摺縫處不停抽痛。她是站著的，綁在某個東西上，而且冷得要命，皮膚感受到冷空氣，全身皮膚都有感覺。她發現原來自己裸著身體時，猛然張開了眼睛，恐懼迅速壓過其他感覺，刺激她開始激動地敲打她的束縛。

仍舊是史蒂夫的地下室電影院，她被綁在一個X形十字架上，面對著牆壁，只能看到面前幾吋遠的橡膠隔音材料。她失去知覺時，史蒂夫脫下她的衣物，把她綁在這個玩意上。她聞到一陣陌生的花香，香氣來自她的皮膚。她發現自己會這麼冷，原來是因為她的身子是濕的。不會吧，他居然替她沖洗了身體。尿臊味沒了，但想到他的雙手碰到自己的身體，她就感覺好噁心。

她覺得頭好暈。吃下甜甜圈，她不會陷入昏迷，但要打一針胰島素，才能發揮胰島素可以賦予她的精力。她知道不久黑點就會像雨滴一樣出現在眼皮後方，她會再度失去意識。

也許那樣更好吧。

房間悄然無聲，恐懼使她感到暈眩，但痛楚令她保持清醒。她踮起腳尖，減少手臂承受的壓力，血液好不容易流動了，那灼燒般的痛讓她覺得安心。她回想她對史蒂夫——如果這確實是他的本名——的認識，她用了超過二十個小時替他紋手臂，她要努力回憶他們聊過什麼。他對紋身和紋身過程絕對是興致盎然，但來找她紋身的人這樣並不稀罕。他不耐痛，但也不是最遜的。他講過自己兩三件事，她回想時卻記不大起來具體事實。他從事電腦工作——乏味——其他則都是看法——他對這個的想法，他對那個的意見，他的見解為什麼一定比其他人的站得住腳。想到他問過伊凡·阿姆斯壯的屍體，她不禁打了個寒噤——他始終都清楚阿姆斯壯出了什麼事。

不管是哪一次的對話，他都不曾流露出對他人的同情。她並非當時就特別留意到這一點，而是現在回想起來，才發現他聽起來非常以自我為中心。當時，她頂多只是隨便聽聽他的話，大部分注意力都在手上的工作。

但怎麼把對他的認識變成她的優勢？她怎麼利用這個了解促使他放自己走呢？

她聽到開門聲，乍然感到一陣恐懼。腳步朝她而來，接著他就出現在她的視野中。他面帶笑容，但那不是笑容，而是色迷迷的眼神。

「瑪妮，妳真的好美，褻瀆那完美的身體簡直太可惜了，但妳的刺青會成為我最珍貴的收藏。」

他朝她走來，手順著她的背脊往下移動。

瑪妮的血液都變冷了，她不自覺地開始想掙脫束縛。

「噓——」他的聲音這麼靠近她的耳朵，她不禁打了一個寒噤。

「拜託，史蒂夫……」

「拜託什麼？」

「拜託讓我走，我可以繼續替你刺青，我可以替你刺一個很美很美的背部紋身，你不必這麼做。」

「噢，但我還是要這麼做，我非得讓我的收藏齊全不可，因為那個笨女人把計畫搞砸了。」

他的語調陡然憤怒起來，瑪妮覺得更加害怕。

「薩——薩．柯比？」她絕對不能讓聲音發抖。

「她應該蒐集好全部的刺青，然後消失不見，我付給她很大一筆錢。」

「她被逮捕了。」

「我知道，我出錢替她請了律師。」

瑪妮必須讓他不停說話，如果他跟她在人性的層面建立連結，他比較不容易對她下手，但她不能指望他同情自己的處境，而是必須找出和他有所關聯的事。有那麼短短的瞬間，她很想知道有沒有人會來找她，提耶希說要來接她——他肯定報警了吧。

她把這些念頭拋出腦外，她必須為自己採取行動，快沒時間了，她的血糖突然又下降了。

「現在，少了她，我也必須完成這個工作。」

「你不必這麼做，你有的已經夠了。」

「那不是全部的收藏，警察拿走一些，從石野農莊帶走，更何況我特別想要**妳的**刺青，還有提耶希的。」

瑪妮的一顆心都涼了，如果她無法擺脫這件事，如果她不能在此時此地將這件事作個了結，這個瘋子會去追殺提耶希。想到亞歷克斯，她心都碎了。

「你知道怎麼做嗎？怎麼從我的身體把皮膚割下來？怎麼加工處理？你不需要刺青賊替你做這件事嗎？」

她猜這麼說會惹惱他，她猜中了。

「我當然可以自己動手，我看過她剝皮，我看過她加工，又不是什麼複雜的事。」

「可是，如果你想拿走我的刺青，我不希望你毀了它。」

他靠近一步，瑪妮不禁瑟瑟發抖。恐懼使她忘卻手腕吊高的痛楚，但恐懼每加深一層，精神上的煎熬就更加劇了。他的雙手在她的背部慢慢游移，她緊靠著十字木架，但怎樣也躲不掉他的觸碰。

「瑪妮，也許我應該解釋一下。人體本身就是一件藝術品，尤其是妳的。但多了刺青，它提升到另一個境界，成了具有生命力的藝術品，摸起來是有溫度的。其他藝術形式都不像刺青這樣具有生機。」

「但你殺死他們，這根本違背了你剛才說的話。」

「人一死，他們的刺青也跟著死，像其他部位的皮肉一樣腐爛，我這麼做是要搶救偉大的藝術品。在日本他們就是這麼處理極道紋身，保存下來的人皮因此比活體皮膚更加出色。」

「可你為了做這件事殺人，在日本他們會等他們自然死亡。」

「藝術比人重要，我從小就知道，人體是大自然的終極藝術品，我們用自己的作品去裝飾它，它的美就更加宏偉深刻。藝術必須歷久不衰，那是人類絕對辦不到的。而且，藝術純潔真實，人卻會撒謊、吹牛、通姦。我保留重要的東西，丟棄不重要的東西，我正在創造一個極致的藝術收藏。這妳一定能懂吧，瑪妮？妳自己就是一個偉大的藝術家。」

狂妄的廢物，她想大叫大喊，但明白必須迎合他。

「你如果殺了我，再也沒有人能從我的藝術中獲益。」

「妳死還有一個好處，我的刺青會更罕見珍貴。」

「史蒂夫，你錯了，你正在做的事是不對的。」

還沒看到拳頭，她就感受到他那一擊的威力。他掄起拳頭一揮，朝她頭部側面打下去，她頓時眼前一片金星亂冒。

史蒂夫走遠了，血流在她耳中轟隆轟隆流動著，她無法聽見他正在做什麼。沒有多少時間了，深呼吸，慢慢來，不要太快，呼吸不要急。痛一陣一陣從他毆打的位置往外擴散，她用力咬著嘴唇抵抗，嘴中嚐到了血的味道。

不能就這麼結束，她還想活得更精采，她不會讓這個王八蛋得逞。她總會有辦法離開這裡，一定有辦法。

「瑪妮，很抱歉，如果我傷到了妳。」他朝她走回來。「這會讓妳平靜下來。」

他拿起一樣柔軟的東西貼著她的臉龐，好像一個冷冰冰的撫摸。

「那——那是什麼？」

「這個？」他拿那東西抹她的臉頰。「是伊凡的刺青，是伊凡的皮膚。」

瑪妮立刻向後退縮，那東西感覺好像柔軟無比的羚羊皮。

「薩這個工作做得很好，她很有才華，只是現在都要浪費了。」

瑪妮覺得想吐，嘴裡流滿了唾沫。她鼻子一吸，聞到了人皮的味道，濃烈，又帶有豬腥味。她一陣反胃，從胃裡湧起的酸水灼燒著喉頭後方。她一咬牙，抿住嘴唇，決心要保持冷靜。

「等我加工完成後，妳的皮膚會更柔軟，」他說，「那麼柔軟，那麼美麗。」

他另一隻手又爬上她的背，她可以感覺到他的手指沿著她的紋身輪廓移動。

「噢，瑪妮，我好難決定是比較想要妳，還是比較想要妳的刺青。妳對我來說是特別的，妳是藝術創造者，我的其他受害者身體帶著藝術，可內心一無所有。但妳呢，妳是藝術的化身，是創造者，是活生生的作品，展現了極度的美麗。但我讓妳活著，妳會背叛我。我是那麼那麼想要妳——我真的很想要妳——但我只能相信妳身體上的藝術品。」他一把揪起她的頭髮，用力將她的頭往後拉，以便直視她的雙眸。「也就是說，親愛的，妳非死不可。」

56 法蘭西斯

乘客側的車身多出一道明顯的凹痕，但到了東普瑞斯頓村，他們在彎來拐去的窄巷橫衝直撞，法蘭西斯卻仍舊絲毫沒有減速。提耶希在後座不發一語，摸著受傷的嘴唇，羅利則用手機研究地圖，找出前往金雀花大道的最快路線。

「牧師巷左轉。」法蘭西斯一個急轉彎，輪胎發出一陣刺耳的摩擦聲。「右轉仙境路……左轉大海街……」

一輛車子呼嘯而過，人行道上推著娃娃車閒聊的幾個年輕媽媽，嚇得張大了嘴。警示燈仍舊一閃一閃，在大海街時，法蘭西斯險些撞上一隻貓，不得不猛踩煞車。

「天啊。」提耶希喃喃說。

終於，他們到了金雀花大道。

「關燈，」羅利說，「速度放慢。」

金雀花大道是一條富裕的死巷，兩側都是大宅大院，有許多擴建的別院、玻璃溫室、網球場和露天泳池。大道南側的房子面朝海灘，不難想像當地居民中上階層的生活風格。

「我還以為我們在找一個公司行號的地址。」法蘭西斯說。

羅利聳聳肩膀，「大概是哪個企業家在家開公司吧。」

從布萊頓開來，一路險象環生，如今緩緩駛過寂靜的豪宅區，感覺離奇而不真實。他們沒有遇見其他車輛，路旁沒有行人，也沒有人在自家的花園。

「就是那棟，」羅利說，「右邊。」

他指著一棟廣闊的當代建築，這棟房子與剛才駛過的愛德華時代別墅及藝術派風格小屋格格不入。鋼質浪板外牆，有銳角，也有彎曲的扶壁，而且似乎一個窗子也沒有——起碼在臨街這側沒有。法蘭西斯將車停在隔壁房子前面的路邊，不想拐上車道，失去讓對手猝不及防的優勢。

「老大，要怎麼處理？」

法蘭西斯嘆了口氣，用雙手揉了一把臉。

「先瞧瞧有沒有人在家，我們沒有搜索票，所以只能按照規矩來。提耶希，你在這裡等。」

「我死也不留在這裡，我跟你們去。」

「不行，這是警察的事。」

「瑪妮是我老婆，而且她需要胰島素。」

「前妻。」這兩個是怎麼回事？這不是頭一次法蘭西斯好奇他們怎麼會離婚。

法蘭西斯下了車，羅利和提耶希也一樣，提耶希拿著裝有瑪妮胰島素注射工具的小袋子。

「好，不許意氣用事，不許一點事情就大驚小怪。」法蘭西斯說這句話時，眼睛盯著提耶希。「去找小貨車，我怎麼做，你就怎麼做。」

他們沿著馬路邊緣前進——沒有人行道，只有整齊修剪的路邊草坪——接著拐入車道，一輛淺藍色奧斯頓•馬丁醒目地停在屋子前面。

「他過得不錯嘛。」羅利嘴裡咕噥。

沒有小貨車的影子，不過旁邊有間關著門的車庫。法蘭西斯往車庫一指，他們改變了方向。

羅利試了試車庫大門，「鎖著。」

法蘭西斯繞到旁邊，有條小路通往側門，門的上半截是玻璃。他往車庫裡窺看，在一輛拆解開來的哈雷機車後方，他看到一臺白色小貨車，與監視器畫面上那輛看來一模一樣。不過從側面看去，並無法看清車牌確認。

羅利從他的後方走來，「絕對就是這輛，一定是。」

「好，該來詢問那個……屋主叫什麼名字？」法蘭西斯說。

「哈林頓，史蒂夫．哈林頓。」羅利說。他在手機上點了幾下，「根據谷歌搜尋結果，他是演算學科技公司的老闆，就是租用白色麵包車那間公司。」

他們躡手躡腳繞過房子，朝正門走回去。一個銀色小牌匾上寫著「演算學」，下面有個對講機按鈕，法蘭西斯伸手按下了按鈕。

「抱歉，今天這裡沒人工作，」一個呆板的女性聲音說，「需要聯絡，請撥打下方的電話號碼。」

法蘭西斯往下一看，對講機的金屬橫條上印著一組電話號碼。

「要打嗎？」羅利說。

「不要，在這裡等，以免有人來。我快速把狀況摸清。你打電話叫支援，要他們動作快。」

法蘭西斯又出發繞到屋子另一側，提耶希不出聲跟在一旁。他們沿著建築側面前進，接著一座花園出現在眼前。一片簡單樸素的草坪通向十五公尺遠的沙灘，一樓有個空蕩蕩的水泥露臺，看起來從沒人使用過——上頭沒有家具。二樓有個更大的陽臺，但上頭只有一把孤零零的椅子面向大海。屋子後面與前面形成對比，全是玻璃，沒有金屬，讓法蘭西斯聯想到巨型水族箱，這簡直是把金魚缸似的生活發展到了極致地步。不過這附近當然沒有人會從巨窗窺看屋內，他好奇這裡是私人海灘，還是公眾可以擺出野餐，坐上一兩個小時，旁觀有錢人怎麼消磨週日午後。

他從窗戶看進去，一樓整層是一個開放式辦公室，在一排辦公桌對面，一列一列的電腦螢幕排成半圓形，但只有一張高科技人體工學椅，難道演算學只有一個人工作，就賺進供給如此奢華生活的現金？

「提耶希，試試一樓所有的門，找到開著的，就過來叫我，別進去。」

法蘭西斯爬上通往二樓陽臺的鋼梯，每走一步，金屬就輕輕發出噹的一聲，他走得非常緩慢，讓聲響降至最小，不想暴露他的存在，以免屋內有人。唯一那張陽臺椅子無疑非常適合欣賞日出日落，但一見到屋內景象，法蘭西斯驚愕地忘了呼吸。

他把雙手舉到玻璃窗上，遮擋刺眼的朝陽。他根本不知怎麼形容，藝術裝置？舞臺場景？裡面全是動物標本，一排接著一排，但不像他幼時參觀的自然史博物館置於玻璃櫃，而是放在開放的空間。標本布置成戰鬥場面，動物對抗動物，用按比例縮小的人類武器打鬥，身穿迷你人類服飾。圓顱黨對抗騎士黨，狗與貓打鬥，兔子與貓鼬較量，狐狸與蛇廝殺，大貓互相角力。受傷的受傷，中劍的中劍，還有頭被砍掉的。鮮血染紅了牙爪，動物的四肢器官在大屠殺中散落一地。

又離奇又變態的畫面強力顯示，創作這樣場景的是某個乖戾反常的聰明人。法蘭西斯一顆心狂跳起來，嘴中嘗到了恐懼的滋味。他不是為了自己，而是想到瑪妮可能在這裡某處，受到創作這些自娛的怪人的擺布。他感到一股使人戰慄的驚駭。

「Putain（幹）！」提耶希上來站在法蘭西斯旁邊，震驚地喊了一聲。

法蘭西斯一根手指豎在唇邊，試了試陽臺玻璃門的門把，門開了，他毫不遲疑就跨進去，提耶希跟了進來。

屋內有一股霉味，像老舊毛皮大衣的味道，靠近地面的地方飄浮著微塵。但他有預感，一個強烈的預感：屋裡不只有他們。這裡有淡淡的咖啡香，某處的開窗引起對流風。法蘭西斯沒有彎身，直接雙腳互搓把鞋子脫了。他們穿過房間，走到一個樓梯平臺，兩面都是樓梯。

「你去樓上，我下去，」他對提耶希低聲說，「需要幫忙就呼喊。」

提耶希點頭。「我們一定要找到她，她需要胰島素，現在不打不行了。」

他戰戰兢兢動身檢查下一層樓。

法蘭西斯只著襪子，走下樓時半點聲響也沒有。從警以來，他第一次希望自己有一把槍。

57 瑪妮

瑪妮深吸一口氣。

「史蒂夫，有個一舉兩得的方法。」她說。她聲音夾雜些許喘息聲，她好想吐，她無法相信她正在思忖的主意。但她的求生本能比她感受的強烈反感更加強烈。

「什麼意思？」他瞇起眼睛。

「就像你說的，我的紋身是有生命力的藝術品，你可以每天看到它，你可以摸摸它，它是有溫度的。我動的時候，你可以看到它動。想像一下，你的藝廊裡有一個活生生的展示品。」

史蒂夫不說話，顯然正在考慮可不可行，呼吸越來越急促。他又撫摸她的背部，這回一隻手偏離了，繞到她赤裸乳房的旁邊。

瑪妮用力咬著嘴唇，不讓自己開始乾嘔。

「我可以把妳關在籠子裡，屬於我的小型動物園展覽，我喜歡這個主意。」

瑪妮說：「對。」她艱難地吐出這個字。「我可以每天跟你上床。」

日復一日的強暴，這真是一個比死亡更好的選項嗎？

「親愛的，這真是一個妙點子，我們試個幾天吧？看看行不行得通。」

他吐了一口氣，貼上瑪妮的背部。瑪妮感覺他一隻手在她的雙腿之間探索，大吃一驚，臀部用力撞向十字木架。史蒂夫收回手，在她的屁股上拍了一巴掌。

「絕對行不通，」他氣勢洶洶低聲說，「因為妳不會心甘情願參與，我必須像老鷹一樣守著妳，妳永遠會尋找離開的機會，根本不是妳想描繪的那個美好畫面。」

「但如果你讓我活下去，我會非常非常感激你……」

「同情炮啊？瑪妮，少把我當傻瓜了。」

他從她的身邊走開。

「況且，這麼一來，我就沒辦法在妳柔軟的皮膚上使用這個。」

她聽見他拿了某樣東西走回來，不需看就知道是什麼，但他還是拿來向她展示。

他把刀子舉到她鼻尖前，在光線下轉動刀子，銀色刀身閃爍著亮光。刀刃從刀柄處往後彎曲，上頭刻著繁複的水印圖案，瑪妮從未見過這樣的刀。

「薩教會了我所有關於刀具的知識——最適合用來切割的刀，最適合用來剝皮的刀，這是兩種不同的步驟，妳知道的，需要不同的工具。我告訴妳我會怎麼做吧。」

瑪妮緊閉上眼，希望耳朵也能閉上。

「首先，沿著我想取下的皮膚範圍邊緣割開。所以，以妳來說，就是妳華麗背部紋身的邊緣。這我會只用一把短刃直刀。接著，我會改使用這把。」他把刀子推到她的鼻尖底下。

讓他繼續說話。

「但你知道鞣製皮革的完整過程嗎？」瑪妮寒毛直豎，這段對話可能救她一命，但這是一段難以忍受的對話。「跟我說說薩吧，還有你跟她學了什麼。」

「薩是一個天賦很好的標本剝製師，我向她買了好幾年——我蒐集動物標本。」

瑪妮想起普瑞斯頓公園附近那家開業多年的標本剝製店，她以前偶爾會在那裡盯著櫥窗，那間店後來歇業了。

「但她想擴大技能範圍，我們很快發現我們對人皮都有興趣，她讓我看她怎麼保存獸皮，我們就開始討論人皮能不能保存。一開始只是瞎扯，但我逐漸慢慢明白她願意做。我告訴她我想蒐集一些刺青，她非常積極，非常願意去做。」

瑪妮的舌頭黏在上顎，一個字也說不出口。

「可惜啊，她被抓了，我只好自己完成這個工作。」他用刀尖在十字架的木頭上挑了幾下，在亮光漆面留下一個小小的白色刮痕。「把妳背部的刺青剝下後，我會把它浸泡在生理食鹽水，接著一系列的化學藥物會分解妳皮膚上的蛋白質，洗掉油脂。」

一股噁心讓瑪妮覺得天旋地轉。她頭暈眼花，血糖現在到了危險的低點，如果她昏過去，恐怕再也不會甦醒。史蒂夫喋喋不休，但她無法專心傾聽他正在說什麼。「……改變酸鹼值……用鈍器刮除毛髮……叫薩教我，以防萬一……」黑暗蒙蔽她的視線，但她決心不要屈服。她咬下臉頰肉，痛得倒抽一口氣。

「但最重要的一件事是，她教會我怎麼把刀子好好磨利，一定要用最鋒利的刀片，這把就跟鑽石刀一樣。」

他握起她一隻冰涼無力的手，穩穩壓在十字架的木頭上。當她明白要發生什麼事時，他已經在她手掌橫劃了一刀，當她感覺到刺痛時，刀早已經離開了。

「瞧？」他說，「比手術刀還尖銳，還精準。」

瑪妮抽抽噎噎，控制不住自己，溫熱的鮮血沿著手臂淌流。

史蒂夫看到入迷了，往前一站，把舌頭伸出下唇，將血舔掉。

「噢，瑪妮。」他的聲音因為興奮而變得沙啞。「我想我該開始享受樂子了。」

58 法蘭西斯

房子寂靜無聲到反常的地步，羅利在前門等待支援到來，提耶希在樓上某處。法蘭西斯感覺好像完全只有自己一人，只有冷氣輕柔的唧唧聲伴隨他毫無聲息的前進。他下樓調查辦公樓層，心臟一陣狂跳。

大部分螢幕都關著，只有一個打開，發散出柔和的光線，顯示屋外監視器拍攝到的畫面。他看到羅利在前方車道，正拿著手機講話。辦公區的盡頭有好幾道門，其中兩道上鎖，一道微敞。於是，他把耳朵湊到門縫聆聽，一聽就聽到一個女人尖銳的吶喊從門後劃破了空氣。

瑪妮！

他不能確定是她，但無論是誰，那人都需要幫忙。他推開門，發現自己站在另一排樓梯頂端。他聽見女人發出呻吟，在那呻吟之上又聽見一個男子的聲音，只是無法分辨他正在說什麼。他停下腳步，他需要一個計畫，但完全不知道底下的情況，很難作出什麼計畫。他往樓梯底下看過去，發現梯底又有個半開半掩的門，那扇門起碼能給他些許的掩護，他在現身之前，也許可以查明情況。

不要浪費時間，快！

他以最快速度飛奔下樓，祈禱不會暴露形跡。腳下的咯吱聲可能導致災難，而災難未必是降落在他自己的頭上。想到設計樓上血腥舞臺場景的瘋子正擺布著瑪妮，他的心臟猛烈地跳動，決心也堅定了起來。他不曾處於這種的境況，他參與過的追捕行動往往規劃周密，有充分的後援。老天，他希望羅利正是在用手機做這件事。

到了第二道門旁，他準備就緒後，默默祈求上帝賜福，往身上劃了一個十字架，然後溜進了房間。

陡然間，他明白了一切——瑪妮在十字架上，背部一片鮮紅色的光澤，加工好的刺青人皮在網眼框架上，一個男人背對他站著，拿著一把滴著血的彎刀。

「住手！警察！」

男子轉頭，上下打量法蘭西斯。

赤手空拳，法蘭西斯從來不曾覺得如此缺乏防備能力。要是提耶希和羅利跟他一塊就好了，當初真不應該分頭行動。

「法蘭克，是你嗎？」那是一個絕望發狂的嘶啞聲音。

「是我，瑪妮。」

「很好啊，」男人說，「你們已經相識了。嗯，法蘭克，我是史蒂夫，記得嗎？我們在瑪妮的工作室見過。」

他撲了過來，血淋淋的刀子拿在前方。法蘭西斯早就料到他會來這招，馬上側步閃開，讓一個水泥基座擋在他們中間。史蒂夫發出怒吼，改變路線，想逮住基座另一側的法蘭西斯。法蘭西斯垂下肩膀，快步往基座衝去，把基座撞了出去。基座朝史蒂夫的屁股晃去，但他已經閃身避開，所以基座啪一聲摔到水泥地板上，沒有傷害到他。銀色框架和其珍貴的展示物在地上彈啊彈啊，最後撞上了另一頭的牆壁。

瑪妮拉長脖子，想看看發生了什麼事。

「救救我。」她尖聲大喊。

法蘭西斯迅速作出決定，跑去幫助瑪妮，而非轉身迎戰史蒂夫。他從矮桌抓起第二把刀，趁著史蒂夫貼近之前，三兩下割開把一腳腳踝綁在十字架上的纜繩。起碼他現在有武器了。他站直身體，把刀拿在前方，彎曲膝蓋，做好防禦姿勢。

一聲怒號，史蒂夫又衝了過來。他朝著法蘭西斯的方向，身體幾乎是側著的，左肩在最前面，右手持刀一路跟在後面。法蘭西斯往斜前方邁出，迅速低下身子，撲向史蒂夫的身體重心。相撞之後，兩人都摔趴在地上。史蒂夫的刀子噹啷落地，但他用腳猛踢一頓，往法蘭西斯的肚子踹了好幾腳，而且對準了他的鼠蹊部，想要削弱他的行動能力。法蘭西斯握刀的手劃了一個彎，往內一轉，劃破史蒂夫的褲管，深深刺進了他的腿，能傷他多深，就要傷他多深。史蒂夫痛得喘了一聲，拖著身體往後移動，想退到法蘭西斯無法攻擊的位置。法蘭西斯必須將刀從他的小腿抽出來，否則可能會失去它。

兩人都發出粗重的喘氣聲。史蒂夫抓起自己的刀，顫顫巍巍站起來。他眼神狂亂，鼻孔放大，一步步逼近仍舊在地上喘息的對手。

法蘭西斯提起所有保存的體力，往前頭一滾，手腳跪地撐起身子。史蒂夫朝他的背部撲來，法蘭西斯感覺到刀子擦過夾克，接著就陡然扭身站起來面對著史蒂夫。史蒂夫迷惑不解地看著他。在下一次攻擊前，法蘭西斯只有一轉眼的空檔，他往前跨了一步，讓史蒂夫沒有空間用刀刺他的胸膛，但這樣卻也讓史蒂夫能繞到後方往他的背部捅下去。接著，他想起了自己手上的刀。

快用刀，快用那該死的東西。

他動作不夠快，史蒂夫料到他的行動，舉起前臂用力往他的肩膀前面敲下去，他的刀噹啷一聲落在地上，耳朵同時也聽見鎖骨碎裂的脆響。他的右臂現在成了累贅，刀割般的痛沿著手臂傳到手腕。史蒂夫露出興奮的獰笑乘勝追擊，把法蘭西斯往後推靠在一個空的水泥基座上，用刀抵在這個警察的喉嚨底部。

「有遺言嗎？」

法蘭西斯根本沒想過要來段演講，他往前一撲，膝蓋往史蒂夫的鼠蹊處頂去，這不是最扎實或最精準的交戰行動，但順利讓刀子離開他的喉嚨。史蒂夫痛得哇哇大叫，踉踉蹌蹌往後退，在重整旗鼓的同時，拉開了他與法蘭西斯之間的距離。他垂下頭，手掌貼到沾滿鮮血的褲子上，壓住先前的刀傷止血。他面無血色，一雙眼瞪著法蘭西斯，氣得眼眶都發紅了。

法蘭西斯的左手笨拙地拾起刀子，好不容易割開了瑪妮另一隻腳的束縛。接著，在同樣艱難的情況下，他割斷綑綁她手腕的繩子。謝天謝地，那把刀鋒利無比。瑪妮喘著息，頹然跌在地上，幾乎沒有意識。

「不要碰她，」史蒂夫尖叫，「她是我的。」

法蘭西斯狂亂地四下張望，他必須擊敗史蒂夫，他們兩人才會安全。他把刀換到沒用的右手手上，從口袋抽出手機，按下羅利的快速撥出鍵，目光則持續盯著另一個男人。忙線中。

可惡！

他比史蒂夫高，足足高了八到十公分左右，所以手腳可以伸展的距離更長，但這未必能發揮很大的作用，因為他現在只剩左手可用。況且，史蒂夫比他壯碩，渾身筋肉，所以重心較低。他要怎麼在提耶希趕到前拖延時間呢？他這時一定已經返回往下走了吧。

「提耶希？」他放聲大喊。

史蒂夫又站起來，從房間另一頭，走著弧線慢慢過來，越逼越近了。

法蘭西斯如果去對付他，瑪妮很容易受到攻擊，但如果留在瑪妮身邊，直到史蒂夫走到他面前，瑪妮也還是要落入他的攻擊範圍。他慢慢推進，他能引誘史蒂夫離開瑪妮嗎？還是她才是他的首要目標？

從一分鐘前跌到地上後，瑪妮就動也沒動過，他聽不見她的呼吸，也不能冒險轉身看看她的胸口有無起伏。她背部兩側和上緣的長切口仍在流血——他從眼角餘光看到血在地上擴散開來，她必須趕緊送醫。

接著，法蘭西斯明白了史蒂夫的意圖，但已經來不及了。法蘭西斯大叫提耶希時，洩漏了他不是單槍匹馬，這是一個大錯誤。史蒂夫沒有火速逃走，反而在確保幫手無法進來。砰的一聲，他把門關上，把鑰匙插進鎖眼一轉，然後塞到自己的口袋裡。

「你來了，一切就不同了。」史蒂夫說。他背倚著門站著，仍舊喘著粗氣，法蘭西斯刺傷的那條腿完全無法承受他的重量，他的運動鞋浸透著鮮血。「本來，只有瑪妮一個要死在這裡，但現在你也得死。」

法蘭西斯快速考慮他的選項。

把他逼離門口，把他打倒，搶下鑰匙。他成功做到的機會有多大？

「再來啊，你這個王八蛋！」這是一個可能害他喪命的危險策略，他只能期盼失血讓史蒂夫反應變得遲鈍。

但是，他錯了。

史蒂夫怒氣沖沖朝他撲來，刀在光線下閃爍。法蘭西斯退開，讓第一個基座擋到他們中間。史蒂夫朝某個方向佯攻，法蘭西斯就往另一個方向移動。兩人不停繞著水泥基座，直到法蘭西斯往前一撲，使勁將基座推開，基座摔到地上，差一點就打中史蒂夫完好的那條腿。

「卑鄙手段。」史蒂夫發出噓聲，躲到沙發後面。法蘭西斯跑向前，一腳往沙發椅背蹬出去，接著飛身一躍。他沒有任何計畫——但不行動的話，他和瑪妮都會沒命。

他們身體相撞，兩人都倒到地上。法蘭西斯死命想要制伏史蒂夫，但當他們在水泥地上滾來滾去時，史蒂夫扣住法蘭西斯的右臂往後用力一拉，一陣刺痛從法蘭西斯的肩膀擴散開來。他覺得天旋地轉，拿起刀就往史蒂夫的手臂砍下去。史蒂夫放開了手，但利用他占優勢的體重讓法蘭西斯翻身躺下，再跨騎到他的身上，以膝蓋頂住他的肩膀，將他按在地上動彈不得。法蘭西斯已經裂開的鎖骨碎得更厲害了。

法蘭西斯在他的下方扭動，設法掙脫開來，左手不停拍打，但就是無法打到對手。

這時，門口傳來響亮的敲門聲與說話聲。

史蒂夫更用力往法蘭西斯的胸口壓下去，彎刀抵著他的咽喉。

「要怪只能怪你自己，」史蒂夫說，「你違背基本原則，沒有後援就跑來這裡。」

門把喀啦喀啦響。

「老大，你在裡面嗎？」

法蘭西斯想回話，但史蒂夫立刻用前臂取代彎刀，架在他的氣管上往下壓。法蘭西斯最多只能發出被勒住的呼嚕聲。

咚咚，有人在門的另一側用力敲打。史蒂夫笨手笨腳地找刀子，刀子一時掉到法蘭西斯胸膛上。同一時間，法蘭西斯也在摸尋他自己那把被拿走的刀。他抬眼一看，發現瑪妮蹲伏在史蒂夫左肩後方，食指比在唇邊，提醒他保持安靜。她臉色慘白如死，汗水淋漓的臉蛋像是透著珠光，整個身體顫顫晃晃，但眼中的決心給了法蘭西斯片刻的希望。

她拿起刀，站穩了腳步。在同一時間，史蒂夫感覺到身子底下的男人起了變化，扭身順著他的目光看去。

「我從沒想過這輩子必須再做一次這件事。」瑪妮說。

她沒有遲疑，刀子刺進史蒂夫的胸肌，向下劃開他的胸膛。史蒂夫火速從法蘭西斯的身上跳到地上想逃，瑪妮再次攻擊，朝他的背部捅了過去。史蒂夫轉身，跟她扭打成一團，法蘭西斯身子一滾，朝他們兩人撲去，打算在史蒂夫可以拿刀對她下手前，把瑪妮從史蒂夫身邊推開。在因為鮮血而滑膩的地板上，三人糾纏成一團，法蘭西斯感到一陣劇痛，瑪妮尖聲大叫，一陣令人作嘔的聲響響起——是刀子刮擦骨頭的聲音。

突然間，門打開了，羅利和提耶希朝他們快步衝來，一面將他們拉開，一面在血泊中打滑。提耶希把瑪妮摟到懷中，羅利用力將史蒂夫的手臂往地上一敲，史蒂夫於是鬆手放開了刀。

法蘭西斯感覺胸口灼痛，呼吸不易，低頭發現白襯衫前襟都是血。他往後一倒，靠著沙發的側面。瑪妮在提耶希的懷中，一動也不動，只是眼睛睜著，眼球往上翻。史蒂夫抓著脖子，鮮血從指間噴出。

「老大？」羅利喊著。

「我還活著。」他喘著氣說。

59 瑪妮

在醫院醒來變成一個惡習，瑪妮眨眨眼，看看周圍。病房跟上次那間一模一樣，只是窗外景色不同。提耶希握著她的手，發現她醒來時，露出了溫柔的笑容。

「帶我回家？」她說。她發出來的聲音低沉嘶啞，喉嚨感覺像是吞下了一盒剃刀刀片。沒有包著紙的刀片。

「不可能的，寶貝，也不要自己出院哦。」

他把塑膠燒杯送到她的嘴前，水雖然溫溫的，不大新鮮，喝下去非常舒服。她貪婪地喝了好幾小口，他才把燒杯拿開。

「別急。」他說。

「我在這裡多久了？」

「兩天，他們送妳來時，妳在昏迷狀態，妳被刺傷，刀尖碰到脾臟，脾臟破裂。」

他的話讓瑪妮發現自己整個身體一碰就痛，她小心翼翼掀起蓋在身上的被單，但她穿著病人服，看不見傷。她的背部感覺像撕裂一樣，左手臂不住地抽痛。

「他們給妳動了手術，」提耶希說，「我想是一場很危險的手術，但他們不肯跟我承認。」

瑪妮不願相信，但他一本正經的樣子，看上去很害怕。瑪妮閉上眼睛。

「媽，妳現在覺得怎樣？」

她沒注意到亞歷克斯就坐在他後方的暗影中。

「亞歷克斯，過來。」

他走到床邊，給她獻上最溫柔的擁抱。

她還是痛得縮了一下。

「我感覺需要睡一千年才會飽。」

「所以，這一次，妳不會溜了？」提耶希說。

她張開眼睛，搖了搖頭。她衝著他們微笑——他們在一塊畫面令人感到欣慰，感覺亞歷克斯溫暖的手覆著自己的手，是天底下最幸福的一件事。

「媽，我們好擔心妳，別再兼差幹警察了，好嗎？」
「我答應你。」
「我好餓，」亞歷克斯說，「但我回來時，我想知道全部的故事。」
「一定，」提耶希說，「現在你知道媽媽沒事了，可以回去做重要的事了。」他從口袋摸出零錢。「電梯旁好像有自動販賣機。」
瑪妮目送亞歷克斯離開房間，然後開口了。
「絕對不能讓亞歷克斯知道全部的故事。」
提耶希點頭，「妳記得什麼？」
「被綁了起來，史蒂夫和法蘭克在打架，還有好多好多血。」她的呼吸卡在喉間。
「法……？」
「法蘭西斯沒事，史蒂夫不大好，但還活著。妳這人跟那些刀子是怎麼回事？」
他衝她露出往昔的笑容——在婚姻爆炸成一場充滿疑懼與互責的暴風之前的往昔。
她的眼皮發沉，整個身體彷彿是一個龐大的疼痛。她覺得很安心，吁了一口氣，又溜回沉睡溫暖的懷抱。

＊　＊　＊

她又醒來時，外頭天色已經暗下，房間半明半暗，只有側面床頭櫃上的萬向燈投出的一小束光。她覺得好冷，被單已經踢到床尾，病袍無法遮掩全身。她想搞清楚情況，所以撐起身體坐起來，結果身側的劇痛讓她不禁抽了一口氣。

就在同一時間，她意識到屋角扶手椅上癱坐著一個深色人影——不管那人是誰，她的驚呼從睡夢中喚醒了他。

一陣驚慌席捲她的全身。

不會是……

「提耶希？」

身影站起來，隱隱約約出現在床尾。

「是我，法蘭西斯。」

她整個人放鬆下來，「法蘭克。」

他走過來，坐到提耶希留在床邊的椅子上。

「提耶希說妳醒了，但我到的時候，妳又睡著了，我不想打擾妳。」

「來多久了？」

「七點多就來了。」他低頭看錶。「剛過十點。」

他執起她的雙手。

「瑪妮，妳救了我一命，要是沒有妳拿走我手上的刀去用，史蒂夫．哈林頓一定會殺死我。」

記憶在瑪妮的腦中閃現。「但你也救了我一命，你到的時候，他正準備割下我背部的紋身。」

「我們只是及時趕到。」

「謝謝。」

「不要謝我，我讓妳失望，我早該明白妳還有危險。」

「但你哪會知道？薩．柯比已經關起來了。」

「而她根本就告訴了我，整件事還沒有結束。」

瑪妮聳聳肩膀，痛死了。

「我會被起訴嗎？」她說。她其實不想知道答案。

法蘭西斯皺起眉頭，「罪名是？」

「我捅了史蒂夫不是嗎？要是他死了呢？」

「天啊，瑪妮，那是自衛，妳怎麼會被起訴呢？妳必須在他受審時出庭作證，但只有這樣而已。」

「他會接受審判？」

「來之前我跟他的醫師談過，他們相信他會康復，所以，是的，他會接受審判。他被指控是薩的殺人幫兇——即使他沒有親手殺死被害人，仍舊是委託了他人進行犯罪，在法律的眼中，他同樣有罪。他們兩人都會消失很長一段時間。」

「你破了案。」

「當然，不然妳以為呢？」

兩人都笑了，接著，法蘭西斯突如其來把她的一隻手拉到唇邊親吻。瑪妮的笑聲消失在喉嚨，由另一個更難以抑制的感覺取代。他們四目相接。

法蘭西斯說：「妳知道的，有個古老的諺語說，救某個人一命，那人就屬於你，我不知道這個諺語是從哪裡……」

「那麼，按照這個說法，我們屬於彼此？」

他對她露出笑容，「可能是這樣吧。」

「真的？」瑪妮噘著嘴說，「你是我的？」
「妳也是我的。」
「很好。」她靠回枕頭，閉起雙眼。
「瑪妮．穆林斯，妳在想什麼？」
「我正在想要從你身體哪一個部分開始紋。」
法蘭西斯張大了嘴。「不，不，事情不是這樣的。」
「就是。」
「不是。」
「你是我的，我可以替你紋身，我可以選擇要刺什麼。」
「不。」

＊　＊　＊

瑪妮把針頭放到黑墨水中蘸了一下，她會非常享受這件事，他則不會，但那就是紋身的代價。
「法蘭克，準備好了？」
「隨時都準備好了。」
她在他白皙的背上刺下第一條黑線，然後笑了起來。
「好痛噢。」
「刺青時是什麼感覺？」

「妳現在可以停了，我不知道原來會這麼痛。」
她繼續刺下去。
「別擔心，你真能忍，超像老手哦。」

謝辭

《收藏刺青的人》從無到有的過程中，我獲得許多人的支持與協助，非常謝謝大家。我尤其要感謝兩個人，他們堅決相信一個用三分鐘推銷的故事會變成更豐富的作品，在我創作過程中不吝給予支持。我了不起的經紀人Jenny Brown（Jenny Brown Associates經紀公司）參與「血腥蘇格蘭」（Bloody Scotland）活動，讓我一開始得以有機會推銷我的點子，她更願意為日後的目標擔任我的代表——我將永遠感激妳。另一個人是我超級不簡單的編輯Sam Eades（Trapeze出版社），她出席最初的故事推銷大賽，以耐心和眼光帶領我走過創作過程，挖掘出最好的我，然後對我提出更多的要求——謝謝妳——由於妳設下這樣高的標準，我才能成了一個更好的作家。

我也非常感謝「血腥蘇格蘭犯罪小說節」（Bloody Scotland International Crime Writing Festival）——一個不為人知且未經證明的作家，能在出版商與經紀人組成的評判小組面前推銷自己的故事，這個意義實在太深遠了。在血腥蘇格蘭舞臺推銷點子的那三分鐘，改變了我的一生——我這麼說並非誇張。

此外，我要對我忠實的文編Sophie Wilson致上感謝和讚美，她沒有一次抱怨過必須把長破折號改成短破折號、把雙引號改成單引號，而且改了數不清的次數——放一百二十個心，下一篇稿子不用改了。她也找出情節漏洞，糾正我令人髮指的錯誤，幫助我避開許許多多的災難。感謝我偶然碰上的神秘校對Mac，找出所有我肯定沒看到的錯誤。

還要感謝其他許多人。我特別想感謝我才華洋溢的刺青藝術師Matt Gordon，不只在我的手臂上刺了美麗的章魚，還花了二十五個小時，分享這門藝術與從事紋身藝術者的大量資訊。也謝謝布萊頓紋身藝術展的Woody，不只協助我做研究，還檢查初稿是否有出錯之處，卻不曾抱怨我為了創作小說劫持了他的藝術展。布萊頓Chapter XIII刺青館的Jess Stocker，讓我見識女性在一個男性主導行業中的工作情況，也讓我明白女性刺青藝術家的影響力如何逐漸擴大。

我十二萬分感謝史丹佛郡警局（退休）督察長David Hammond，他確保我所描述的執法程序沒有重大錯誤。也感謝帝國學院醫學院的Jo Harris醫師，同樣指導了我醫療相關的知識。

感謝「小說冒險」（Adventures in Fiction）的Marion Urch，她在指導期間傳授我許多寫作智慧，讓我能夠成為今日這樣一個作家。

最後，許多作家、朋友和家人贏得我的感激，他們是我徵詢意見的對象、讀者與啦啦隊，更有人提供大量必要的杜松子酒，替這項努力加加油。我尤其要感謝我的摯友Madeleine Mitchell，用了那麼多時間與我討論情節、寫作技巧和許多其他事情。感謝Crystal Hill Nanavati願意讀稿，給予無限的鼓勵。

還有，感謝我的讀書小組成員，讓我閱讀我不想讀的東西，也感謝他們對於《收藏刺青的人》的無比熱忱——謝謝Diana Barham、Amanda Hyde、Jo Harris與Sue Cunningham。感謝Carol Ridler提供隱居小屋，讓我可以躲起來，在漫長的冷冬筆耕不輟——謝謝妳在我寫作時，提供了杜松子酒和鼓勵。我也必須感謝Caroline Wilkinson和Niamh Paris在這段過程中給予的友誼和支持。最後——但並非最不重要的——對Mark、

Rupert和Tim，我要致上千千萬萬的感謝，謝謝他們永遠不變的支持，以及相信我終有一天能夠辦到的信心。

如果我應當在這裡提到你卻忘了提起——我仍舊感激你，跟我說，我請你喝一大杯！

國家圖書館出版品預行編目資料

收藏刺青的人 / 愛莉森・貝爾珊著；呂玉嬋譯. -- 初版. -- 臺北市：皇冠, 2019.5 面; 公分. --(皇冠叢書；第4757種) (CHOICE；322)
譯自：The Tattoo Thief

ISBN 978-957-33-3443-9 (平裝)

873.57 108005288

皇冠叢書第4757種
CHOICE 322

收藏刺青的人

The Tattoo Thief

作　　者—愛莉森・貝爾珊
譯　　者—呂玉嬋
發 行 人—平雲
出版發行—皇冠文化出版有限公司
台北市敦化北路120巷50號
電話◎02-27168888
郵撥帳號◎15261516號
皇冠出版社(香港)有限公司
香港上環文咸東街50號寶恒商業中心
23樓2301-3室
電話◎2529-1778　傳真◎2527-0904
總 編 輯—龔橞甄
責任主編—許婷婷
責任編輯—蔡維鋼
美術設計—嚴昱琳
著作完成日期—2018年
初版一刷日期—2019年5月

法律顧問—王惠光律師

讀者服務傳真專線◎02-27150507
電腦編號◎375322
ISBN◎978-957-33-3443-9
Printed in Taiwan
本書定價◎新台幣380元/港幣127元